TOR

Über »Mortal Engines«:

»Äußerst phantasievoll … Reeve ist ein grandioser Autor.« The Times

»Phänomenal … wild und romantisch, actiongeladen und nachdenklich, lustig und furchterregend.« Sunday Times

»Groß, mutig, brillant.« Guardian

Philipp Reeve ist seit vielen Jahren erfolgreicher Autor und Illustrator. Zusammen mit seiner Frau Sarah und seinem Sohn wohnt er im Dartmoor National Park, Südengland. Die insgesamt sieben Mortal-Engines-Bücher (das Mortal-Engines-Quartett und drei Prequels) stellen sein vielfach ausgezeichnetes Hauptwerk dar.

Weitere Informationen finden Sie auf www.tor-online.de und www.fischerverlage.de

PHILIP REEVE

MORTAL ENGINES

KRIEG DER STÄDTE

Aus dem Englischen
von Nadine Püschel und Gesine Schröder

TOR

MIX
Papier aus verantwortungsvollen Quellen
FSC® C083411

Erschienen bei FISCHER Tor
Frankfurt am Main, Oktober 2018

Die Originalausgabe erschien 2001
unter dem Titel »Mortal Engines«
bei Scholastic Ltd.

Satz: Pinkuin Satz und Datentechnik, Berlin
Druck und Bindung: CPI books GmbH, Leck
Printed in Germany
ISBN 978-3-596-70212-1

FÜR SARAH

TEIL 1

1

DIE JAGDGRÜNDE

Es war ein dunkler, böiger Nachmittag im Frühling, und im ausgetrockneten Bett der Nordsee eröffnete London die Jagd auf eine kleine Schürferstadt.

In besseren Zeiten hätte sich London mit so kläglicher Beute gar nicht abgegeben. Die mächtige Traktionsstadt hatte auf weit größere Siedlungen Jagd gemacht, vom Rand der Eisöde im Norden bis hinunter an dic Küste des Mittelmeers. Doch dann wurde jede Art von Beute allmählich rar, und London hatte die hungrigen Blicke größerer Städte auf sich gezogen. Zehn Jahre hatte es sich versteckt, in einer nasskalten Hügellandschaft weit im Westen, die nach Auskunft der Historikergilde einst die Insel Großbritannien gewesen war. Zehn Jahre musste es sich auf dem verregneten Flecken Erde von winzigen Agrardörfern und statischen Siedlungen ernähren. Doch jetzt – endlich – hatte der Oberbürgermeister verkündet, es sei Zeit, über die Landbrücke in die Großen Jagdgründe zurückzukehren.

London war noch nicht weit gefahren, als die Späher der Stadt von ihren hohen Aussichtstürmen jene Schürferstadt entdeckten, die zwanzig Meilen voraus an der Salzkruste nagte. Den Londonern kam es wie ein Zeichen der Götter vor, und selbst ihr Oberbürgermeister (der weder an Götter noch an schicksalhafte Zeichen glaubte) hielt es für einen guten Auftakt der Reise gen Osten und befahl, die Verfolgung aufzunehmen.

Als die Schürferstadt die Gefahr bemerkte, drehte sie ab, aber Londons gewaltige Raupenketten hatten schon Fahrt aufgenommen. Bald rumpelte die Stadt in vollem Tempo voran, ein Berg aus Metall mit sieben Lagen wie eine Hochzeitstorte – die unteren Decks waren in Abgase gehüllt, auf den oberen schimmerten die teuren Villen, und noch darüber glänzte auf der Kuppel der St.-Pauls-Kathedrale ein goldenes Kreuz, sechshundert Meter über der verheerten Erde.

Tom putzte in der Naturkundeabteilung des London Museum die Exponate, als es begann. Er spürte das verräterische Zittern im metallenen Boden, und als er aufschaute, schwangen die Delphin- und Walmodelle leise quietschend an ihren Aufhängungen hin und her.

Tom machte das keine Angst. Er hatte sein ganzes fünfzehnjähriges Leben in London verbracht und kannte die Regungen der Stadt. Er wusste gleich, dass sie den Kurs wechselte und Fahrt aufnahm. Ein Schauder überlief ihn, das uralte Jagdfieber, das jeder Bewohner Londons kannte. Es war Beute in Sicht! Tom ließ Pinsel und Staubwedel fallen und legte eine Hand an die Wand, um den Vibrationen der Maschinen nachzuspüren, tief unten im Bauchraum seiner Stadt. Ja, da war es – das tiefe Wummern der zugeschalteten Hilfsmotoren, wie ein Trommelschlag, der ihm durch Mark und Bein ging, *bumm, bumm, bumm.*

Am Ende des Saals sprang die Tür auf, und Chudleigh Pomeroy kam hereingestürzt, das Toupet verrutscht und das Gesicht krebsrot vor Empörung. »Was in Quirkes Namen …?«, polterte er und starrte zu den schaukelnden Walen hoch. Ausgestopfte Vögel ruckten und hüpften in den Vitrinen, als wollten sie die Jahre der Gefangenschaft abschütteln und zum Flug ansetzen. »Gehilfe Natsworthy! Was geht hier vor?«

»Eine Jagd, Sir«, sagte Tom und fragte sich, wie es Pomeroy fertigbrachte, als Zweiter Oberster der Historikergilde nach all der Zeit an Bord dieser Stadt ihren Herzschlag nicht deuten zu können. »Muss was Tolles sein«, erklärte er. »Alle Hilfsmotoren laufen, das ist ewig nicht mehr passiert. Vielleicht haben wir endlich mal Glück!«

»Pah!«, schnaubte Pomeroy und zuckte zusammen, als die Glasscheiben der Vitrinen im Takt der Motoren zu zittern und zu sirren begannen. Über seinem Kopf schwang das größte Exponat im Saal – ein Wesen namens Blauwal, das vor Tausenden von Jahren ausgestorben war – wie eine Kinderschaukel an den Stahltrossen hin und her. »Das mag ja sein, Natsworthy«, sagte er. »Dennoch wünschte ich, die Ingenieursgilde würde sich endlich durchringen, unser Museum mit anständigen Stoßdämpfern auszustatten. Die Exponate sind äußerst empfindlich. Das ist indiskutabel, gänzlich indiskutabel.« Er angelte ein getüpfeltes Taschentuch aus den Tiefen seiner langen schwarzen Robe und trocknete sich die Stirn.

»Ach, bitte, Sir«, sagte Tom, »könnte ich kurz zu den Aussichtsterrassen laufen und bei der Jagd zuschauen? Nur eine halbe Stunde? Die letzte richtige Jagd ist doch schon Jahre her …«

Pomeroy wirkte ehrlich entsetzt. »Unter gar keinen Umständen, Gehilfe! Schauen Sie nur, wie viel Staub diese scheußliche Jagd aufwirbelt! Die Exponate müssen alle auf Schäden untersucht und gereinigt werden.«

»Aber das ist ungerecht!«, beschwerte sich Tom. »Ich habe gerade eben schon im ganzen Saal gewischt!«

Er wusste sofort, dass das ein Fehler gewesen war. Der alte Pomeroy war kein übler Kerl, aber deshalb duldete er noch lange keinen Widerspruch von einem Gehilfen dritter Klasse. Er richtete sich zu seiner vollen Größe auf (er war in etwa so hoch wie breit) und schaute so tadelnd, dass sein Gildenzeichen zwischen den buschigen Brauen fast verschwand. »Das *Leben* ist ungerecht, Natsworthy«, grollte er. »Noch ein Wort von Ihnen, und ich verdonnere Sie nach der Jagd zum Bauchraumdienst.«

Von allen unangenehmen Pflichten eines Gehilfen dritter Klasse war der Bauchraumdienst mit Abstand die schlimmste. Tom verstummte und senkte gehorsam den Blick auf die säuberlich polierten Schuhspitzen des Museumsdirektors.

»Sie sind bis um sieben Uhr zur Arbeit eingeteilt, und Sie *werden* bis sieben Uhr arbeiten«, fuhr Pomeroy fort. »Ich dagegen muss die Kollegen zusammenrufen. Dieses grässliche, grässliche Gerüttel …«

Grimmig murmelnd eilte er davon. Tom schaute ihm nach, sammelte seine Utensilien zusammen und machte sich missmutig wieder ans Werk. Normalerweise hatte er nichts gegen das Putzen, zumal in diesem Saal, bei den freundlichen, mottenlöchrigen Tieren und dem blauen Wal mit dem breiten blauen Lächeln. Wenn er sich langweilte, konnte er sich in Tagträume flüchten, in denen er heldenhaft schöne Mädchen vor Luftpiraten beschützte, London gegen die Antitraktionistenliga verteidigte und glücklich lebte bis an sein Lebensende. Aber wie sollte er träumen, wenn alle anderen die erste richtige Jagd seit Jahren genießen durften?

Tom wartete zwanzig Minuten, aber Chudleigh Pomeroy kam nicht zurück. Auch sonst war niemand in der Nähe. Es war Mittwoch, das Museum war geschlossen, und die meisten Gildengenossen und die Gehilfen erster und zweiter Klasse hatten den Tag frei. Was konnte es schon schaden, wenn er zehn Minuten vor die Tür ging, um zu schauen, was da draußen los war? Er verstaute seine Putzsachen hinter einem ausgestopften Yak und eilte durch die tanzenden Schatten der Delphine zur Ausgangstür des Saals.

Auf dem Gang trudelten die Argonlampen an der Decke, und ihr Licht schwappte in Wellen über die metallenen Wände. Zwei Gildengenossen in schwarzen Roben kamen vorüber, und Tom lauschte hinter der Tür der heiseren Stimme des alten Dr. Arkengarth: »Immer diese Vibrationen«, jammerte er, »die ruinieren mir meine schöne Keramik aus dem 25. Jahrhundert …«

Tom wartete, bis die beiden um die Ecke verschwunden waren, dann schlich er schnell zur nächsten Treppe. Er durchquerte den Saal mit der Sammlung aus dem 21. Jahrhundert und umrundete die Plastikstatuen von Micky und Pluto, den tierköpfigen Gottheiten des untergegangenen Amerika. Hinter der Haupthalle folgten weitere Säle voller Kuriositäten, die irgendwie die Jahrtausende seit der Selbstvernichtung der Damaligen überstanden hatten, seit jenem grauenhaften Schlagabtausch mit satellitengesteuerten Atomwaffen und Designerviren, der als Sechzig-Minuten-Krieg in die Geschichte eingegangen war. Keine zwei Minuten später schlüpfte Tom durch einen Nebenausgang auf die geschäftige Tottenham Court Road hinaus.

Das London Museum stand genau in der Mitte von Deck zwei, im quirligen Stadtteil Bloomsbury. Über den Dächern der Gebäude hing wie eine rostige Wolkendecke die Unterseite von Deck eins. Tom musste nicht befürchten, im Halbdunkel auf der belebten Straße von irgendwem entdeckt zu werden, und bahnte sich einen Weg zur öffentlichen Mattscheibe an der Aufzugsstation Tottenham Court Road. Dort angekommen, erhaschte er auf Zehenspitzen den ersten Blick auf die ferne Beute: ein verschwommenes blaugraues Etwas im Visier der Kameras tief unten auf Deck sechs. *»Die Stadt, die Sie hier sehen, nennt sich Salthook«*, dröhnte eine Lautsprecherstimme. *»Eine Schürferstadt mit rund 900 Einwohnern. Sie bewegt sich in Richtung Osten, aber unsere Navigatoren gehen davon aus, dass wir sie vor Sonnenuntergang einholen werden. Jenseits der Landbrücke dürften uns weitere Siedlungen erwarten – der klare Beweis, dass es ein weiser Entschluss unseres geschätzten Oberbürgermeisters war, endlich den Kurs gen Osten einzuschlagen …«*

Tom hatte noch nie erlebt, dass sich seine Stadt derart schnell bewegte, und hätte sich zu gern auf den Aussichtsterrassen den Wind um die Nase wehen lassen. Konnte er es wirklich nicht riskieren, ein paar Minuten dranzuhängen?

Er rannte los und war bald am Rand der Deckplatte, unter offenem Himmel, im Bloomsbury Park. Früher war es ein richtiger Park gewesen, mit Bäumen, Wiesen und Ententeichen, aber wegen des spärlichen Jagderfolgs der letzten Jahre wurde er jetzt zur Nahrungsproduktion genutzt, und statt Blumen gab es Kohläcker und Algentümpel. Nur die Aussichtsterrassen waren unverändert – balkonartige Vorsprünge am Rand des Decks, auf denen die Bewohner Londons die vorüberziehende Landschaft bewundern konnten. Tom eilte auf die erstbeste von ihnen zu. Dort war es noch voller als vor der Mattscheibe, und viele Schaulustige trugen das Schwarz der Historikergilde. Möglichst unauffällig schob Tom sich zum Geländer durch. Salthook holperte in voller Fahrt keine fünf Meilen voraus und rauchte pechschwarz aus allen Schloten.

»Natsworthy!«, johlte jemand von der Seite, und Tom zog sich der Magen zusammen. Als er sich umsah, fand er sich Melliphant gegenüber, einem stämmigen Gehilfen erster Klasse, der mit einem breiten Grinsen sagte: »Großartig, oder? Ein fetter kleiner Salzschürfer mit C20er Landmotoren. Genau das, was London braucht.«

Herbert Melliphant war ein Tyrann der übelsten Sorte, einer, der sich nicht damit zufriedengab, seine Opfer herumzuschubsen und kopfüber ins Klosett zu tunken, sondern ihnen ihre geheimen Wünsche und Ängste entlockte, um sie möglichst gezielt zu quälen. Auf Tom, den schmächtigen, schüchternen Lehrling ohne Freunde, die ihn hätten schützen können, hatte er es besonders abgesehen. Und Tom konnte sich nicht einmal rächen, weil Melliphant dank seiner reichen Eltern ein Gehilfe erster Klasse war und er selbst als Vollwaise bloß ein Drittler. Tom wusste gleich, dass Melliphant nur mit ihm redete, weil er Clytie Potts beeindrucken wollte, eine hübsche junge Historikerin, die dicht hinter ihm stand. Tom nickte, drehte sich zum Geländer und konzentrierte sich wieder auf die Jagd.

»Seht mal!«, rief Clytie Potts.

Der Abstand zwischen London und seiner Beute schrumpfte, und jetzt stieg ein dunkler Umriss von Salthook auf. Dann noch einer und noch einer. Luftschiffe! Die Menge auf Londons Aussichtsterrassen brach in Jubel aus, und

Melliphant kommentierte: »Ah, Luftkaufleute. Sie haben kapiert, dass die Stadt keine Chance hat, wisst ihr, und verkrümeln sich, bevor wir Salthook fressen. Sonst würde ihre Ladung genauso uns gehören wie alles andere an Bord.«

Tom sah mit Freuden, wie gelangweilt Clytie Potts reagierte. Sie war einen Jahrgang über Herbert Melliphant und wusste das alles sicher längst, denn sie hatte die Gildenprüfung schon abgelegt und das Zeichen der Historiker auf die Stirn tätowiert bekommen. »Seht mal, da!«, rief sie noch einmal, warf Tom einen Blick zu und strahlte. »Da fliegen sie. Sind sie nicht schön?«

Tom schob sich das widerspenstige Haar aus der Stirn und schaute den Luftschiffen nach, wie sie höher und immer höher stiegen, bis sie in den Wolken verschwanden. Kurz sehnte er sich danach, mitzufliegen, durch die Wolken in das Sonnenlicht darüber. Warum hatten seine Eltern ihn bloß als Lehrling in die Obhut der Historiker gegeben? Tom wäre so gern Gehilfe auf einem Klipper gewesen und hätte alle Großstädte der Welt gesehen: Puerto Angeles weit draußen im Pazifischen Ozean, Arkangel, das auf eisernen Kufen über die vereisten Nordmeere glitt, die Zikkurat-Städte von Nuevo Maya und die reglosen Festungen der Antitraktionisten …

Aber das war bloß ein Tagtraum, den er sich besser für einen langweiligen Nachmittag im Museum aufsparen sollte. Wieder jubelten alle, weil die Jagd sich ihrem Höhepunkt näherte, und Tom wandte sich wieder Salthook zu.

Die kleine Stadt war jetzt so nah, dass ihre Bewohner als ameisengroße, wimmelnde Gestalten auf den Decks zu erkennen waren. Wie sie sich wohl fühlen mussten, jetzt, wo London unausweichlich näher kam! Tom wusste, dass sie kein Mitleid verdienten: Es war nur natürlich, dass Großstädte kleine Städte fraßen, dass Kleinstädte Dörfer verschlangen und sich Dörfer an statischen Siedlungen gütlich taten. Das war der Städtedarwinismus, und so lief es in der Welt seit Hunderten von Jahren, seit der große Ingenieur Nikolas Quirke London zur ersten Traktionsstadt umgebaut hatte. »Lon-don! Lon-don!«, brüllte Tom mit all den anderen im Chor, und gleich darauf wurden sie damit belohnt, dass eine von Salthooks Achsen brach. Schlingernd kam der Ort zum Stehen, Schornsteine knickten um und stürzten zwischen die panisch umherrennenden Bewohner. Dann schoben sich Londons untere Decks davor, und Tom spürte am Zittern der Deckplatten, dass die gewaltigen hydraulischen Kiefer der Stadt sich um die Beute schlossen.

Überall brandete frenetischer Jubel auf. Aus den Lautsprechern an den Deck-Stützpfeilern erscholl »London Pride«, und irgendein Wildfremder fiel Tom in die Arme und schrie ihm ins Ohr: »Erwischt! Erwischt!« Tom machte es nichts aus – in dem Moment liebte er alle Menschen auf der Terrasse, sogar Melliphant. »Erwischt!«, schrie er zurück, machte sich los und spürte wieder ein dumpfes Rumpeln. Irgendwo unter ihm packten stählerne Zähne die kleine Stadt, hoben sie an und beförderten sie in den Bauchraum.

»… und Gehilfe Natsworthy könnte doch auch mitkommen«, sagte Clytie Potts gerade. Tom hatte nicht mitgekriegt, worum es ging, aber als er sich umsah, berührte sie ihn lächelnd am Arm. »Es gibt nachher eine Feier in den Kensington Gardens«, erklärte sie. »Mit Tanzkapelle und Feuerwerk. Willst du mit?«

Gehilfen dritter Klasse wurden eher selten zu Festen eingeladen – schon gar nicht von schönen, beliebten Frauen –, und Tom hielt es zunächst für einen Scherz. Aber Melliphant schien die Sache ernst zu nehmen, denn er zog Clytie mit sich fort und sagte: »So einer wie Natsworthy hat da nichts verloren.«

»Warum denn nicht?«, fragte Clytie.

»Na, überleg doch mal«, schnaubte Melliphant und lief fast so rot an wie Chudleigh Pomeroy. »Er ist nur 'n Drittler. Ein Laufbursche. Der wird nie das Gildenzeichen tragen, der wird allerhöchstens Aushilfskurator. Stimmt doch, Natsworthy, oder?« Er grinste höhnisch. »Zu schade, dass dein Dad nicht genug Geld für eine richtige Ausbildung hatte …«

»Du hast doch keine Ahnung!«, rief Tom. Seine Freude über den Jagderfolg war wie weggeblasen, und die Angst kam wieder, die Sorge, was ihm bevorstand, wenn Pomeroy seinen Ausflug bemerkte. Gemeine Sprüche waren das Letzte, was er jetzt brauchte.

»Das kommt eben davon, wenn man auf den unteren Decks in einem Dreckloch wohnt«, sagte Melliphant zu Clytie Potts. »Die Natsworthys haben auf der Vier gehaust, weißt du, und der Große Kollaps hat sie damals – *Pflatsch* – in zwei Pfannkuchen verwandelt.«

Tom hatte gar nicht vor, ihn zu schlagen; es passierte ganz von selbst. Ehe er sich's versah, hatte seine Hand sich zur Faust geballt und war in Melliphants Gesicht gelandet, der aufheulte und vor Schreck hintenüberfiel. Irgendjemand applaudierte, und Clytie hielt sich kichernd die Hand vor den Mund. Tom starrte nur auf seine zitternde Faust und fragte sich, wie es dazu hatte kommen können.

Melliphant war schnell wieder auf den Beinen, und er war wesentlich größer und kräftiger als Tom. Clytie versuchte, ihn zurückzuhalten, aber andere Historiker feuerten ihn an. Auch Navigatorenlehrlinge in ihren grünen Hemden scharten sich um die ungleichen Gegner und skandierten »Kämpfen! Käm-pfen! Käm-pfen!«

Tom wusste, dass er ungefähr so gute Chancen hatte wie Salthook gegen London. Er wollte zurückweichen, aber die Menge ließ ihn nicht durch. Dann krachte ihm Melliphants Rechte ins Gesicht, und ein Knie traf ihn hart zwischen den Beinen, und schon stolperte er gekrümmt und tränenblind davon. Ein Hindernis kam ihm in den Weg, weich und federnd wie ein großes Sofa, und machte »Uff«, als Tom mit dem Kopf voran dagegen rannte.

Als er aufblickte, sah ein rundes rotes Gesicht mit buschigen Brauen unter einer auffälligen Perücke auf ihn herab, ein Gesicht, das bei seinem Anblick gleich noch röter wurde.

»Natsworthy!«, polterte Chudleigh Pomeroy. »Was in Quirkes Namen glauben Sie, was Sie hier tun?«

2

VALENTINE

So kam es, dass Tom, während alle anderen Gehilfen den Jagderfolg feierten, zum Bauchraumdienst aufbrechen musste. Nach einem langen, beschämenden Vortrag in Pomeroys Büro (»Verletzung Ihrer Dienstpflicht, Natsworthy … Angriff auf höherrangige Gehilfen … Was würden Ihre armen Eltern sagen?«) schlich er gesenkten Hauptes zur Aufzugsstation Tottenham Court Road und wartete auf den Fahrstuhl nach unten.

Als er kam, war die Kabine ziemlich voll. Auf den Sitzplätzen im oberen Abteil hatten sich arrogant dreinblickende Mitglieder der Ingenieursgilde breitgemacht, der mächtigsten unter den vier großen Gilden, die seit Generationen über London herrschten. Mit ihren kahlen Köpfen und den weißen Gummimänteln waren sie Tom schon immer unheimlich gewesen, also entschied er sich für das Stehabteil darunter. Von Plakaten an den Wänden blickte das strenge Antlitz des Oberbürgermeisters auf ihn herab. *Traktion ist Leben*, stand darunter. *Hilf Londons Ingenieuren, die Stadt in Bewegung zu halten!* Tiefer und tiefer sank der Fahrstuhl und hielt an den vertrauten Stationen: Bakerloo, High Holborn, Low Holborn, Bethnal Green. Bei jedem Halt drängten mehr Menschen in die Kabine und pressten Tom so fest gegen die Wand, dass er beinahe erleichtert war, als ganz unten alle aus dem Aufzug strömten und er sich im Lärm und Chaos des Bauchraums wiederfand.

Der Bauchraum, wo London seine Beute zerlegte, war eine stinkende Ansammlung von Werkhöfen und Fabriken zwischen den Kieferklappen und dem Maschinenraum. Tom hasste diesen Ort. Dort war es immer laut, und man begegnete Arbeitern aus den untersten Decks, die schmutzig und bedrohlich wirkten, und den noch viel schlimmeren Häftlingen aus dem Gefängnis im Unterbauch. Von der drückenden Hitze bekam er Kopfschmerzen, die schweflige Luft reizte ihn zum Niesen, und vom Flackern der Argongloben taten ihm die Augen weh. Aber die Historikergilde legte Wert darauf, dass immer einige ihrer Vertreter anwesend waren, wenn London seine Beute verdaute, und heute musste Tom sich ihnen anschließen und die ruppigen alten Vorarbeiter des Bauchraums ermahnen, dass sämtliche Bücher und Antiquitäten an Bord der erlegten Stadt von Rechts wegen seiner Gilde zustanden, dass Geschichte nicht weniger wichtig war als Ziegel, Eisen und Kohle.

Tom bahnte sich einen Weg zum Ausgang der Aufzugsstation. Zum Lagerhaus der Historikergilde ging es durch grüngekachelte runde Tunnel, dann über metallene Laufstege mit Blick auf die Feuerschlünde des Verdauungstrakts. Von dort oben konnte Tom verfolgen, wie Salthook in Stücke gerissen wurde. Es wirkte winzig im Vergleich zu Londons gewaltiger Größe. Gelbe Abrissmaschinen umkreisten es auf Schienen, baumelten von Kränen herab und staksten auf hydraulischen Spinnenbeinen auf der Stadt herum. Die Reifen und Achsen waren schon abmontiert, und man begann gerade mit den Arbeiten an den Decks. Kreissägen so groß wie Riesenräder gruben sich funkensprühend in die

Platten. Aus Schmelztiegeln und Hochöfen wallte Hitze auf, und Tom war keine zwanzig Schritte weit gekommen, da klebte ihm schon das schwarze Hemd seiner Gildenuniform am Körper.

Doch als er das Lagerhaus erreichte, sah die Welt wieder ein bisschen besser aus. In Salthook hatte es weder Museum noch Bibliothek gegeben, und die Kleinigkeiten, die Toms Kollegen aus den Ramschläden der Stadt gerettet hatten, wurden schon für den Transport nach Deck zwei in Holzkisten verpackt. Mit etwas Glück konnte er früher Schluss machen und noch das Ende des Festes miterleben! Tom fragte sich, wer heute die Aufsicht führte. Wenn es der alte Arkengarth war oder Dr. Weymouth, hatte er Pech – die beiden entließen niemanden vor dem Ende der Schicht, egal, wie viel Arbeit es tatsächlich gab. Bei Potty Pewtertide oder Miss Plym stünden seine Chancen besser …

Aber auf dem Weg zur Bauchraumaufsicht wurde ihm klar, dass heute jemand viel Bedeutenderes die Historikergilde vertrat. Vor dem Gebäude parkte eine Schabe, ein schwarz glänzendes Gefährt, auf dessen Motorhaube das Gildenzeichen prangte – so etwas besaß niemand vom üblichen Personal. Daneben warteten zwei Männer in der Tracht hochrangiger Gildenbediensteter. Sie sahen trotz der prunkvollen Bekleidung grobschlächtig aus, und Tom erkannte die beiden sofort: Pewsey und Gench, zwei geläuterte Luftpiraten, die seit zwanzig Jahren in den Diensten des Obersten Historikers von London standen und die seine *13th Floor Elevator* flogen, wenn er zu einer Expedition aufbrach. *Valentine ist da!*, dachte Tom und bemühte sich, die Männer nicht anzustarren, während er die Stufen zum Büro hochlief.

Thaddeus Valentine war Toms großer Held: ein ehemaliger Plunderer, der sich zum berühmtesten Archäologen Londons hochgearbeitet hatte – und außerdem zum Obersten Historiker, sehr zum Missfallen empörter Neider wie Pomeroy. Tom hatte ein Foto von ihm im Schlafsaal über seiner Pritsche hängen und kannte seine Bücher in- und auswendig: *Abenteuer eines Praktischen Historikers* und *America Deserta – Erkundungen des toten Kontinents mit Luftschiff, Kamera und Pistole.* Den größten Moment seines Lebens hatte Tom mit zwölf gehabt, als Valentine den Historikerlehrlingen Auszeichnungen für ihre Lernerfolge überreichte, unter anderem auch Tom für seinen Aufsatz über Erkennungsmerkmale gefälschter Antiquitäten. Tom erinnerte sich noch Wort für Wort an die Rede, die Valentine gehalten hatte: »*Vergessen Sie nie, Gehilfen, dass wir Historiker die wichtigste Gilde Londons sind. Wir bringen nicht so viel Geld ein wie die Kaufleute, aber das Wissen, das wir ansammeln, ist viel kostbarer. Und wir steuern zwar nicht die Stadt wie die Navigatoren, aber was wären die Navigatoren ohne die antiken Karten, die wir Historiker gefunden haben? Und was die Ingenieure angeht – bedenken Sie, dass jede einzelne ihrer großen Entwicklungen auf Old-Tech beruht, auf Überresten altertümlicher Hochtechnologie, die unsere Archäologen ausgegraben und unsere Museen aufbewahrt haben.*«

Tom hatte nicht mehr über die Lippen gebracht als ein leises »Vielen Dank, Sir« und war schnell auf seinen Platz zurückgeschlichen, daher wäre er nie auf die Idee gekommen, dass sich Valentine an ihn erinnern könnte. Aber als er jetzt die Bürotür öffnete, schaute sein Idol vom Schreibtisch auf und grinste hocherfreut.

»Gehilfe Natsworthy, oder? Der sich so gut mit Fälschungen auskennt? Da muss ich ja aufpassen, wenn Sie mir heute auf die Finger schauen!«

Der Witz war nicht besonders geistreich, aber er vertrieb die Verlegenheit, die meistens zwischen Lehrlingen und Gildenoberen herrschte. Tom traute sich, den Raum zu betreten, und zog die Verwarnung von Pomeroy aus der Tasche. Valentine sprang auf und nahm sie ihm ab. Er war um die vierzig, groß, gutaussehend, hatte dichtes, grau gesprenkeltes schwarzes Haar und trug einen gepflegten Vollbart. Seine grauen Seefahreraugen leuchteten gutgelaunt, und auf der Stirn prangte noch ein drittes, blaues Auge – das in die Vergangenheit blickende Gildenzeichen der Historiker. Es schien zu blinzeln, als Valentine fragend eine Braue hob.

»Eine Prügelei, ja? Und womit hat sich Gehilfe Melliphant die Abreibung verdient?«

»Mit dem, was er über meine Eltern gesagt hat, Sir«, murmelte Tom.

»Verstehe.« Der Forscher betrachtete ihn und nickte. Statt ihm Vorträge zu halten, fragte er: »Sind Sie der Sohn von David und Rebecca Natsworthy?«

»Ja, Sir«, sagte Tom, »aber beim Großen Kollaps war ich erst sechs … Ich meine, ich erinnere mich kaum an sie.«

Valentine nickte wieder. Er sah ernst und traurig aus. »Die beiden waren gute Historiker, Thomas. Ich hoffe, Sie werden eines Tages in ihre Fußstapfen treten.«

»O ja, Sir!«, sagte Tom. »Ich meine, das hoffe ich auch!« Er musste an seine armen Eltern denken, die gestorben waren, als ein Teil von Cheapside auf das Deck darunter stürzte. Nie hatte jemand so voller Respekt von ihnen gesprochen, und Tom traten Tränen in die Augen. Er hatte das Gefühl, mit Valentine über alles reden zu können, egal was, und war kurz davor, ihm anzuvertrauen, wie sehr er seine Eltern vermisste und wie einsam und langweilig das Leben als Gehilfe dritter Klasse war, als plötzlich ein Wolf ins Büro kam.

Es war ein riesiges Tier mit weißem Fell, und es kam aus dem Hinterzimmer. Als der Wolf Tom bemerkte, trabte er mit gefletschten gelben Zähnen auf ihn zu. »Aaah!«, kreischte Tom und sprang auf den nächstbesten Stuhl. »Ein Wolf!«

»Schön brav sein!«, sagte eine junge, weibliche Stimme, und gleich darauf kam ein Mädchen in Toms Alter herein, beugte sich zu dem Tier hinunter und kraulte das weiche weiße Fell unter dessen Kinn. Der Wolf schloss genüsslich die Augen und wedelte mit dem Schwanz. »Keine Bange«, sagte das Mädchen und schaute zu Tom auf. »Er ist ein echtes Lamm. Also eigentlich ein Wolf, aber *brav* wie ein Lamm.«

»Tom«, sagte Valentine schmunzelnd. »Darf ich vorstellen – meine Tochter Katherine. Und Hund.«

»Hund?« Tom kletterte peinlich berührt und noch immer nervös von seinem Stuhl herunter. Er hatte gedacht, das Vieh müsse aus dem Zoo im Circle Park ausgebrochen sein.

»Das ist eine lange Geschichte«, sagte Valentine. »Katherine ist, bis sie fünf war, auf der Floßstadt Puerto Angeles aufgewachsen. Dann starb ihre Mutter, und seitdem lebt sie bei mir. Ich habe ihr den Kerl hier von meiner Expedition in die Eisöde mitgebracht, aber Katherine sprach noch nicht gut Anglisch und wusste gar nicht, was ein Wolf ist. Also sagte sie ›Hund!‹, als sie ihn sah, und dabei ist es dann eben geblieben.«

»Er ist ganz zahm«, sagte Katherine lächelnd zu Tom. »Vater hat ihn als kleinen Welpen mitgenommen. Die

Mutter musste er erschießen, aber bei Hund hat er es nicht übers Herz gebracht. Er mag es am liebsten, wenn man ihn am Bauch krault. Hund, meine ich, nicht Vater.« Katherine lachte. Sie hatte volles, langes dunkles Haar, die grauen Augen ihres Vaters und dasselbe jähe, strahlende Lächeln. Ihre enge Seidenhose und das wallende Hemd waren in High London gerade der letzte Schrei. Tom staunte. Er kannte Valentines Tochter von Zeitungsfotos her, aber es war ihm nie aufgefallen, wie schön sie war.

»Na so was«, sagte sie. »Er mag dich.«

Hund beschnupperte seine Beine, wedelte mit dem Schwanz und leckte dann mit seiner nassen rosa Zunge Toms Finger ab.

»Wenn Hund jemanden mag, finde ich ihn meistens auch nett«, sagte Katherine. »Also los, Vater, willst du mir deinen Gast nicht vorstellen?«

Valentine lachte. »Na schön, Kate, das ist Tom Natsworthy, der zum Arbeiten hergeschickt wurde, und wenn dein Wolf mit ihm fertig ist, sollten wir ihn nicht weiter davon abhalten.« Er legte Tom gütig eine Hand auf die Schulter. »Viel zu tun gibt es nicht. Wir drehen noch eine kleine Runde durch den Trakt, und dann …« Er nahm die Verwarnung von Pomeroy, zerriss sie in kleine Schnipsel und warf sie in einen roten Recyclingeimer. »Dann können Sie gehen.«

Tom wusste gar nicht, worüber er sich mehr wundern sollte – dass Valentine ihn vom Haken ließ oder dass er persönlich in den Verdauungstrakt hinunterstieg. Hochrangige Gildenmitglieder zogen es meistens vor, im Büro zu bleiben, und überließen die harte Arbeit, die Hitze und den Gestank ihren Gehilfen, aber Valentine legte schon seine schwere

Robe ab, steckte sich einen Stift in die Westentasche und ging zur Tür.

»Also los«, sagte er. »Je eher wir anfangen, desto eher sind Sie in den Kensington Gardens.«

Tiefer und immer tiefer ging es hinab, mit Katherine und Hund im Gefolge – am Lagerhaus vorbei und mehrere metallene Wendeltreppen hinunter in den Verdauungstrakt, wo Salthook langsam aufgezehrt wurde. Nur ein stählernes Skelett war noch übrig, und selbst das wurde jetzt zerlegt und Stück für Stück zum Einschmelzen in die Hochöfen gebracht. Auf langen Förderbändern ratterten Berge von Ziegeln, Schiefer, Holz, Salz und Kohle den Fabriken entgegen, und die Verwerter transportierten große Behälter voller Möbel und Lebensmittel auf ihren Karren ab.

Die Verwerter waren die wahren Herrscher dieses Stadtteils, und das wussten sie nur zu gut. Flink wie Katzen stolzierten sie über die schmalen Laufstege, mit schweißglänzender, nackter Brust, die Augen hinter dunklen Schutzbrillen verborgen. Tom fürchtete sich vor ihnen, aber Valentine grüßte sie unbeschwert und fragte, ob sie etwas gesehen hatten, was für das Museum von Interesse war. Manchmal scherzte er mit ihnen oder erkundigte sich nach ihren Familien, und er versäumte es nie, ihnen »meinen Kollegen Mr Natsworthy« vorzustellen. Tom platzte fast vor Stolz. Valentine behandelte ihn wie einen Erwachsenen, und die Verwerter taten es ihm nach, tippten sich an die speckigen Mützen und stellten sich ihrerseits breit grinsend vor. Die meisten hießen Len oder Smudger.

»Hören Sie nicht darauf, was man im Museum über diese

Leute redet«, riet Valentine, als einer der Lens sie zu einem Behälter führte, in dem Antiquitäten lagen. »Nur weil sie in den Unterbezirken leben und ihre Aussprache etwas eigentümlich ist, sind sie noch lange nicht dumm. Ihretwegen komme ich gern persönlich her, wenn der Trakt in Betrieb ist. Verwerter und Plunderer finden oft Artefakte, die unseren Historikern entgehen.«

»Ja, Sir«, sagte Tom und schielte heimlich zu Katherine hinüber. Er wollte dem Obersten Historiker und seiner hübschen Tochter so gern imponieren. Wenn er in all diesem Schrott ein wertvolles Old-Tech-Bauteil auftreiben könnte, vielleicht würden sie sich dann an ihn erinnern! Sonst kehrten die beiden nach diesem kurzen Ausflug in den Luxus von High London zurück, und Tom würde sie nie wiedersehen.

Hoffnungsvoll eilte er auf den Schrottbehälter zu und schaute hinein. Manchmal kam es ja vor, dass wertvolle Hochtechnologie in verschlafenen Antiquitätenläden verstaubte oder bei alten Damen auf dem Kaminsims stand. Vielleicht entdeckte er den Schlüssel zu legendären Geheimnissen der Damaligen wie der Schwerer-als-Luft-Flugtechnik oder den Instantnudeln! Aber selbst wenn er nichts fand, was die Ingenieursgilde verwenden konnte, gab es immer noch die Chance, dass etwas als bedeutendes Artefakt im Museum ausgestellt werden würde, in einer Vitrine mit dem Vermerk: *»Gefunden durch T. Natsworthy.«* Tom ließ seinen Blick über den Inhalt des Behälters schweifen: Plastiksplitter, Lampenschirme, ein plattgedrücktes Spielzeug-Bodenfahrzeug … da fiel ihm eine flache Blechschachtel auf. Als er sie herausholte und öffnete, blickte ihm sein eigenes Gesicht entgegen. Es spiegelte sich in einer silbrigen Plastikscheibe. »Mr Valentine! Ein Rohling!«

Valentine holte die Scheibe aus der Schachtel und neigte sie so, dass sich das Licht darauf regenbogenfarben brach. »Sehr richtig«, sagte er. »Die Damaligen haben mit ihren Computern Informationen darauf gespeichert.«

»Könnte es etwas Wichtiges sein?«, fragte Tom.

Valentine schüttelte den Kopf. »Tut mir leid, Thomas. Diese Leute haben zwar in statischen Siedlungen gehaust, aber ihre elektronischen Maschinen waren fortschrittlicher als alles, was unsere Londoner Ingenieure konstruieren. Selbst wenn sich auf dem Rohling noch Daten befinden, können wir sie leider nicht abrufen. Trotzdem ist es ein schöner Fund. Behalten Sie ihn, man kann nie wissen.«

Während Tom den Rohling verstaute, wandte Valentine sich schon zum Gehen. Aber Katherine schien zu spüren, wie enttäuscht Tom war, denn sie berührte ihn am Arm und sagte: »Er ist wunderschön, Tom. Es ist immer wunderschön, wenn etwas all die Jahrtausende überdauert hat, ganz egal, ob die dummen alten Ingenieure es gebrauchen können. Ich habe eine Halskette aus solchen Silberscheiben …« Katherine lächelte. Sie war so hübsch wie die Mädchen aus Toms Tagträumen, aber viel freundlicher und humorvoller, und Tom ahnte, dass von jetzt an seine weiblichen Hauptfiguren alle Katherine Valentine heißen würden.

Sonst war in dem Behälter nichts Aufregendes zu finden. Salthook war eine bodenständige Stadt gewesen, die lieber auf dem schlammigen Meeresgrund nach Rohstoffen schürfte, als in der Vergangenheit zu graben. Aber statt zum Büro zurückzukehren, führte Valentine seine kleine Schar über eine andere Wendeltreppe und einen Laufsteg entlang zur Aufnahmestation, wo die ehemaligen Bewohner Schlange standen, um sich vom Sachbearbeiter registrieren und sich einen Schlafplatz in den Herbergen und Armenhäusern Londons zuweisen zu lassen. »Selbst wenn ich bei einer Jagd gar nicht im Dienst bin«, erklärte Valentine, »schaue ich immer nach den Plunderern, bevor sie ihre Funde auf Deck fünf an die Händler verramschen und in die Außenlande verschwinden.«

An Bord einer Beutestadt gab es immer ein paar Plunderer – städtelose Nomaden, die zu Fuß die Jagdgründe durchstreiften und nach Old-Tech suchten. Salthook war da keine Ausnahme: Am Ende der langen Schlange niedergeschlagener Bewohner stand eine Gruppe besonders abgerissener Gestalten in langen, zerschlissenen Mänteln, denen Schutzbrillen und schmuddelige Atemmasken um den Nacken hingen.

Wie die meisten Bewohner Londons gruselte sich Tom bei dem Gedanken, dass es tatsächlich noch Menschen gab, die auf der nackten Erde lebten. Er blieb mit Katherine und Hund ein Stück zurück, während Valentine auf die Plunderer zuspazierte. Alle scharten sich um ihn, bis auf eine auffallend schlanke Gestalt im schwarzen Mantel – ein Mädchen, dachte Tom, auch wenn unter dem schwarzen Tuch, das sie wie ein Wüstennomade um den Kopf und das Gesicht geschlungen hatte, nicht viel von ihr zu erkennen war. Tom trat näher und schaute zu, wie Valentine sich den anderen vorstellte und fragte: »Also – habt ihr etwas, das für die Historikergilde interessant sein könnte?«

Manche der Plunderer nickten, andere schüttelten den Kopf oder begannen, in ihrem Gepäck zu wühlen. Das Mädchen mit dem schwarzen Tuch ließ eine Hand in ihren Mantel gleiten und sagte: »*Ich* habe etwas für dich, Valentine.«

Sie sagte es so leise, dass nur Katherine und Tom sie hörten, und als die beiden sie überrascht anblickten, preschte sie vor, in der Hand ein langes, schmales Messer.

3

DER ENTSORGUNGSSCHACHT

Zum Nachdenken blieb keine Zeit: Katherine schrie auf, Hund knurrte, das Mädchen zögerte kurz, und Tom stürzte vorwärts und packte den Arm, mit dem sie Valentine das Messer ins Herz rammen wollte. Das Mädchen fauchte und wand sich, ließ das Messer fallen, um freizukommen, und rannte auf dem Laufsteg davon. »Haltet sie!«, rief Valentine und setzte sich selbst in Bewegung, aber die aufgeschreckten Salthook-Bewohner liefen kopflos durcheinander und versperrten ihm den Weg. Gleich mehrere Plunderer hatten Schusswaffen gezogen, und ein Polizist in schwerer Schutzkleidung pflügte durch die Menge wie ein dicker Mistkäfer und brüllte: »Keine Feuerwaffen! Keine Feuerwaffen!«

Da entdeckte Tom über den Köpfen der Leute im Glutschimmer der Schmelzöfen einen dunklen Schemen. Das Mädchen war am Ende des Laufstegs angekommen und kletterte flink eine Leiter hoch. Er rannte ihr nach und versuchte, sie am Fuß zu erwischen. Als er knapp ins Leere griff, zischte ein Armbrustbolzen an ihm vorbei und prallte Funken sprühend gegen die Leiter. Tom schaute sich um. Zwei weitere Polizisten bahnten sich mit erhobenen Armbrüsten einen Weg durch die Menschenmenge. Weiter hinten schauten Katherine und ihr Vater zu ihm hoch. »Nicht schießen!«, rief Tom. »Ich kriege sie!«

Er sprang auf die Leiter und kletterte drauflos, wild entschlossen, die Attentäterin zu fassen. Sein Herz klopfte. Nach all den endlosen Tagträumen über aufregende Abenteuer erlebte er auf einmal wirklich eins. Er hatte Valentine das Leben gerettet! Er war ein Held!

Das Mädchen lief jetzt durch ein Gewirr aus schmalen Stegen in Richtung der Schmelztiegel und Öfen. In der Hoffnung, dass Katherine ihm zusah, nahm Tom die Verfolgung auf. Die Stege verzweigten sich und wurden schmaler, gerade breit genug für einen Menschen. Tief darunter ging die Arbeit des Verdauungstrakts unverändert weiter; dort hatte niemand bemerkt, welches Drama sich über ihren Köpfen abspielte. Tom rannte durch tiefe Schatten und heiße, dicke Rauchwolken aus den Öfen, dem Mädchen immer dicht auf den Fersen. An einer niedrigen Rohrleitung blieb ihr Kopftuch hängen. Ihr langes Haar glänzte im Schein der Öfen kupferrot, nur das Gesicht konnte Tom noch nicht sehen. Er fragte sich, ob sie hübsch war, eine bildschöne Attentäterin der Antitraktionistenliga.

Tom wich dem herabhängenden Tuch aus und rannte weiter, eine endlose Wendeltreppe hinunter, in die Weite des Verdauungstrakts hinaus, durch den Wechsel von Licht und Schatten unter den Förderbändern und runden Gastanks. Eine Gruppe Sträflinge schaute überrascht von der Arbeit auf, als die junge Frau vorüberrannte. »Haltet sie!«, rief Tom. Sie starrten ihn nur reglos an, aber als Tom sich umschaute, ließ einer der Ingenieurslehrlinge, die die Gefangenen beaufsichtigten, alles stehen und liegen und schloss sich der Verfolgungsjagd an. Tom bereute, dass er um Hilfe gerufen hatte. Auf keinen Fall sollte ein dämlicher Ingenieur ihm in die Quere kommen! Er rannte noch schneller, denn *er* wollte der Held sein, der das Mädchen schnappte.

Ein Stück voraus wurde der Weg von einem kreisrunden Loch in der Deckplatte versperrt, das durch ein rostiges Geländer gesichert war – ein Müllschacht, rußig und verdreckt, in den die Schlacken aus den Schmelzöfen entsorgt wurden. Die junge Frau zögerte und schaute sich nach einem Ausweg um. Als sie weiterwollte, hatte Tom sie fast eingeholt. Er erwischte mit dem ausgestreckten Arm ihre Schultertasche. Der Riemen riss, und das Mädchen drehte sich im Glutschein der Öfen nach ihm um.

Sie war nicht älter als Tom, und sie sah schrecklich aus. Eine grauenhafte Narbe verlief von der Stirn bis zum Kiefer quer über ihr Gesicht, so als hätte jemand ein Porträt wütend durchgestrichen. Ihr Mund war seitwärts zu einem starren Hohngrinsen verzogen, die Nase nur noch ein Stumpf, und nur ein Auge, grau und kalt wie das Meer im Winter, starrte Tom aus diesem Bild der Verwüstung an.

»Warum hast du mich ihn nicht töten lassen?«, zischte sie.

Tom war so erschrocken, dass er keinen Ton herausbrachte und wie angewurzelt stehen blieb, als die Frau nach ihrer Tasche griff und sich losriss. Aber jetzt waren die Trillerpfeifen der Polizei zu hören, und ihre Schussbolzen prallten gegen die Deckplatten und die Rohre. Das Mädchen ließ plötzlich die Tasche fallen und schlug lang hin, wobei sie einen heiseren Fluch ausstieß. »Nicht schießen!«, schrie Tom und wedelte mit den Armen. Doch die Polizisten polterten die Treppe hinunter, feuerten ihre Armbrüste ab und störten sich nicht weiter daran, dass Tom im Weg war. »Nicht schießen!«

Das Mädchen richtete sich mühsam auf, und Tom sah, dass ein Bolzen ihr gleich oberhalb des Knies das Bein durchschlagen hatte. Sie umklammerte die Stelle, und Blut quoll ihr durch die Finger. Ihr Atem ging stoßweise, während sie sich zum Geländer schleppte und Anstalten machte, darüberzusteigen. Der Müllschacht klaffte unter ihr wie ein offenes Maul.

»Nein!«, schrie Tom, als er begriff, was sie vorhatte. Er fühlte sich überhaupt nicht mehr als Held – er hatte einfach nur Mitleid mit dieser armen, entstellten jungen Frau und fühlte sich schuldig, weil er sie in die Enge getrieben hatte. Er hielt ihr die Hand hin, um sie von ihrem Vorhaben abzuhalten. »Ich konnte dich doch nicht Mr Valentine töten lassen!«, rief er laut genug, um den Lärm des Bauchraums zu übertönen. »Er ist ein guter Mensch, ein freundlicher, mutiger, großartiger …«

Sie beugte sich ruckartig zu ihm vor, kam mit ihrem grausigen, nasenlosen Gesicht ganz nah an ihn heran. »Sieh mich an!« Ihre Stimme klang so verzerrt wie ihr schiefer Mund. »Sieh dir an, was dein guter, freundlicher Valentine aus mir gemacht hat!«

»Was soll das heißen?«

»Frag ihn doch!«, schrie sie. »Frag Valentine nach Hester Shaw!«

Die Polizisten kamen immer näher. Tom spürte das Dröhnen der Deckplatte unter ihren schweren Schritten. Das Mädchen schaute über seine Schulter, dann wuchtete sie mit einem schmerzhaften Aufschrei ihr verletztes Bein über das Geländer. »Nein!«, flehte Tom, aber zu spät. Kurz flatterte und knallte noch ihr Mantel, dann war sie fort. Er stürzte ans Geländer und schaute in den dunklen Schacht hinab. Ein kalter Luftstoß kam ihm entgegen, in den sich der Geruch von Schlamm und zerdrückten Pflanzen mischte, der Geruch der toten Erde, auf der London dahinrollte.

»Nein!«

Sie war gesprungen! Einfach aus der Stadt und in den Tod gesprungen. *Hester Shaw.* Diesen Namen wollte Tom nie vergessen, damit er zu einem der vielen Götter Londons für sie beten konnte.

Dunkle Umrisse lösten sich aus den wabernden Dämpfen. Zögernd, wie wachsame Krebse rückten die Polizisten vor, und Valentine stürmte ihnen voran. Unter einem der Gastanks bemerkte Tom das erschrockene Gesicht des jungen Ingenieurs. Er hätte ihm gern tapfer zugelächelt, aber sein eigenes Gesicht war wie erstarrt, und gleich darauf umhüllte ihn die nächste Rauchschwade und nahm ihm die Sicht.

»Tom! Ist alles in Ordnung?« Valentine war trotz der wilden Jagd kaum außer Atem. »Wo ist sie? Wo ist das Mädchen?«

»Tot«, sagte Tom dumpf.

Valentine kam ans Geländer des Müllschachts und schaute hinab. Die Schatten der dichten Rauchwolken waberten wie Spinnweben über sein Gesicht. Ein seltsames Flackern war in seinen Augen, und sein Gesicht wirkte blass und angespannt. »Hast du sie gesehen? Hatte sie eine Narbe?«

»Ja«, sagte Tom und fragte sich, woher Valentine das wusste. »Sie sah schlimm aus! Ein Auge fehlte, und die Nase …« Dann fiel ihm ein, was das Mädchen Schreckliches behauptet hatte. »Und sie hat gesagt …« Aber er wusste nicht, ob er ihre Anschuldigung Mr Valentine gegenüber erwähnen sollte – es konnte ja nur eine verrückte Lüge sein. »Sie hat gesagt, sie hieße Hester Shaw.«

»Bei Quirke!«, fluchte Valentine, und Tom schrak zurück. Er wünschte, er hätte nichts gesagt. Aber im nächsten Moment lächelte der Historiker gütig auf ihn herab; es lag Bedauern in seinem Blick. »Schon gut, Tom«, sagte er. »Es tut mir leid.«

Tom spürte eine starke, sanfte Hand auf seiner Schulter und dann – er begriff gar nicht, wie es dazu kam – eine Drehung, einen Stoß, und schon kippte er über das Geländer und stürzte, wie gerade Hester Shaw gestürzt war, und griff vergeblich nach dem glatten Rand des Müllschachts. *Er hat mich geschubst!*, schoss es Tom durch den Kopf, und sein Erstaunen war noch größer als die Angst vor dem schwarzen Abgrund, der ihn verschlang.

4

DIE AUSSENLANDE

Stille. Stille. Tom konnte es sich nicht erklären. Selbst wenn London sich nicht vom Fleck bewegte, war im Schlafsaal immer etwas zu hören: das Surren der Ventilatoren, das Brummen und Klappern von Aufzügen in der Ferne, das Schnarchen der Lehrlinge auf den Nachbarpritschen. Und jetzt – Stille. Der Kopf tat ihm weh. Und alles andere schmerzte auch. Außerdem stimmte etwas nicht mit seiner Pritsche. Als er eine Hand bewegte, war da etwas Kaltes, Nasses, das ihm durch die Finger glitt wie …

Schlamm! Entsetzt fuhr Tom hoch. Er war überhaupt nicht im Schlafsaal dritter Klasse, sondern lag auf einem schlammigen Berghang am Rand eines tiefen Grabens und sah im zarten grauen Dämmerlicht das Mädchen mit dem verwüsteten Gesicht nahebei auf dem Boden sitzen. Sein Albtraum von dem Sturz in den rußschwarzen Müllschacht war also gar kein Traum gewesen: Tom war wirklich aus seiner Stadt gefallen und lag auf der nackten Erde neben Hester Shaw.

Tom stöhnte laut auf, und das Mädchen warf einen kurzen Blick über die Schulter. »Du lebst ja«, sagte sie. »Ich dachte, du wärst tot.« Es klang, als sei ihr beides gleichermaßen recht.

Tom drehte sich mühsam in den Vierfüßlerstand, so dass

nur noch seine Knie, die Zehen und die Handflächen den Schlamm berührten. Ihm fiel auf, dass seine Arme nackt waren, und als er an sich herabsah, galt dasselbe für den ganzen zerschundenen Oberkörper. Sein Hemd lag ein Stück entfernt im Schlamm, aber das Unterhemd konnte er nicht finden, bis er erkannte, dass das Mädchen mit der Narbe es gerade in Streifen riss, um damit ihr Bein zu verbinden.

»Hey!«, sagte er. »Das ist eins meiner besten Unterhemden!«

»Na und?«, antwortete sie, ohne aufzublicken. »Das ist auch eins meiner besten Beine.«

Tom zog sich das Hemd über. Es war vom Sturz durch den Schacht zerfleddert und verdreckt; durch etliche Risse drang die kühle Luft der Außenlande. Fröstelnd schlang er sich die Arme um die Brust. *Valentine hat mich geschubst! Er hat mich geschubst, und ich bin in den Entsorgungsschacht gefallen! Er hat … Nein, das kann er nicht getan haben. Es muss ein Versehen gewesen sein. Ich bin gestolpert, und er wollte mich festhalten, und so muss es irgendwie zu dem Sturz gekommen sein.*

Hester war mit dem provisorischen Verband fertig und stand auf. Sie ächzte vor Schmerzen, als sie sich die schmutzige, blutgetränkte Hose über die Wunde zog. Was von Toms Unterhemd übrig war – ein nutzloser Lumpen –, warf sie ihm zu und humpelte entschlossen den schlammigen Hügel hoch.

Tom sah ihr erschrocken und verwundert nach. Erst als sie hinter der Kuppe aus dem Blickfeld verschwand, wurde ihm klar, dass er auf keinen Fall allein zurückbleiben wollte. Jede Gesellschaft, selbst die von Hester Shaw, war ihm lieber als die drückende Stille.

Er warf den Hemdfetzen weg und rannte ihr nach. Auf

dem dicken, klebrigen Schlamm kam er ins Rutschen und stieß sich die Zehen an Steinbrocken und Wurzeln. Links von ihm gähnte der tiefe Graben, und als er die Kuppe erreichte, erkannte er, dass es nur einer von hundert parallelen Gräben war – den Kettenspuren von London, die sich schnurgerade in die Ferne erstreckten. Weit, weit im Osten sah er seine Stadt als dunklen, vom Rauch der Motoren umhüllten Umriss vor dem Morgenhimmel. Ihn packte das Heimweh. Jeder Mensch, den er auf der Welt kannte, war an Bord dieses davonrumpelnden Berges, jeder einzelne Mensch außer Hester Shaw, die der Stadt wütend hinterherstapfte und dabei ihr verletztes Bein nachzog.

»Halt, stopp!«, rief Tom und eilte ihr halb laufend, halb watend hinterher. »Hester! Warte!«

»Lass mich in Ruhe!«, gab sie zurück.

»Aber wo willst du denn hin?«

»Wieder nach London, wohin sonst?«, sagte sie. »Zwei Jahre habe ich gebraucht, um es zu finden. Ich bin zu Fuß durch die Außenlande gelaufen und auf kleinen Dörfern mitgefahren, in der Hoffnung, dass London sie erwischen würde. Endlich klappt es, und ich begegne Valentine, der tatsächlich im Trakt herumspaziert, wie die Plunderer es mir berichtet haben, und dann? Dann hält mich irgendein Idiot davon ab, ihm das Messer ins Herz zu rammen, wie er es verdient hat.« Sie hielt an und drehte sich zu Tom um. »Hättest du dich nicht eingemischt, wäre er jetzt tot, und ich wäre gleich danach auch gestorben und hätte endlich meinen Frieden!«

Tom starrte sie an, und bevor er irgendetwas tun oder sagen konnte, traten ihm Tränen in die Augen. Er fand es furchtbar, sich derart lächerlich zu machen, aber es war nicht zu ändern – der Schrecken von allem, was passiert war, und die Vorstellung, hier draußen zurückgeblieben zu sein, überwältigten ihn einfach, und schon zogen die Tränen helle Bahnen durch den Schmutz auf seinen Wangen.

Hester, die schon Anstalten gemacht hatte, sich wegzudrehen, schaute zu, als wäre sie nicht sicher, was da vor sich ging. »Du weinst!«, sagte sie schließlich durchaus freundlich und ein bisschen überrascht.

»Tut mir leid«, murmelte Tom.

»Ich weine nie. Kann ich gar nicht. Ich habe nicht mal geweint, als Valentine meine Eltern ermordet hat.«

»Was?« Toms Stimme bebte. »So etwas würde Mr Valentine niemals tun! Katherine hat erzählt, dass er nicht einmal ein Wolfsjunges erschießen konnte. Das ist gelogen!«

»Wie kommt es dann, dass du hier bist?«, fragte Hester spöttisch. »Er hat dich runtergeworfen, oder? Bloß weil du mit mir gesprochen hast.«

»Das ist gelogen!«, sagte Tom wieder. Aber er erinnerte sich an Valentines starke Hände, an den Sturz über das Geländer und das seltsame Flackern in den Augen des Obersten Historikers.

»Ach ja?«, fragte Hester.

»Er hat mich geschubst«, murmelte Tom verblüfft.

Hester Shaw zuckte nur mit den Schultern, wie um zu sagen: *Siehst du? Kapierst du, wie er wirklich ist?* Dann wandte sie sich ab und marschierte weiter.

Tom beeilte sich, sie einzuholen. »Ich komme mit! Ich muss auch wieder nach London! Ich kann dir helfen!«

»Du?« Hester lachte heiser und spuckte vor seinen Füßen aus. »Ich dachte, du bist Valentine treu ergeben. Und jetzt willst du mir helfen, ihn umzubringen?«

Tom schüttelte den Kopf. Er wusste selbst nicht, was er wollte. Einerseits klammerte er sich an die Hoffnung, dass doch alles nur ein Missverständnis war, dass Valentine der gütige, tapfere Mann war, für den Tom ihn bisher gehalten hatte. Und auf keinen Fall sollte er sterben und Katherine als Waise zurücklassen. Aber Tom musste London einholen, und allein würde er es nicht schaffen. Außerdem fühlte er sich für Hester Shaw verantwortlich. Schließlich war es seine Schuld, dass sie angeschossen worden war. »Ich kann dich stützen«, sagte er. »Du bist verletzt. Du brauchst mich.«

»Ich brauche niemanden«, sagte Hester wütend.

»Zusammen können wir London einholen«, fuhr Tom fort. »Ich bin in der Historikergilde. Auf mich werden sie hören. Ich erkläre Mr Pomeroy, was passiert ist. Wenn Valentine wirklich getan hat, was du sagst, wird das Gesetz für eine gerechte Strafe sorgen.«

»Das *Gesetz*?«, schnaubte Hester. »Valentine macht in London seine eigenen Gesetze. Ist er nicht der Liebling des Oberbürgermeisters? Und außerdem noch der Oberste Historiker? Nein, wenn ich ihn nicht zuerst erwische, wird er mich töten. Und dich übrigens auch. *Schhhhinnng…*« Sie tat so, als würde sie ein Schwert ziehen und es Tom ins Herz rammen.

Inzwischen ging die Sonne auf, und Nebelwolken stiegen aus der nassen Erde. London rollte immer weiter; es war schon viel kleiner geworden. Normalerweise machte die Stadt nach einer Mahlzeit ein paar Tage halt, und irgendein Teil von Toms Gehirn begann, sich zu fragen: *Wo um alles in der Welt will die Stadt denn hin?*

Aber in dem Moment kam Hester Shaw ins Stolpern. Das verletzte Bein knickte ihr weg, und sie fiel hin. Tom half ihr auf. Sie dankte ihm nicht dafür, schob ihn aber auch nicht weg. Tom legte sich ihren Arm um die Schultern, richtete sich auf, und so marschierten sie gemeinsam weiter den Hügelkamm entlang und folgten Londons Spuren gen Osten.

5

DER OBERBÜRGERMEISTER

Hundert Meilen voraus erreichte die Morgensonne den Circle Park, einen eleganten Kranz aus Rasenflächen und Blumenbeeten rund um Deck eins. Sie spiegelte sich in den Zierteichen, ließ auf den Wegen Tautropfen erstrahlen und glitzerte auf den weißen Metalltürmen von Clio House, Valentines Villa, die wie eine riesige, von einer Springflut angespülte Meeresschnecke am Rand des Parks zwischen hohen Zedern lag.

In ihrem Zimmer in der obersten Etage erwachte Katherine gerade aus dem Schlaf und betrachtete die durch ihre Schildpatt-Fensterläden hereinfallenden Sonnenstrahlen. Sie war unglücklich, wusste aber nicht gleich, weswegen.

Dann fielen ihr die Ereignisse des Vorabends wieder ein – der Anschlag auf ihren Vater im Bauchraum und wie dieser arme, junge Gehilfe die Attentäterin verfolgt hatte und gestorben war. Katherine war ihrem Vater nachgelaufen, aber als sie den Müllschacht erreichte, war schon alles vorbei gewesen: Ein Ingenieursgehilfe, fast so bleich wie sein Mantel, taumelte ihr noch entgegen, und dann stand da ihr Vater, von Polizisten umringt, zornig und blass. So fassungslos hatte sie ihn noch nie erlebt und nie die unnatürlich harte Stimme gehört, mit der er ihr befahl, sofort heimzugehen.

Am liebsten hätte sie sich noch einmal umgedreht und

wäre wieder eingeschlafen, aber sie wollte nach ihrem Vater sehen. Also warf Katherine die Decke von sich und zog die Anziehsachen vom Vortag über, die noch nach Rauch stinkend auf dem Boden lagen.

Ein sanft geneigter Flur mit runden Außenwänden führte von Katherines Zimmer spiralförmig nach unten. Auf dem Weg ins Erdgeschoss, an der Esszimmertür, hielt sie kurz vor einer Wandnische inne, in der eine Statue der Clio stand, um der Göttin der Geschichtsschreibung Respekt zu erweisen. In weiteren Nischen waren Fundstücke von den Expeditionen ihres Vaters ausgestellt – Tonscherben, Computertastaturfragmente und die rostigen Metallschädel von Stalkern, jenen unheimlichen halbmechanischen Kriegern aus fernen Zeiten. Sie starrten der vorübereilenden Katherine aus gesprungenen Glasaugen finster nach.

Ihr Vater war im Atrium, einem großen, offenen Raum in der Mitte des Hauses, und trank Kaffee. Er lief im Bademantel mit ernstem Gesicht zwischen den Zierfarnen auf und ab. Katherine sah auf den ersten Blick, dass er in der Nacht kein Auge zugetan hatte. »Vater!«, sagte sie. »Was ist passiert?«

»Ach, Kate!« Er schloss sie fest in die Arme. »Was für eine Nacht.«

»Der arme Junge«, flüsterte sie. »Der arme Tom! Wurde er … *gefunden*?«

Valentine schüttelte den Kopf. »Die Mörderin hat ihn mit in die Tiefe gerissen. Sie sind beide im Schlamm ertrunken oder wurden von den Ketten zermalmt.«

»O nein«, flüsterte Katherine und ließ sich auf einen Beistelltisch sinken. Sie merkte nicht einmal, wie Hund ihr seinen großen Kopf auf die Knie legte. *Armer Tom!*, dachte sie. Er war so lieb gewesen, so zuvorkommend. Er hatte Katherine wirklich gefallen, und sie hatte sogar überlegt, ihren Vater zu bitten, dass er ihm im Clio House eine Anstellung verschaffte, damit Hund und sie ihn näher kennenlernen konnten. Und jetzt war er tot – war seine Seele im Sonnenlosen Land und sein Körper irgendwo hinter ihnen im kalten Schlamm begraben.

»Der Oberbürgermeister ist sehr ungehalten«, sagte Valentine und warf einen Blick auf die Uhr. »Wir sind gerade erst in die Jagdgründe zurückgekehrt, und schon läuft im Bauchraum eine Attentäterin frei herum. Er will persönlich herkommen und darüber reden. Willst du dich so lange noch zu mir setzen? Du kannst gern mein Frühstück weiteressen. Da steht Kaffee auf dem Esstisch … Brötchen und Butter … Ich habe überhaupt keinen Appetit.«

Katherine mochte auch nichts essen, aber als ihr Blick den Esstisch streifte, sah sie dort eine abgewetzte Ledertasche liegen. Es war die Tasche, die das mörderische Mädchen beim Sprung in den Entsorgungsschacht zurückgelassen hatte, und ihr Inhalt lag wie lauter seltsame Museumsexponate auf der Tischplatte ausgebreitet: eine metallene Trinkflasche, Verbandszeug, etwas Schnur, Trockenfleisch, das zäher aussah als alte Stiefelzungen, ein fleckiger, zerknitterter Papierfetzen, an dem ein Foto befestigt war. Den schaute Katherine sich näher an. Es war ein Ausweis aus einer Stadt namens Strole, der an der Faltkante fast schon auseinanderfiel. Ehe sie die vergilbte Schrift entziffern konnte, fiel ihr Blick auf das Foto der Besitzerin, und sie schnappte nach Luft. »Vater, ihr Gesicht!«

Valentine fuhr herum, sah Katherine den Ausweis halten und riss ihn ihr aus der Hand. »Kate! Das solltest du nicht sehen! Niemand sollte das sehen, niemand …«

Er nahm ein Feuerzeug, zündete den Ausweis an einer Ecke an und legte ihn in den Aschenbecher auf seinem Schreibtisch, wo er verbrannte. Dann begann er wieder, auf und ab zu laufen, und Katherine folgte ihm mit dem Blick. Seit Valentine sie vor zehn Jahren nach London geholt hatte, war er nicht nur ihr Vater, sondern auch ihr bester Freund. Sie hatten dieselben Interessen, denselben Humor und keine Geheimnisse voreinander. Aber diesmal verschwieg er ihr etwas, das war klar. So aufgewühlt hatte sie ihn noch nie erlebt. »Wer ist das, Vater?«, fragte sie. »Kennst du sie von einer deiner Expeditionen? Sie ist so jung und so … Was ist denn bloß mit ihrem Gesicht passiert?«

Schritte waren zu hören, es klopfte an der Tür, und Pewsey kam herein. »Der Oberbürgermeister ist unterwegs, Chef.«

»Jetzt schon?«, rief Valentine.

»Tja, leider. Gench hat grade seine Schabe im Park gesichtet. Der Mann sah nicht gutgelaunt aus, hat er gesagt.«

Valentine wirkte auch nicht eben gutgelaunt. Er griff nach der Gildentracht, die er in der Nacht auf eine Stuhllehne geworfen hatte, und begann, sich hastig zurechtzumachen. Katherine wollte ihm helfen, aber er wehrte ab, also gab sie ihm einen Kuss auf die Wange und ging zur Tür, um Hund auszuführen. Durch die großen ovalen Fenster des Salons sah sie eine weiße Dienstschabe in die Zufahrt der Villa einbiegen. Eine Gruppe Soldaten lief ihr voraus. Sie trugen die leuchtend roten Rüstungen der Beefeater, der Leibgarde des Oberbürgermeisters. Die Männer postierten sich wie hässliche Gartenzwerge um das Haus herum, während Gench und ein weiterer Hausdiener herbeieilten, um die Glastikhaube zu öffnen. Der Oberbürgermeister stieg aus und kam mit weit ausgreifenden Schritten auf die Villa zu.

Magnus Crome war seit zwanzig Jahren Londons Oberbürgermeister, aber er sah noch immer nicht wie einer aus. Die Stadtoberhäupter in Katherines Geschichtsbüchern waren gesetzte, gütige, rotgesichtige Männer, Crome dagegen war dürr wie eine Krähe und mindestens genauso übellaunig. Er verschmähte sogar die scharlachrote Robe, die seine Vorgänger mit so viel Stolz getragen hatten, zugunsten seines weißen Gummimantels, und trug weiter das rote Rad der Ingenieursgilde auf der Stirn. Andere Oberbürgermeister hatten sich ihr Gildenzeichen entfernen lassen, um zu signalisieren, dass sie ganz London dienen wollten, aber seit Crome an der Macht war, liefen die Dinge anders. Selbst seine Kritiker, die der Meinung waren, niemand dürfe gleichzeitig Stadtoberhaupt und Gildenoberster sein, mussten allerdings zugeben, dass Crome in seinen Ämtern erfolgreich war.

Katherine konnte ihn nicht ausstehen. Obwohl er ihrem Vater so wohlgesonnen war, mochte sie ihn nicht leiden und hatte wenig Lust, ihm heute zu begegnen. Als die irisförmige Haustür aufglitt, rief sie leise nach Hund und lief den Hausflur hoch. Hinter der ersten Kurve drückte sie sich in eine schmale Ausbuchtung und legte Hund eine Hand auf den Kopf, damit er ruhig blieb. Sie ahnte, dass ihr Vater in schrecklichen Schwierigkeiten steckte, und wollte ihn auf keinen Fall damit alleine lassen.

Sekunden später erreichte Gench die Tür zum Atrium. »Hier entlang, Euer Ehrung«, brummelte er unter Verbeugungen und knetete den Hut in seinen Händen. »Vorsicht, Stufe, Herr Bürgeroberster.«

Crome folgte ihm. Auf der Schwelle blieb er kurz stehen und schwenkte wie eine Echse lauernd den Kopf hin und her. Katherine spürte seinen Blick wie einen Windhauch aus der Eisöde durch den Spiralflur gleiten. Sie presste sich noch fester in die Mulde und betete zu Quirke und Clio, dass Crome sie nicht bemerken würde. Kurz hörte sie seinen Atem und das leise Quietschen und Knarzen seines Gummimantels. Dann führte Gench ihn ins Atrium, und die Gefahr war vorüber.

Katherine nahm Hund am Halsband, schlich hinunter zur Tür und lauschte. Sie konnte ihren Vater hören und stellte sich vor, wie er den Gast am Springbrunnen begrüßte und Gench dem Mann einen Stuhl anbot. Valentine begann, höflich über das Wetter zu plaudern, aber Crome schnitt ihm mit seiner kalten, dünnen Stimme das Wort ab. »Ich habe Ihren Bericht über den Affenzirkus von letzter Nacht gelesen, Valentine. So viel zu Ihrer Zusicherung, die ganze Familie sei kein Thema mehr.«

Katherine zuckte von der Tür zurück, als hätte sie sich verbrannt. Wie konnte dieser grässliche Mensch so mit ihrem Vater reden! Sie wollte kein Wort mehr davon hören – aber dann siegte die Neugier, und sie presste ihr Ohr wieder an das Holz.

»… ein Geist aus meiner Vergangenheit«, sagte ihr Vater gerade. »Ich kann mir nicht erklären, wie sie entkommen konnte. Und schon gar nicht, wie aus ihr eine so durchtriebene, gefährliche Kriegerin geworden ist. Aber jetzt ist sie tot. Und mit ihr der Junge, der sie gestellt hat, der arme Natsworthy.«

»Ganz sicher?«

»Sie sind aus der Stadt gestürzt, Crome.«

»Was heißt das schon! Der Untergrund ist weich; vielleicht haben sie überlebt. Sie hätten das prüfen lassen müssen. Wir wissen schließlich nicht, was das Mädchen von der

Arbeit ihrer Mutter mitbekommen hat. Wenn sie in einer anderen Stadt verbreitet, dass wir MEDUSA haben, bevor sie einsatzbereit ist …«

»Ich weiß, ich weiß«, sagte Valentine gereizt, und Katherine hörte den Sessel knarzen, auf den er sich fallen gelassen hatte. »Ich lasse die *13th Floor Elevator* startklar machen und finde die Leichen.«

»Nein«, sagte Crome. »Für Sie und Ihr Luftschiff habe ich andere Pläne. Sie sollen vorausfliegen und herausfinden, was uns auf dem Weg noch erwartet.«

»Dafür gibt es die Schiffe des Planungskomitees, Crome; das ist keine Aufgabe für die *Elevator.*«

»Keine Widerrede«, herrschte Crome ihn an. »Es sollen nicht noch mehr Leute wissen, wohin wir unterwegs sind. Das werden sie schon noch früh genug erfahren. Außerdem gibt es da eine Aufgabe, die ich nur Ihnen anvertrauen kann.«

»Und das Mädchen?«, fragte Valentine.

»Keine Sorge«, sagte der Oberbürgermeister. »Ich habe jemanden, der sie mit Sicherheit finden und zu Ende bringen wird, was Sie verpatzt haben. Kümmern Sie sich um Ihre Reisevorbereitungen, Valentine.«

Damit war die Besprechung zu Ende. Katherine hörte, wie Crome aufbrach, und eilte den Flur entlang, ehe die Tür aufging. In ihrem Kopf drehte sich alles schneller als die Wäschetrockner in der Museumsabteilung für antike Technologie.

Oben in ihrem Zimmer setzte sie sich hin, um nachzudenken. Sie hatte gehofft, ein Rätsel zu lösen, und jetzt war alles noch verworrener geworden. Sicher war nur, dass ihr Vater ein Geheimnis hatte. Dabei hatte er ihr sonst nie etwas vorenthalten. Er hatte immer alles erzählt, ihre Meinung wissen wollen, sie um Rat gefragt, und jetzt nannte er dieses Mädchen einen »Geist aus der Vergangenheit«, und der Oberbürgermeister wollte jemanden auf ihre Spur setzen, um … irgendetwas zu Ende zu bringen. Konnte es wirklich sein, dass die Attentäterin und Tom noch lebten? Warum schickte Crome ihren Vater auf einen geheimen Aufklärungsflug? Warum sollte niemand wissen, wohin London fuhr? Und was um alles in der Welt war MEDUSA?

6

SPEEDWELL

Den ganzen Tag schleppten sie sich weiter, der Narbe folgend, die London im weichen Boden der Jagdgründe hinterlassen hatte. Die Stadt war immer noch zu sehen, aber sie wurde kleiner und kleiner, fuhr weiter und weiter Richtung Osten voraus, und Tom ahnte, dass sie bald für immer hinter dem Horizont verschwinden würde. Die Einsamkeit nagte an ihm. Sein Leben als Historikergehilfe (dritter Klasse) hatte ihm nie viel Spaß gemacht, aber jetzt kamen ihm die Jahre im Museum geradezu idyllisch vor. Er vermisste den peniblen alten Dr. Arkengarth und den wichtigtuerischen Chudleigh Pomeroy. Er vermisste seine Pritsche im zugigen Schlafsaal, die langen Arbeitstage, und er vermisste Katherine Valentine, obwohl er ihr nur so kurz begegnet war. Manchmal konnte er, wenn er die Augen schloss, ihr Gesicht ganz deutlich vor sich sehen, die freundlichen grauen Augen und das schöne Lächeln. Bestimmt ahnte sie gar nicht, was für ein Unmensch ihr Vater war …

»Pass doch auf!«, schimpfte Hester Shaw, und Tom machte die Augen wieder auf und sah, dass er auf die Kante einer klaffenden Kettenspur zugesteuert hatte.

Als sie weiter und weiter gingen, wurde Tom allmählich klar, dass er am allermeisten das Essen in London vermisste. Es war nie besonders gut gewesen, das Essen in der Gildenkantine, aber immerhin besser als nichts, und nichts war das, was er jetzt zu essen hatte. Als er Hester Shaw fragte, wovon sie hier draußen leben sollten, sagte sie nur: »Jetzt tut es dir bestimmt leid, dass du mir die Tasche weggerissen hast, du dummer Londoner. Da drin hatte ich getrocknetes Hundefleisch.«

Am Nachmittag fanden sie ein paar kümmerliche, staubgraue Sträucher, die von den Raupenketten nicht vollständig zermalmt worden waren. Hester riss eine Handvoll Blätter davon ab und zerrieb sie zwischen zwei Steinen. »Gekocht schmecken sie besser«, sagte sie, als sie den scheußlichen Matsch hinunterwürgten. »In meiner Tasche hatte ich ein Feuerzeug.«

Später fing sie in einem der Tümpel, die sich am Grund der Kettenspuren bildeten, einen Frosch. Sie bot Tom nichts davon an, und er bemühte sich, nicht hinzuschauen, während Hester aß.

Tom wusste immer noch nicht, was er von ihr halten sollte. Die meiste Zeit schwieg sie. Und wenn er Anstalten machte, etwas zu sagen, starrte sie ihn so wütend an, dass er es sich doch lieber verkniff. Manchmal wiederum begann Hester, ganz plötzlich zu reden. »Hier geht es bergauf«, sagte sie zum Beispiel. »London wird langsamer werden. Mit voller Geschwindigkeit eine Steigung hochzufahren würde viel zu viel Treibstoff kosten.« Und dann, eine gute Stunde später: »Meine Mutter hat immer gesagt, Traktionsstädte sind idiotisch. Vor tausend Jahren gab es gute Gründe, sie zu bauen – die vielen Erdbeben und Vulkane und das Eis, das sich nach Süden vorschob. Aber jetzt rollen sie immer noch weiter und fressen einander auf, nur weil die Leute zu dumm sind anzuhalten.«

Tom gefiel es, wenn sie redete, auch wenn es klang, als sei ihre Mutter eine gefährliche Antitraktionistin gewesen. Aber immer, wenn er das Gespräch in Gang halten wollte, verstummte sie wieder und hielt sich eine Hand vor das Gesicht. Es war, als gäbe es zwei Hesters in dem einen hageren Körper: eine eiskalte Rächerin, die nichts anderes im Sinn hatte, als Valentine zu töten, und eine kluge, sympathische junge Frau, die manchmal hinter ihrer vernarbten Maske hervorblickte. Tom fragte sich, ob sie ein bisschen verrückt war. Es musste einen ja in den Wahnsinn treiben, wenn die Eltern vor den eigenen Augen ermordet wurden.

»Wie ist das passiert?«, fragte er behutsam. »Ich meine, das mit deinen Eltern. Bist du sicher, dass Valentine …«

»Sei still und lauf«, sagte Hester.

Aber mitten in der Nacht, als sie in einer Mulde kauerten, um sich notdürftig vor dem kalten Wind zu schützen, fing Hester plötzlich an, ihre Lebensgeschichte zu erzählen.

»Ich bin auf der nackten Erde aufgewachsen, drüben im Westen, auf Oak Island«, sagte sie. »Aber da sah es nicht so aus wie hier. Die Gegend war früher mal ein Teil der Jagdgründe, aber bei den Erdbeben ist drumherum alles im Meer versunken, und von da an war es eine Insel – zu weit draußen für die hungrigen Städte, und auch amphibische Siedlungen kamen nicht dran, weil die Küste zu steil war. Es war schön da: grüne Hügel, große Felsen, kleine Frischwasserbäche und dichte Eichenwälder, und die Bäume hatten lange Flechtenbärte, wie struppige Hunde sahen die aus.«

Tom schauderte es. Wie alle Londoner wusste er, dass nur Wilde freiwillig auf der nackten Erde lebten. »Mir ist eine schöne feste Deckplatte unter den Füßen lieber«, sagte er, aber Hester schien ihm gar nicht zuzuhören. Die Worte sprudelten ihr aus dem schiefen Mund, als könne sie gar nicht aufhören zu erzählen.

»Es gab auch eine kleine Stadt, Dunroamin'. Sie war früher mal mobil gewesen, aber die Bewohner hatten es satt, ständig vor größeren Städten auf der Flucht zu sein, also haben sie sie nach Oak Island befördert, das Fahrwerk abmontiert und sie in einem Hang eingegraben. Da steht sie seit über hundert Jahren, und dass sie einmal Motoren hatte, ist ihr nicht mehr anzusehen.«

»Wie schrecklich!«, ereiferte sich Tom. »Das ist ja richtig antitraktionistisch!«

»Meine Eltern haben ein Stück außerhalb gewohnt«, fuhr Hester fort, ohne ihn zu beachten. »Ihr Haus stand am Rand eines Moors, in einer Bucht. Mein Dad war Bauer und meine Mum Historikerin – wie du, nur natürlich viel klüger. Jeden Sommer ist sie mit dem Luftschiff losgeflogen, um Ausgrabungen zu machen, und kam im Herbst wieder zurück. Im Winter sind wir oft abends in ihr Arbeitszimmer auf den Dachboden hochgestiegen, und dann gab es Käsetoast und Geschichten von ihren Abenteuern.

Aber eines Nachts vor sieben Jahren bin ich plötzlich aufgewacht und habe auf dem Dachboden wütende Stimmen gehört. Ich bin die Leiter hochgestiegen, und Valentine war bei Mum im Arbeitszimmer. Ich kannte ihn, weil er ein Freund der Familie war, der auf seinen Reisen manchmal bei uns vorbeischaute. In der Nacht war er allerdings nicht gerade freundlich. ›Rück das Gerät raus, Pandora‹, hat er gesagt. ›Gib mir MEDUSA!‹ Mich hat er nicht bemerkt. Ich stand oben auf der Leiter und war vor Schreck wie gelähmt. Valentine drehte mir den Rücken zu, und ihm gegenüber hielt Mum ein seltsames Gerät an die Brust gepresst und sagte: ›Niemals, Thaddeus. Ich habe es gefunden. Es gehört mir!‹

Und dann hat Valentine sein Schwert gezogen und hat sie … und hat …«

Hester holte tief Luft. Sie wollte nicht mehr weitererzählen, aber die Welle der Erinnerung spülte über sie hinweg und warf sie zurück in jene Nacht, in jenes Zimmer, wo das Blut über die Sternenkarten gespritzt war, um dort neue Konstellationen zu bilden.

»Und dann drehte er sich um, bemerkte mich und ging auf mich los, und ich habe mich weggeduckt, so dass sein Schwert mich nur im Gesicht getroffen hat, und bin die Leiter runtergefallen. Bestimmt hat er gedacht, ich wäre tot. Er ist nämlich an Mums Schreibtisch gegangen und hat in den Schubladen gekramt, und ich bin aufgestanden und weggelaufen. Dad lag in der Küche auf dem Boden. Er war auch tot. Sogar die Hunde waren tot.

Draußen im Garten war Valentines großes schwarzes Schiff vertäut, und seine Männer standen daneben Wache. Sie wollten mich einfangen, aber ich bin ihnen entwischt. Ich bin zum Bootshaus gerannt, wo Dads Ruderboot lag. Wahrscheinlich wollte ich in Dunroamin' Hilfe holen – ich war ja klein und dachte, ein Arzt könnte Mum und Dad helfen. Aber ich war so geschwächt von den Schmerzen und dem Blutverlust … Irgendwie habe ich es geschafft, mich vom Ufer abzustoßen, und dann muss mich die Strömung rausgetragen haben, und als ich zu mir kam, lag mein Boot am Ufer der Großen Jagdgründe.

Von da an waren die Außenlande mein Zuhause. An mein Leben davor habe ich mich anfangs kaum erinnert. Als wäre mir das Gedächtnis ausgelaufen, als Valentine mir den Kopf aufgeschlitzt hat, und was übrig blieb, war völlig durcheinander. Aber nach und nach kam die Vergangenheit wieder, und irgendwann wusste ich auch genau, was Valentine mir angetan hatte. Da beschloss ich, ihn zu finden und zu töten. Genau so, wie er meine Eltern getötet hat.«

»Was war das für ein Gerät?«, fragte Tom nach einem langen Schweigen. »Dieses MEDUSA?«

Hester zuckte mit den Schultern. (Es war zu dunkel, um das zu sehen, aber Tom *hörte*, wie sie unter dem schmutzigen Mantel die Schultern hob.) »Irgendwas, das meine Mum gefunden hatte. Old-Tech. Es sah nicht mal wichtig aus. Wie ein zerbeulter Fußball aus Blech. Aber dafür wurde Mum getötet.«

»Vor sieben Jahren«, sagte Tom, »wurde Mr Valentine zum Gildenobersten ernannt. Es hieß, er habe in den Außenlanden eine wichtige Entdeckung gemacht, und Crome sei so angetan gewesen, dass er ihn über die Köpfe von Chudleigh Pomeroy und anderen Historikern hinweg an die Spitze setzte. Aber *was* er da gefunden hatte, wurde nicht gesagt. Und von etwas namens MEDUSA habe ich nie gehört.«

Hester antwortete nicht mehr. Nach einer Weile begann sie zu schnarchen.

Tom blieb lange wach und grübelte über Hesters Geschichte nach. Dabei fielen ihm die Tagträume ein, mit denen er sich die langweiligen Tage im Museum vertrieben hatte. Manchmal hatte es ihn darin mit einem hübschen Mädchen in die Außenlande verschlagen, wo er einen blutrünstigen Verbrecher fassen musste. Aber nie war es in seinen Träumen so kalt und nass gewesen oder hatten ihm die Beine so weh getan, und nie war der Verbrecher Londons größter Held gewesen. Und was das hübsche Mädchen anging …

Tom betrachtete im blassen Mondlicht Hester Shaws Gesicht, das selbst im Schlaf noch zornig wirkte. Er verstand sie jetzt ein wenig besser. Sie hasste Valentine, aber sich selbst hasste sie noch mehr – weil sie hässlich war und weil sie noch lebte, während ihre Eltern tot waren. Tom wusste noch, wie es ihm nach dem Großen Kollaps gegangen war, als er heimkam und das Haus zerquetscht war und seine Eltern tot. Er hatte das Gefühl gehabt, es sei irgendwie alles seine Schuld. Er hatte sich Vorwürfe gemacht, dass er nicht da gewesen und mit ihnen zusammen gestorben war.

Ich muss ihr helfen, dachte er. *Sie soll Mr Valentine nicht töten, aber ich muss einen Weg finden, die Wahrheit ans Licht zu bringen. Wenn es denn die Wahrheit ist. Vielleicht wird London ja langsamer, und vielleicht geht es Hester morgen besser. Dann können wir vor Sonnenuntergang an Bord sein, und irgendjemand wird auf uns hören und …*

Aber als sie am Morgen erwachten, war die Stadt noch weiter entfernt, und Hester ging es schlecht. Sie stöhnte bei jedem Schritt vor Schmerzen. Ihr Gesicht war grau wie rußiger Schnee, und frisches Blut quoll aus ihrem Verband und lief ihr in den Stiefel. Tom verfluchte sich dafür, dass er den Rest seines Unterhemds weggeworfen hatte und dass er ihr die Tasche weggerissen hatte, in der das Verbandszeug war.

Im Lauf des Vormittags zeichnete sich vor ihnen hinter wandernden Regenschleiern etwas Dunkles ab. Ein Haufen aus Schlacken und Rückständen, den London tags davor abgelassen hatte, türmte sich auf den Fahrspuren der Stadt.

Gleich daneben hatte eine seltsame kleine Siedlung angehalten, und im Näherkommen sahen Tom und Hester, dass die Bewohner auf dem Haufen herumkletterten, um Metallreste und unverbrauchten Brennstoff herauszusuchen.

Dieser Anblick gab ihnen neue Hoffnung, und sie schleppten sich schneller voran. Am frühen Nachmittag ragten schon die riesigen Räder des Städtchens über ihnen auf, und Tom bestaunte den Aufbau, der nur aus einem Deck bestand. Das Ganze war kleiner als so manches Londoner Gebäude und ganz aus Holz, das offenbar jemand nach der Maxime zusammengezimmert hatte, man müsse nur reichlich Nägel einschlagen und auf das Beste hoffen. Hinter dem Schuppen, der als Rathaus diente, ragte der schiefe Schornstein einer abenteuerlichen Antriebskonstruktion auf.

»Willkommen!«, rief ein hochgewachsener Mann mit weißem Vollbart, der in einer schmuddeligen braunen Robe von dem Schlackenhaufen herunterstieg. »Willkommen in Speedwell. Ich bin Orme Wreyland, der Bürgermeister. Sprecht ihr Anglisch?«

Hester blieb misstrauisch ein Stück zurück, aber Tom kam der alte Mann ganz freundlich vor. Er trat vor und sagte: »Entschuldigung, Sir, wir brauchen etwas zu essen und einen Arzt, der meine verletzte Freundin behandeln kann.«

»Ich bin nicht deine Freundin«, zischte Hester Shaw. »Und mir fehlt überhaupt nichts.« Aber sie war bleich und zittrig, und ihr stand der Schweiß auf der Stirn.

»Einen Arzt gibt's in Speedwell nicht«, lachte Wreyland. »Und was das Essen angeht … Tja, es sind harte Zeiten. Habt ihr dafür was anzubieten?«

Tom klopfte seine Taschen ab. Er hatte Geld dabei, bezweifelte aber, dass Orme Wreyland mit der Londoner

Währung irgendetwas anfangen konnte. Dann stieß er an etwas Hartes – den Rohling, den er im Bauchraum gefunden hatte. Er holte ihn hervor und seufzte einmal tief, bevor er ihn dem Mann überreichte. Tom hatte vorgehabt, ihn eines Tages Katherine Valentine zu schenken, aber jetzt war das Essen wichtiger.

»Hübsch! Wirklich hübsch«, sagte Orme Wreyland, neigte die Scheibe hierhin und dorthin und bewunderte die Regenbogenfarben. »Nicht besonders nützlich, aber ein paar Übernachtungen und was zu essen ist er wohl wert. Nicht dass das Essen so grandios wäre, aber besser als nichts.«

Der Bürgermeister hatte recht: Das Essen war wirklich nicht grandios, aber Tom und Hester schlangen gierig alles hinunter und ließen sich noch Nachschlag geben.

»Es besteht hauptsächlich aus Algen«, erklärte Orme Wreyland, während seine Frau die bläuliche Schmiere auf ihre Schüsseln verteilte. »Wir züchten sie in Tanks unter dem Maschinenraum. Bisschen eklig, das Zeug, aber es hält Leib und Seele zusammen, wenn sonst nicht viel zu holen ist, und unter uns gesagt, so wenig wie jetzt war noch nie zu holen. Selbst der Haufen da draußen ist uns sehr willkommen.«

Tom nickte, lehnte sich in seinem Stuhl zurück und sah sich um. Sie aßen in einem winzigen, tortenstückförmigen Zimmer, das so gar nicht wie der typische Amtssitz eines Bürgermeisters wirkte – aber Wreyland war ja auch kein typischer Bürgermeister. Das Städtchen, das der verlotterte alte Mann regierte, schien hauptsächlich von Familienmitgliedern bewohnt zu sein, Söhnen und Töchtern, Enkelkindern, Nichten und Neffen und deren Eheleuten, die sie aus anderen Städten aufgegabelt hatten.

Besonders glücklich war er damit nicht. »Es ist kein Spaß, eine Traktionsstadt zu regieren«, sagte Wreyland immer wieder. »Überhaupt kein Spaß, heutzutage. Früher, ja, da konnte ein Ort wie Speedwell halbwegs friedlich seiner Wege fahren, weil sich die anderen für solches Kleinvieh gar nicht interessierten. Aber jetzt, tja, jetzt, wo's so wenig zu holen gibt, will uns jeder, dem wir begegnen, an den Kragen. Neulich sogar eine richtige Stadt. Eine dieser großen französischsprachigen *villes mobiles*. Mal ehrlich, was soll denn so ein Monstrum mit einem Häppchen wie Speedwell anfangen? Wir füllen doch keinen hohlen Zahn. Aber gejagt haben sie uns trotzdem.«

»Dann muss Ihre Siedlung sehr schnell sein«, sagte Tom.

»O ja«, bestätigte Wreyland strahlend, und seine Frau fügte hinzu: »Sie schafft hundert Meilen pro Stunde. Das haben wir meinem Mann zu verdanken. Er hat ein echtes Händchen für Motoren.«

Tom beugte sich aufgeregt vor. »Könnten Sie uns dann nicht helfen?«, fragte er. »Wir müssen so schnell wie möglich nach London. Sie könnten es leicht einholen, und unterwegs liegen bestimmt noch viele Haufen …«

»Nichts für ungut, Kleiner«, sagte Wreyland kopfschüttelnd. »Was London ablässt, ist die weite Fahrt nicht wert, jedenfalls heutzutage nicht mehr. Es wird ja alles recycelt, seit so wenig Beute zu finden ist. Ich erinnere mich an Zeiten, da ragten die Abfallhaufen überall in den Jagdgründen wie Berge auf. Ja, damals gab's noch was zu holen! Aber heutzutage nicht mehr. Außerdem …« Ihn überlief ein Schaudern. »… werd ich mich hüten, London zu nahe zu kommen. Man kann ihnen nicht trauen, den Städten. Die machen glatt kehrt und putzen uns weg. Happs! Nein, danke.«

Tom versuchte, seine Enttäuschung zu verbergen, und nickte höflich. Er schielte zu Hester hinüber, aber die ließ den Kopf hängen und schien zu schlafen oder ohnmächtig zu sein. Er hoffte, dass sie nur von dem langen Marsch und ihrem vollen Magen müde war. Als er aufstand und nachsehen wollte, sagte Wreyland: »Aber weißt du was, Junge, wir bringen euch zur nächsten Agglomeration.«

»Zur was?«

»Zur Handelsagglomeration! Zwei, drei Tagesreisen nach Südosten, da haben sich ein paar Kleinstädte versammelt. Wir wollten sowieso hin.«

»Da wird eine Menge los sein«, fügte Mrs Wreyland hinzu. »Und selbst wenn keine der Städte nach London will, findet sich bestimmt ein Luftkaufmann, der dich und deine Freundin mitnimmt. In Agglomerationen gibt es immer Luftkaufleute.«

»Ich …«, sagte Tom und verstummte wieder. Er fühlte sich plötzlich überhaupt nicht gut. Das Zimmer waberte vor seinen Augen und glitt ihm weg wie das Bild auf einer schlecht eingestellten Mattscheibe. Hester war vom Stuhl gerutscht und lag am Boden. Aus kleinen Schreinen an den Wänden grinsten die Hausgötter der Wreylands auf Tom herab, und einer von ihnen schien mit Ormes Stimme zu ihm zu sprechen: »Da gibt's Luftschiffe, Tom, wo gehandelt wird, sind Luftschiffe nicht weit …«

»Möchtest du noch einen Nachschlag, Junge?«, fragte Mrs Wreyland, und Tom sank auf die Knie. Wie aus weiter Ferne hörte er sie noch sagen: »Das hat ja ewig gebraucht, bis es gewirkt hat, oder, Ormey?«, und ihr Mann antwortete:

»Dann müssen wir nächstes Mal wohl mehr reintun, meine Guteste.« Dann umfassten ihn die verschlungenen Muster des Teppichbodens und zogen ihn zu sich herab und wiegten ihn in einen tiefen, watteweichen Schlaf voller Träume von Katherine.

7

HIGH LONDON

Oberhalb von Deck eins, oberhalb der beliebten Ladenzeilen in Mayfair und Piccadilly, oberhalb des Quirke Circus, wo ein Abbild des Retters von London stolz auf einer kannelierten Stahlsäule steht, ruht auf gewaltigen Stützpfeilern wie eine eiserne Krone das Oberdeck der Stadt. Es ist die kleinste, höchste und bedeutendste der sieben Lagen, und es trägt nur drei Gebäude, dafür aber die drei größten Londons. Heckwärts erheben sich die Türme des Gildenhauses, wo die größeren und kleinen Gilden ihren Hauptsitz haben und sich monatlich zum Gildenrat versammeln. Ihm gegenüber steht jenes Gebäude, in dem die wirklich wichtigen Entscheidungen fallen: Dort ragt wie eine gläserne Klaue das Ingenieurium in den Himmel. Und zwischen beiden die St.-Pauls-Kathedrale, jener christliche Tempel, den Quirke wiederaufrichten ließ, als London zur Traktionsstadt wurde. Halb unter Baugerüsten verborgen und notdürftig mit Balken abgestützt, gibt die Kirche einen traurigen Anblick ab, denn sie ist für die Fortbewegung nicht geschaffen, und die weiten Reisen haben dem Gemäuer furchtbar zugesetzt. Aber bald soll sie wieder ihre Tore öffnen: Die Ingenieursgilde hat versprochen, sie instand zu setzen, und wer genau hinhört, vernimmt von drinnen das stetige Bohren und Hämmern ihrer Arbeiter.

Auch Magnus Crome hört diese Geräusche, als er in seiner Schabe an St. Pauls vorüber zum Ingenieurium rollt. Sie entlocken ihm ein verstohlenes dünnes Lächeln.

Im Ingenieurium halten dunkelgetönte Fensterscheiben die Sonne in Schach. Kaltes Neonlicht fällt auf metallene Wände, und es riecht nach Antiseptikum, was Crome an einem warmen Tag wie diesem, der nach Blumen und gemähtem Gras stinkt, ganz besonders zu schätzen weiß. Eine junge Gehilfin springt auf, als er die Eingangshalle betritt, und neigt ehrerbietig den kahlen Kopf, um seine Befehle entgegenzunehmen. »Bring mich zu Dr. Twix«, bellt Crome.

Ein Einschienenwagen wartet schon. Die Gehilfin bringt Crome hin und chauffiert ihn auf einer weiten Spiralbahn durch das Herzstück des Ingenieuriums. Die Fahrt geht hoch und höher, an Büros, Konferenzräumen und Labors vorüber, und hier und da fällt Cromes Blick durch Milchglaswände auf die Umrisse seltsamer Maschinen. Überall arbeiten seine Ingenieure, experimentieren mit Old-Tech, machen Versuchsreihen an Ratten und Hunden oder führen Gruppen kahler Kinder aus den Kindergärten im Unterbauch herum, die das Ingenieurium besichtigen dürfen. In diesem sauberen, hell erleuchteten Heiligtum seiner Gilde fühlt Crome sich sicher und wohl. Es erinnert ihn daran, wofür er London liebt und weshalb er all seine Kraft darauf verwendet, diese Stadt in Bewegung zu halten.

Als Crome ein junger Gehilfe war, viele Jahre ist es her, kursierten düstere Prognosen: Den Traktionsstädten werde die Beute ausgehen, hieß es, und sie seien dem Untergang geweiht. Seither setzt er alles daran, der Welt das Gegenteil zu beweisen. Der Aufstieg zum Obersten der Gilde und schließlich zum Oberbürgermeister ist für Crome erst der

Anfang, und die harten Recycling- und Müllvermeidungsgesetze sieht er bloß als eine Übergangsphase. Bald wird es an der Zeit sein, seine wahren Pläne zu enthüllen.

Aber erst einmal muss er dafür sorgen, dass diese Shaw nie wieder Schwierigkeiten macht.

Vor einem der oberen Labors bleibt der Schienenwagen zischend stehen. In der Tür wartet eine gedrungene Forscherin, die in ihrem weißen Mantel nervös von einem Fuß auf den anderen tritt. Evadne Twix ist eine von Londons führenden Ingenieurinnen. Auch wenn sie aussieht wie eine kauzige Tante und die Wände des Labors mit Blumen- und Welpenbildern dekoriert (ein klarer Verstoß gegen die Regularien) – bei der Forschungsarbeit kennt sie keine Skrupel. »Herr Oberbürgermeister«, flötet sie und verneigt sich. »Wie wundervoll, Sie hier zu sehen. Möchten Sie meine Babys sehen?«

»Shrike will ich sehen«, sagt Crome, prescht vorüber, und Twix flattert hinterdrein wie ein Herbstblatt im Fahrtwind einer Stadt.

Sie eilen quer durch das Labor, an erschrockenen Ingenieuren vorüber, an Regalen voller Reagenzgläser entlang und an Tischen vorbei, auf denen in mühsamer Kleinarbeit halbverrostete Metallgebilde repariert werden. Seit Jahren erforscht Dr. Twix die Stalker, die Wiedererweckten, deren Überreste sich hin und wieder in den Außenlanden finden – nur dass sie seit neuestem mehr als Reste zur Verfügung hat.

»Ihre Forschungen zu Shrike sind also abgeschlossen?«, fragt Crome im Gehen. »Und Sie sind sicher, dass wir ihn nicht mehr brauchen?«

»O ja, Herr Oberbürgermeister, wir haben alles nur Mögliche über ihn herausgefunden«, zirpt Dr. Twix. »Er ist eine faszinierende Konstruktion, aber leider viel zu komplex. Er hat beinahe schon eine eigene Persönlichkeit! Und dann die seltsame Fixiertheit auf dieses Mädchen … meine neuen Modelle sollen viel simpler werden. Möchten Sie, dass ich ihn zerlegen lasse?«

»Nein.« Crome erreicht eine kleine, kreisrunde Tür, die sich auf Knopfdruck surrend aufdreht. »Ich werde mein Versprechen halten. Und ich habe einen Auftrag für ihn.«

In dem dämmrigen Raum jenseits der runden Öffnung riecht es nach Öl. An der Rückwand steht reglos eine hoch aufragende Gestalt. Als Crome eintritt, schalten sich wie Scheinwerfer zwei runde grüne Augen ein.

»Shrike«, grüßt Crome beinahe heiter. »Wie geht es uns heute? Ich hoffe, du hast nicht geschlafen?«

»ICH SCHLAFE NIEMALS«, ertönt eine Stimme. Es ist eine schreckliche Stimme; wie das Kreischen rostiger Getrieberäder. Selbst Dr. Twix, die sie gut kennt, fröstelt plötzlich unter ihrem Gummimantel. »SOLL ICH WIEDER UNTERSUCHT WERDEN?«

»Nein, Shrike«, antwortet Crome. »Weißt du noch, was du mir erzählt hast, als du vor anderthalb Jahren nach London kamst? Von diesem Mädchen namens Hester Shaw?«

»ICH HABE ERZÄHLT, DASS SIE LEBT UND DASS SIE AUF DEM WEG HIERHER IST.«

»Tja, und jetzt hast du recht behalten. Sie ist tatsächlich nach London gekommen.«

»WO IST SIE? BRINGT SIE HER.«

»Das ist leider nicht möglich. Sie ist durch einen Entsorgungsschacht in die Außenlande entkommen.«

Ein leises Zischen ist zu hören, als ob Dampf entweicht. »ICH MUSS SIE FINDEN.«

Crome lächelt. »Genau darauf habe ich gehofft. Eins der Inspektionsschiffe meiner Gilde, eine Goshawk 90, steht schon für dich bereit. Die Piloten werden die Spur der Stadt bis zu dem Punkt zurückverfolgen, wo das Mädchen durch den Schacht gefallen ist. Wenn sie und ihr Komplize tot sind, umso besser. Wenn sie leben, töte sie. Bring mir die Leichen.«

»UND DANN?«, fragt die Stimme.

»Dann, Shrike«, antwortet Crome, »erfülle ich dir deinen Herzenswunsch.«

Es waren seltsame Zeiten in London. Die Stadt fuhr weiter mit hoher Geschwindigkeit, als rechnete sie fest mit neuer Beute, dabei blieb die graue, schlammige Ebene der nordwestlichen Jagdgründe vollkommen leer. Jeder fragte sich, was der Oberbürgermeister plante. »Wir können doch nicht einfach so weiterfahren«, hörte Katherine eine ihrer Bediensteten flüstern. »Da im Osten gibt es riesige Städte, die lassen von London nur die Knochen übrig!« Aber die Haushälterin, Mrs Malloy, antwortete ihr: »Was weißt du schon, Sukey Blinder! Hast du nicht von der Hexpedition gehört? Dass unser Mr Valentine die Gegend auskundschaften soll? Crome und er haben was ganz Großes vor, das kannst du mir glauben!«

Niemand wusste jedoch, was es war, und als Valentine gegen Mittag mal wieder von einer Besprechung mit der Ingenieursgilde kam, fragte Katherine: »Warum sollst *du* eigentlich den Weg auskundschaften? Das machen doch die Navigatoren, nicht der beste Archäologe der Welt!«

Valentine seufzte geduldig. »Der Bürgermeister vertraut

mir eben, Kate. Und ich bin bald wieder zurück. In drei Wochen. Einem Monat, höchstens. Komm, begleite mich zum Hangar, dann schauen wir mal, was Pewsey und Gench mit meiner *Elevator* angestellt haben.«

In den Jahrtausenden seit dem Sechzig-Minuten-Krieg war die Luftschifftechnologie weiter vorangeschritten, als es sich selbst die Damaligen hätten träumen lassen. Valentines *13th Floor Elevator* war eine Spezialanfertigung, die er sich vor zwanzig Jahren von dem Geld geleistet hatte, das Crome ihm nach seiner Amerikareise für ein Stück Old-Tech zahlte. Er nannte sie stolz das schönste Luftschiff aller Zeiten, und Katherine sah keinen Grund, sein Urteil anzuzweifeln. Natürlich lag dieses Prachtstück nicht im Luftschiffhafen auf Deck fünf bei den normalen Handelsschiffen, sondern an einer privaten Anlegestelle wenige hundert Meter vom Clio House.

Katherine und ihr Vater schlenderten durch den sonnigen Park darauf zu. Im Hangar und auf dem metallenen Vorfeld herrschte Hochbetrieb, weil Pewsey und Gench die *Elevator* mit Ausrüstung und Proviant beladen ließen. Hund lief voraus, um die aufgestapelten Behälter zu beschnuppern: Dosenfleisch, Traggasflaschen, Medikamente und Verbandszeug, Hüllenreparatursets, Sonnencreme, Atemmasken, Asbestanzüge, Schusswaffen, Regenmäntel, Wintermäntel, Kartierungsausrüstung, tragbare Kocher, Wechselsocken, Plastikbecher, drei Schlauchboote und ein Karton mit der Aufschrift: »Pink's patentierte Schlammstiefel speziell für den Einsatz in den Außenlanden – *So flink läuft's mit Pink!*«

Im dunklen Hangar wartete das Luftschiff. Sein glänzend

schwarzer gepanzerter Rumpf war noch von Planen verdeckt. Katherine erlebte das übliche Durcheinander von Gefühlen: Euphorie bei dem Gedanken, dass dieses imposante Gefährt ihren Vater in die Höhe tragen würde, aber auch Trauer, weil er sie zurückließ, und die Angst, er könnte nie wiederkommen. »Ach, ich wünschte, ich könnte mit!«, sagte sie.

»Diesmal nicht, Kate«, antwortete ihr Vater. »Eines Tages vielleicht.«

»Ist es, weil ich ein Mädchen bin?«, fragte sie. »Das heißt doch gar nichts. Ich meine, in den alten Zeiten durften Frauen alles tun, was Männer auch durften, und überhaupt gibt es im Lufthandel ziemlich viele Pilotinnen. Du bist selbst mal mit einer geflogen, nach Amerika, ich habe Fotos von ihr gesehen …«

»Nein, das ist es nicht, Kate«, sagte Valentine und legte die Arme um sie. »Diese Reise könnte gefährlich werden. Und überhaupt sollst du nicht so ein zerlumpter Streuner werden wie ich, sondern hierbleiben, deinen Schulabschluss machen und als wunderschöne vornehme Dame die High Londoner Society bezaubern. Und vor allem sollst du Hund davon abhalten, das Bein an meinem Proviant zu heben …«

Als Hund seine verdiente Standpauke bekommen hatte, setzten sich die beiden in den Hangar, und Katherine fragte: »Also, was hast du denn nun vor, was so wichtig und gefährlich ist?«

»Darüber darf ich nicht sprechen«, sagte Valentine und schaute aus dem Augenwinkel kurz zu ihr herüber.

»Ach, komm schon!« Katherine lachte. »Wir sind schließlich beste Freunde, oder? Du weißt genau, dass ich es niemandem weitersage. Und ich will unbedingt wissen, wohin London unterwegs ist. In der Schule reden sie von nichts anderem mehr. Wir fahren seit Tagen mit hoher Geschwindigkeit nach Osten. Nicht mal nach der Jagd haben wir Rast gemacht.«

»Also gut, Kate«, sagte Valentine, »Crome hat mich gebeten, mich in Shan Guo umzuschauen.«

Shan Guo war die führende Nation der Antitraktionistenliga. Dieses rückständige Bündnis beherrschte den ganzen indischen Subkontinent und die Überreste des alten China und verschanzte sich vor den hungrigen Städten hinter einem gewaltigen natürlichen Bollwerk aus Gebirgsketten und Sümpfen, das die Großen Jagdgründe nach Osten begrenzte. Das hatte Katherine in Erdkunde gelernt. Durch das Gebirge führte nur ein einziger Pass, und über den wachte die gewaltige Festungsstadt Batmunkh Gompa, der Schildwall, unter dessen Beschuss seit Beginn des Traktionszeitalters schon Hunderte Städte zugrunde gegangen waren. »Aber warum?«, fragte sie. »Da kann London doch gar nicht hin!«

»Das habe ich auch nicht gesagt«, antwortete Valentine. »Aber eines Tages wird uns vielleicht nichts anderes mehr übrigbleiben, als nach Shan Guo zu fahren und die Verteidigungsanlagen zu durchbrechen. Du weißt ja, wie wenig Beute noch zu finden ist. Manche Städte hungern schon und fallen über ihresgleichen her.«

Katherine schüttelte sich. »Aber es muss doch eine andere Lösung geben«, protestierte sie. »Können wir nicht mit den anderen Oberbürgermeistern reden und uns etwas ausdenken?«

Valentine lachte nachsichtig. »Ich fürchte, so läuft es im Städtedarwinismus nicht. Da heißt es, fressen und gefressen werden. Aber du kannst unbesorgt sein, Kate. Crome ist ein visionärer Mann, der findet schon einen Weg.«

Katherine nickte zögernd. Ihr Vater hatte wieder diesen gequälten, gehetzten Gesichtsausdruck. Er hatte ihr immer noch nicht anvertraut, was es mit der jungen Attentäterin auf sich hatte, und jetzt ahnte sie, dass er ihr noch etwas verschwieg – etwas, das mit der Expedition und mit Cromes Plänen zusammenhing. Hatte beides miteinander zu tun? Katherine wollte ihm nicht verraten, dass sie sein Gespräch mit dem Oberbürgermeister im Atrium belauscht hatte, also fragte sie, nur aus Neugier, wie er reagieren würde: »Hat das irgendwas mit diesem schrecklichen Mädchen zu tun? War sie etwa aus Shan Guo?«

»Nein«, antwortete Valentine hastig und wurde kreidebleich. »Sie ist tot, Kate, also brauchen wir uns wegen ihr keine Sorgen mehr zu machen. Und jetzt komm.« Er stand auf. »Bis zur Abreise haben wir noch ein paar Tage, und die sollten wir nicht vergeuden. Wir können uns vor den Kamin setzen, Toast mit Butter essen und von den alten Zeiten reden, und dann vergessen wir diese … dieses arme entstellte Mädchen.«

Als sie Hand in Hand zur Villa zurückliefen, zog ein Schatten über sie hinweg – eine Goshawk 90, die vom Ingenieurium aufgestiegen war. »Siehst du?«, sagte Katherine. »Die Ingenieure haben eigene Schiffe. Ich bin Magnus Crome sehr böse, dass er dich mir wegnimmt.«

Aber ihr Vater hielt sich stumm eine Hand über die Augen und schaute zu, wie das Luftschiff das Oberdeck umrundete und nach Westen verschwand.

8

DIE AGGLOMERATION

Tom träumte. In seinem Traum lief er Arm in Arm mit Katherine durch die vertrauten Säle des Museums, nur dass keine Gildenoberen da waren, die ihm hätten sagen können: »Wischen Sie den Boden, Natsworthy«, oder »Die Glasobjekte aus dem 43. Jahrhundert gehören dringend abgestaubt«. Stattdessen führte er Katherine herum, als sei er selbst der Hausherr, zeigte ihr die Details der Luftschiffnachbauten und das Schnittmodell der Stadt London, und sie lächelte ihn an. Dabei war die ganze Zeit ein seltsamer, langgezogener Singsang zu hören, und erst als sie den Naturkundesaal erreichten, erkannte Tom, dass der Blauwal für sie sang.

Dann verblasste der Traum, aber den Singsang konnte Tom noch immer hören. Er fand sich auf einem ruckelnden Holzboden wieder. Um ihn herum waren Bretterwände, durch deren Ritzen die helle Morgensonne fiel, und über ihm, an der Decke, verlief ein wirres Geflecht aus Schläuchen, Leitungen und Rohren. Es war Speedwells Abwassersystem, und das Gurgeln und Pfeifen darin war der Walgesang aus seinem Traum.

Tom wälzte sich auf die Seite und sah sich um. An einer Wand der winzigen Kammer lehnte Hester und nickte ihm zu.

»Wo bin ich?«, stöhnte Tom.

»Hätte nicht gedacht, dass das wirklich mal jemand sagt«, sagte Hester. »Ich dachte, das gibt's nur in Büchern. ›Wo bin ich?‹ – Interessant.«

»Nein, im Ernst«, protestierte Tom. In einer der rauen Wände gab es eine schmale Metalltür. »Sind wir immer noch in Speedwell? Was ist passiert?«

»Das Essen«, sagte Hester nur.

»Du meinst, sie haben uns Betäubungsmittel reingemischt? Aber warum?« Er stand auf und taumelte über die wackelnden Bodendielen zur Tür. »Vergiss es«, sagte Hester. »Die ist zu.« Tom rüttelte trotzdem daran, aber Hester behielt recht. Er stellte sich dicht vor die Wand, um durch einen besonders breiten Spalt zu schauen. Draußen verlief ein schmaler hölzerner Steg. Er schien zu flackern wie das Bild auf einer Mattscheibe, weil die Schatten der Radspeichen darüberglitten. Jenseits davon zogen die Außenlande vorbei, aber die Landschaft war jetzt viel steiniger und schroffer.

»Wir fahren seit Tagesanbruch Richtung Südsüdwest«, erklärte Hester, bevor er sie fragen konnte. »Wahrscheinlich schon länger, aber ich habe auch geschlafen.«

»Wo bringen sie uns hin?«

»Woher soll ich das wissen?«

Tom ließ sich an der Wand auf den Boden sinken. »Jetzt ist alles aus!«, klagte er. »London ist Hunderte von Meilen weg. Ich werde es niemals nach Hause schaffen!«

Hester schwieg. Sie war leichenblass, was die Narben in ihrem Gesicht noch heftiger hervortreten ließ. Unter ihrem verletzten Bein war Blut in die Holzdielen gesickert.

Eine Stunde verstrich und dann noch eine. Manchmal liefen draußen auf dem Steg Menschen vorbei, deren Schatten die schmalen Lichtstreifen in den Wänden verdeckten. Die Rohre gurgelten vor sich hin. Irgendwann war endlich zu hören, wie jemand sich an einem Vorhängeschloss zu schaffen machte. Unten in der Metalltür ging eine Klappe auf, und ein Gesicht erschien in der Öffnung. »Alles in Ordnung bei euch?«, fragte es.

»In Ordnung?«, rief Tom. »Nichts ist in Ordnung!« Er krabbelte zur Tür. Davor hatte sich Wreyland auf die Knie niedergelassen und tief heruntergebeugt, um durch die Klappe schauen zu können (die ursprünglich vermutlich eine Katzenklappe gewesen war). Hinter ihm waren die Stiefel zweier Wachen zu erkennen. »Was soll das?«, fragte Tom. »Wir haben Ihnen nichts getan!«

Der alte Bürgermeister wirkte peinlich berührt. »Hast ja recht, mein Junge, aber es sind harte Zeiten, weißt du, wirklich hart heutzutage. Es ist kein Zuckerschlecken mit einer kleinen Stadt. Da muss man eben nehmen, was man kriegt. Euch zum Beispiel. Euch wollen wir als Sklaven verkaufen, weißt du. So ist das nun mal. In der Agglomeration gibt's ein paar Sklavenstädte, da verkaufen wir euch. Es geht nicht anders. Wir brauchen Ersatzteile für unsere Motoren, wenn wir unseren Vorsprung vor den Großen behalten wollen …«

»Verkaufen?« Von Städten, die in ihren Maschinenräumen Arbeitssklaven hielten, hatte Tom durchaus gehört, aber das war immer etwas Fernes, Exotisches gewesen, was sein Leben nicht betraf. »Ich muss nach London! Sie dürfen mich nicht verkaufen!«

»Du bringst bestimmt gutes Geld ein«, sagte Wreyland, als wäre das ein Kompliment. »So ein gut gewachsener junger Bursche. Für dich finden wir einen prima Besitzer. Bei deiner Freundin weiß ich nicht so recht – die sieht ja halbtot aus und war vorher schon nicht die Schönste. Aber vielleicht schlagen wir euch ja zusammen los, zwei zum Preis von einem.« Er schob zwei Schüsseln durch die Klappe, zwei Metallnäpfe, wie man sie Hunden gab. In einem war Wasser, in dem anderen wieder der bläuliche Algenmatsch. »Schön aufessen!«, mahnte er gutgelaunt. »Ihr sollt bei der Versteigerung doch Eindruck machen. Vor Sonnenuntergang sind wir da, dann können wir euch gleich in der Früh verkaufen.«

»Aber …«, begann Tom.

»Ich weiß, ich weiß, und es tut mir auch wirklich furchtbar leid, aber was soll man machen?«, sagte Wreyland traurig. »Die Zeiten sind nun mal wirklich hart.«

Damit knallte er die Klappe wieder zu. »Was ist mit meinem Rohling?«, rief Tom ihm nach. Es kam keine Antwort. Kurz hörte er Wreyland noch mit den Wachen reden, dann war es still. Tom schöpfte etwas Wasser und trug die Schüssel zu Hester. »Wir müssen hier weg«, sagte er zu ihr.

»Und wie?«

Tom schaute sich um. Die Tür kam nicht in Frage, die war stabil und bewacht. Er betrachtete das Gewirr von Rohren, bis ihm der Nacken schmerzte. Es gab einige, durch die man vielleicht hätte hindurchpassen können, aber er hatte keine Ahnung, wie sie dort drankommen sollten, geschweige denn hinein. Und überhaupt war er nicht sehr erpicht darauf, herauszufinden, was darin so satt und saftig gluckerte. Also nahm er sich die Wände vor und betastete die Bretter. Es gab eins, das lose war, und als er eine Weile daran rüttelte, lockerte es sich noch ein wenig mehr.

Es war eine mühselige, schmerzhafte Arbeit. Toms Hände waren bald voller Holzsplitter, Schweiß lief ihm über das Gesicht, und immer, wenn draußen jemand vorbeilief, musste er unterbrechen. Hester sah ihm nur schweigend zu, und allmählich ärgerte es ihn, dass sie ihm nicht half. Gegen Abend, als der Himmel sich rötlich färbte und das Städtchen langsamer wurde, hatte er einen Spalt geschaffen, durch den gerade eben sein Kopf passte.

Tom wartete, bis die Luft rein war, und schaute hindurch. Speedwells Weg führte durch schmale Felsgrate, die von Städten benagten Überreste ehemaliger Berge. Ein Stück voraus bildete der Untergrund eine natürliche Arena, eine runde Mulde zwischen weiteren Felsformationen. Dort wimmelte es von Städten. Tom hatte noch nie eine so große Ansammlung von Handelsvororten und Traktionsdörfern gesehen. »Wir sind da!«, sagte er zu Hester. »Wir sind bei der Agglomeration!«

Speedwell bremste und manövrierte sich in die Lücke zwischen einem heruntergekommenen kleinen Dorf mit Segelantrieb und einem größeren Marktflecken. Die Bewohner der neuen Nachbarn riefen Speedwell Willkommensgrüße zu und fragten Wreyland, wo er gewesen sei und was er mitgebracht habe. »Altmetall«, hörte Tom ihn antworten, »bisschen Holz und 'nen hübschen Rohling. Und zwei knackfrische, gesunde junge Sklaven!«

»Oh, Quirke«, murmelte Tom und versuchte hektisch, den Spalt zu vergrößern.

»Das wird nie was«, sagte Hester, die immer vom Schlimmsten ausging und meistens recht behielt.

»Du könntest ja mal helfen, statt da nur rumzusitzen!«, entgegnete Tom, aber es tat ihm sofort leid, als er bemerkte, wie elend Hester aussah. Er fragte sich, was er tun sollte, wenn sie zu schwach war, um mit ihm zu fliehen. Er konnte nicht einfach davonlaufen und sie zurücklassen. Aber wenn er blieb, blühte ihm ein Leben als Arbeitssklave auf einem dieser dreckigen Dörfer!

Tom versuchte, nicht weiter daran zu denken, und konzentrierte sich auf seine Arbeit, während sich draußen der Himmel verdunkelte und der Mond aufging. Musik und Gelächter wehten zu ihm herüber, und Laufplanken wurden ausgefahren, weil einige von Wreylands Leuten sich in anderen Städten vergnügen wollten. Tom rüttelte und kratzte an den Brettern rechts und links der Lücke, versuchte, sie zu lockern oder mit einem rostigen Nagel Stücke abzuhacken, aber es half alles nichts. Schließlich wandte er sich verzweifelt zu Hester um und flüsterte: »Hilf mir! Bitte!«

Hester rappelte sich mühsam hoch und kam zu ihm. Sie sah geschwächt aus, aber nicht ganz so schlimm, wie Tom befürchtet hatte. Vielleicht hatte sie sich ausgeruht und ihre letzten Kraftreserven für den Moment gespart, wo es dunkel genug war, um zu fliehen. Sie befühlte das Loch, das Tom in der Wand hinterlassen hatte, einmal ringsum und nickte. Dann stützte sie sich auf ihn, verlagerte ihr ganzes Gewicht auf seine Schulter und trat mit dem gesunden Fuß gegen die Wand. Ein, zwei Tritte mit voller Wucht, und das Holz um das Loch begann zu splittern. Beim dritten Tritt brach ein ganzer Abschnitt der Wand heraus und verteilte sich als Kleinholz auf dem Steg davor.

»Das hätte ich auch machen können«, sagte Tom, starrte auf die riesige Öffnung und fragte sich, warum er nicht auf die Idee gekommen war.

»Hast du aber nicht, oder?«, sagte Hester und lächelte. Es war das erste Mal, dass Tom sie lächeln sah – eine schiefe, hässliche Grimasse, über die er sich riesig freute. Sie gab ihm das Gefühl, dass Hester ihn mochte und nicht mehr nur als Ärgernis betrachtete.

»Na, dann los«, sagte sie. »Falls du mitwillst.«

Hunderte Meilen entfernt hat Shrike im mondbeschienenen Schlamm der Außenlande etwas entdeckt. Er gibt den Ingenieuren ein Signal. Fluchend setzen sie mit der Goshawk 90 zur Landung an. »Was ist denn jetzt wieder? Wie lange sollen wir hier noch über den Fahrspuren rumkurven, bis er einsieht, dass die beiden tot sind?« Aber sie fluchen leise, denn sie haben eine Heidenangst vor Shrike.

Die Luke geht auf, und Shrike tritt aus der Gondel. Er lässt den Blick seiner grün leuchtenden Augen umherschweifen, bis er gefunden hat, was er sucht. Einen Fetzen hellen Stoffes, den Überrest eines zerrissenen Unterhemds, halb vom Schlamm begraben und vom Regen durchweicht. »HESTER SHAW WAR HIER«, *sagt Shrike zu niemandem im Besonderen und nimmt ihre Witterung auf.*

9

DIE JENNY HANIVER

Erst sah es aus, als liefe alles glatt. Sie hasteten über den dämmrig beleuchteten Steg und versteckten sich im Schatten eines Radkastens. Von dort sahen sie die dunklen Umrisse der anderen Städte, ihre erleuchteten Fenster und ein großes Lagerfeuer auf einer Schürfersiedlung am anderen Ende der Agglomeration, wo ein lärmendes Fest gefeiert wurde.

Sie folgten Speedwells Reling bis zu einer Laufplanke, die den Ort mit dem Marktflecken nebenan verband. Der Weg war nicht bewacht, aber hell erleuchtet, und als sie gerade drüben waren, hörten sie hinter sich jemanden rufen. »Hey!«, und noch einmal, lauter: »Hey! Hey, Onkel Wreyland, die Sklaven hauen ab!«

Sie rannten los, oder vielmehr rannte Tom und schleifte Hester, die bei jedem Schritt leise wimmerte, hinter sich her. Eine Treppe hoch, über einen Laufsteg, an einem Schrein der Peripatetia vorüber, der Göttin der wandelnden Städte, und schließlich auf den Marktplatz der Stadt. Ringsum standen vergitterte Käfige, in denen magere, elende Sklaven ihrem Verkauf entgegensahen. Tom zwang sich, langsamer zu werden, und versuchte, sich möglichst unauffällig zu verhalten, während er gleichzeitig auf mögliche Verfolger lauschte. Aber es war nichts zu hören. Entweder hatten die

Wreylands aufgegeben oder sie durften an Bord einer anderen Stadt vielleicht niemanden verfolgen – Tom kannte sich mit den Regeln in einer Agglomeration nicht aus.

»Geh Richtung Bug«, sagte Hester, machte sich von ihm los und richtete ihren Kragen auf, um ihr Gesicht zu verbergen. »Wenn wir Glück haben, gibt es am Bug einen Lufthafen.«

Und sie hatten Glück. Auf dem obersten Deck der Stadt gab es vorn einen erhöhten Bereich, wo ein halbes Dutzend Luftschiffe ankerten. Ihre dunklen, gasgefüllten Rümpfe lagen beieinander wie eine Gruppe schlafender Wale. »Sollen wir eins stehlen?«, fragte Tom.

»Nur wenn du es dann auch fliegen kannst«, sagte Hester matt. »Da drüben ist eine Aeronautenschänke, da müssen wir eine Überfahrt buchen wie ganz normale Passagiere.«

Die Schänke befand sich in einer uralten, halbverrosteten Luftschiffgondel, die auf dem Deck festgenietet worden war. Davor standen ein paar Metalltische unter einer gestreiften Markise. Drinnen hingen Petroleumlampen von der Decke, und ein alter Aeronaut war auf seinem Stuhl in sich zusammengesunken und schnarchte. Die einzige andere Kundin war eine zwielichtig wirkende Asiatin in einem langen roten Pilotenmantel. Sie saß in einer dunklen Ecke unweit der Bar und trug selbst in der düsteren Schänke eine Sonnenbrille, deren kleine schwarze Gläser glänzten wie die Flügeldecken eines Käfers. Sie starrte Tom nach, als er mit Hester zum Tresen ging.

Der Wirt, ein kleiner Mann mit einem herabhängenden Schnurrbart, polierte gerade Gläser. Er schaute gelangweilt von der Arbeit auf, als Tom sagte: »Ich will eine Überfahrt buchen.«

»Und wohin?«

»Nach London«, sagte Tom. »Meine Begleiterin und ich wollen nach London, und wir müssen heute noch abreisen.«

»London, hä?« Die Schnurrbartenden des Mannes zuckten, als steckten zwei Eichhörnchen mit langen Schwänzen in seinen Nasenlöchern, die allmählich nervös wurden. »Da können nur Schiffe anlegen, die 'ne Lizenz von der Londoner Kaufmannsgilde haben. So welche ham' wer hier nich. So was gibt's nicht bei uns in Stayns.«

»Vielleicht kann ich ja behilflich sein?«, fragte eine sanfte, fremdartige Stimme direkt neben Tom. Die Aeronautin im roten Mantel hatte sich unbemerkt genähert – eine schlanke, schöne Frau mit dachsartigen weißen Strähnen im kurzen schwarzen Haar. Das Flackern der Petroleumlampen spiegelte sich in ihrer Sonnenbrille, und als sie lächelte, fiel Tom auf, dass ihre Zähne rot verfärbt waren. »Eine Ankerlizenz für London habe ich auch nicht, aber ich will nach Airhaven. Dort findet ihr bestimmt ein Schiff, das euch hinbringt. Könnt ihr denn bezahlen?«

Darüber hatte Tom noch gar nicht nachgedacht. Er fasste in eine seiner Taschen und förderte zwei knittrige Banknoten zutage, auf denen vorn der große Quirke zu sehen war und auf der Rückseite das strenge Gesicht des Oberbürgermeisters Magnus Crome. Die hatte Tom an jenem Abend eingesteckt, als er in den Müllschacht gefallen war, weil er gehofft hatte, er könnte sie bei dem Fest in den Kensington Gardens gebrauchen. Hier, im schummrigen Lampenlicht in einer Aeronautenschänke, wirkten sie wie Spielgeld, völlig fehl am Platz.

Die Frau im Mantel schien das ähnlich zu sehen. »Sieh an, zwanzig Quirkes«, sagte sie. »Aber solche Scheine werden nur in London angenommen. Das nützt einem einfachen Zugvogel wie mir nicht viel. Hast du Gold? Oder Old-Tech?«

Tom zuckte mit den Schultern und murmelte irgendetwas. Aus dem Augenwinkel bemerkte er, dass sich Neuankömmlinge einen Weg zwischen den Tischen bahnten. »Da, Onkel Wreyland!«, rief einer von ihnen. »Da sind sie! Wir haben sie!«

Tom fuhr herum und sah Wreyland mit mehreren jungen Männern auf sich zukommen. Sie waren alle mit Knüppeln bewaffnet. Er packte Hester am Arm, die sich halb ohnmächtig an den Tresen lehnte, und machte sich auf den Weg zur Tür. Einer der Speedwell-Bewohner wollte ihm den Weg abschneiden, aber die Frau in dem roten Mantel stellte sich dem Mann entgegen. »Das sind meine Passagiere. Wir wollten gerade einen Preis aushandeln.«

»Das sind unsere Sklaven!«, rief Wreyland, schob sich an ihr vorbei und setzte Tom nach. »Tom Nitsworthy und seine Freundin. Die ham wir selbst gefunden, draußen in den Außenlanden, und wer's findet, darf's behalten, das ist nur gerecht!«

Tom eilte mit Hester über das Deck, an Treppen vorüber, die zu den Flugpiers führten. Er hörte, wie Wreyland seinen Leuten Befehle zurief und sie sich aufteilten. Dann krachte es knapp hinter ihnen, und ein schmerzerfülltes Grunzen war zu hören, als sei jemand gestürzt. *Sehr gut!*, dachte Tom, aber er ahnte, dass die anderen sie bald finden würden.

Er half Hester eine der Treppen zu den Piers hoch. In manchen der Luftschiffe brannte Licht, und er fasste den vagen Plan, irgendwo an Bord zu gehen und die Mannschaft zu zwingen, sofort nach London aufzubrechen. Allerdings hatte er keine Waffe, und als er anfing, sich nach einer umzuschauen, dröhnten schon Schritte auf den Stufen, und er hörte Wreyland rufen: »Jetzt komm, sei vernünftig, Nitsworthy! Zwing mich bitte nicht, dir weh zu tun. – Fred!«, rief er dann. »Die Ratten sitzen in der Falle! Fred?«

Tom spürte, wie sein letzter Funken Hoffnung erlosch. Jetzt gab es wirklich keinen Ausweg mehr. Er stand hilflos, mit hängenden Armen da, als Wreyland mit dem Knüppel in der Hand in den Lichtkegel eines Bullauges trat. Hester stöhnte auf und sank gegen eine Seilwinde.

»Was sein muss, muss sein«, sagte Wreyland, als hätte er ihre Äußerung als Beschwerde aufgefasst. »Mir gefällt diese ganze Sklavereigeschichte auch nicht, aber es sind harte Zeiten, und wir haben euch nun mal gefunden, nicht wahr ...«

Ganz plötzlich, viel schneller, als Tom es für möglich gehalten hätte, setzte Hester sich in Bewegung. Sie zog einen eisernen Hebel aus der Winde und erwischte Wreyland damit an der Schläfe. Der Knüppel flog ihm aus den Händen und fiel laut klirrend auf den Pier. Er heulte auf und sackte in sich zusammen. Hester stürzte sich auf ihn und holte mit der Eisenstange aus, aber bevor sie dem alten Mann damit den Schädel zertrümmern konnte, fiel Tom ihr in den Arm. »Nicht! Du bringst ihn ja um!«

»Na und?« Hester fuhr zu ihm herum und fletschte die Zähne wie ein wild gewordener Affe. »Na und?«

»Er hat recht, meine Liebe«, sagte eine sanfte Stimme. »Es gibt keinen Grund, ihn zu töten.« Mit wehendem Mantel trat die Frau aus der Schänke auf Tom und Hester zu. »Wir sollten besser an Bord gehen, bevor seine Leute euch finden.«

»Aber wir können doch nicht bezahlen«, wandte Tom ein.

»Das ist allerdings wahr, Tom Nitsworthy«, sagte die Aeronautin. »Aber genauso wenig kann ich einfach zusehen, wie sie euch als Sklaven verkaufen. Ich war selbst einmal eine Sklavin, und ich kann es wirklich nicht empfehlen.« Inzwischen hatte sie ihre Brille abgenommen und betrachtete Tom mit ihren lächelnden mandelförmigen Augen. »Außerdem«, fuhr sie fort, »habt ihr mich neugierig gemacht. Was macht ein Londoner wie du in den Außenlanden?« Sie streckte Tom ihre Hand entgegen, eine schlanke dunkle Hand, unter deren dünner Haut die filigrane Mechanik aus Knochen und Sehnen deutlich sichtbar war.

»Und wie sollen wir wissen, dass Sie uns nicht genauso verraten wie Wreyland?«, fragte Tom.

»Na, gar nicht!«, lachte sie. »Ihr müsst mir einfach vertrauen.«

Tom hatte das Gefühl, nach der Sache mit Valentine und Wreyland überhaupt niemandem mehr trauen zu können, aber diese Fremde war die einzige Hoffnung, die ihm blieb. »Na gut«, sagte er. »Aber Wreyland hat meinen Namen nicht richtig verstanden. Ich heiße *Natsworthy.*«

»Und mein Name ist Fang«, sagte die Frau. »Miss Anna Fang.« Sie hielt ihm immer noch die Hand hin wie einem scheuen Tier, das sie zähmen wollte, und zeigte lächelnd ihre beängstigend roten Zähne. »Mein Luftschiff liegt an Pier sechs.«

Also folgten Hester und Tom ihr. Irgendwo im Schatten der Piers mussten sie über Wreylands Leute hinwegsteigen, die mit hängenden Köpfen schlaff an einem Pfeiler lehnten. »Sind sie …?«, flüsterte Tom.

»Bewusstlos«, antwortete Miss Fang. »Da habe ich wohl ein bisschen meine Kräfte unterschätzt.«

Tom wollte sich überzeugen, dass mit den Männern alles

in Ordnung war, aber die Aeronautin zog ihn weiter zum Aufgang von Pier sechs. Das Schiff, das dort vor Anker lag, war nicht ganz der elegante Flug-Klipper, den Tom sich vorgestellt hatte. Es sah eher aus, als hätte jemand aufs Geratewohl ein paar rostige Triebwerkgehäuse an eine hölzerne Gondel geschraubt, die an einem zerschlissenen roten Gassack hing.

»Die besteht ja aus Schrott!«, stieß Tom aus.

»Schrott?« Miss Fang lachte. »Die *Jenny Haniver* besteht aus Teilen der besten Luftschiffe, die je geflogen sind! Die Außenhülle aus Silikonseide stammt von einem Klipper aus Shan Guo, die Jeunet-Carot-Aeromotoren kommen von einem Kampfschiff aus Paris, die armierten Traggaszellen von einem Spitzbergener Kriegsballon – schon erstaunlich, was die Leute alles wegwerfen …«

Sie führte ihre Passagiere über die Laufplanke in die enge, nach Gewürzen duftende Gondel – eine schlichte, zigarrenförmige Holzkonstruktion, in der vorn die Pilotenkanzel war, hinten Anna Fangs Wohnquartier und dazwischen ein paar andere Kabinen. Tom musste sich immer wieder bücken, um sich nicht an Hängeschränken den Kopf anzuschlagen, und aus den Schalttafeln unter der Decke baumelten bedenklich wirre Kabelbündel. Die Aeronautin dagegen eilte routiniert hin und her, murmelte etwas in einer fremden Sprache, legte Schalter um, bediente Hebel und ließ kleine grüne Lämpchen aufleuchten, von denen es in der Kanzel schimmerte wie in einem Aquarium.

Als sie Toms besorgte Blicke bemerkte, lachte sie. »Ich spreche Airsperanto, die Verkehrssprache unter uns Aeronauten. Es wird schon mal einsam draußen auf den Vogelpfaden, deshalb führe ich viele Selbstgespräche.«

Wieder bewegte sie einen Hebel, und Tom hörte das Knarren und Zischen von Ventilen. Es klongte, als die magnetischen Ankerklemmen sich lösten, und dann meldete sich knisternd und aufgebracht das Funkgerät: »*Jenny Haniver*, hier spricht die Lufthafenaufsicht von Stayns. Sie haben keine Ablegeerlaubnis!«

Die *Jenny Haniver* legte trotzdem ab. Tom zog es heftig im Magen, als sie sich in den Nachthimmel erhob. Er eilte zu einem Bullauge und sah, wie der Marktflecken unter ihm zusammenschrumpfte. Daneben rückte Speedwell ins Bild, und gleich darauf konnte Tom die ganze Agglomeration überblicken – ganz klein, wie Stadtmodelle im Museum.

»*Jenny Haniver*«, quäkte es aus dem Funkgerät, »kehren Sie sofort in den Hafen zurück! Uns liegt ein Auslieferungsantrag des Gemeinderats von Speedwell für einen Ihrer Passagiere vor. Bei Zuwiderhandeln sehen wir uns gezwungen …«

»Laangweilig!«, kommentierte Miss Fang und schaltete das Funkgerät ab. Eine selbstgebastelte Raketenbatterie auf dem Dach des Rathauses von Speedwell spuckte einen fauchenden Schwarm Geschosse aus. Drei zischten harmlos vorüber, eine vierte explodierte an Steuerbord neben der Gondel, die davon wie ein Uhrpendel ins Schaukeln geriet, und die fünfte kam sogar noch näher. (Sie entlockte Anna Fang eine gelupfte Augenbraue, während Tom und Hester sich wegduckten wie verschreckte Hasen.) Dann waren sie außer Reichweite. Die *Jenny Haniver* stieg in die kalte Leere der sternenklaren Nacht, und von der Handelsagglomeration war nichts mehr zu sehen bis auf einen verschwommenen Lichtfleck unter der Wolkendecke.

10

DIE 13TH FLOOR ELEVATOR

In dieser Nacht regnete es in London, aber der Morgen dämmerte blass und klar, und der Rauch der gewaltigen Motoren stieg senkrecht in den windstillen Himmel. Die aufgehende Sonne überzog die nassen Deckplatten mit Silberglanz, und auf Deck eins hingen die Flaggen schlaff an ihren Masten. Es war prächtiges Frühlingswetter – die Sorte Wetter, auf die Valentine gehofft und vor der Katherine sich gefürchtet hatte. Perfektes Reisewetter nämlich.

Trotz der frühen Stunde waren am Rand von Deck eins überall Menschen versammelt, die den Abflug der *13th Floor Elevator* feiern wollten. Als Gench Katherine und ihren Vater zur Anlegestelle chauffierte, war sogar der Circle Park schon voll – anscheinend war ganz High London auf den Beinen, um Valentines Aufbruch zu bejubeln. Zwar wusste niemand, wo er hinwollte, aber auf der langen Fahrt gen Osten brodelte es pausenlos in der Gerüchteküche, und inzwischen waren alle überzeugt, dass die Expedition mit einer kapitalen Beute zusammenhing, zu der ihr Oberbürgermeister sie führen würde.

Für den Stadtrat und die Gilden gab es Tribünen, und als sich Katherine im Gedränge des Hangars von ihrem Vater verabschiedet hatte, begab sie sich mit Hund auf ihren Platz bei den Historikern, zwischen Chudleigh Pomeroy und

Dr. Arkengarth. Um sie herum war alles versammelt, was in London Rang und Namen hatte: Vaters Gildengenossen in ihren schlichten schwarzen Roben, die Kaufleute in Violett, ernste Navigatoren in adretten grünen Hemden und Ingenieure in ihren weißen Gummimänteln und Kapuzen, wie lauter Radiergummis in Menschenform. Selbst Magnus Crome gab sich die Ehre und trug die antike Amtskette um seinen dürren Hals.

Wäre es nach Katherine gegangen, hätten sie alle gern zu Hause bleiben dürfen. Wie sollte man sich von jemandem verabschieden, wenn man mitten in einer jubelnden Menge stand, die Fähnchen schwenkte und Kusshändchen warf? Sie kraulte Hund den knochigen Kopf und flüsterte ihm zu: »Siehst du, da ist Vater, er geht gerade die Laufplanke hoch. Gleich starten sie auch die Motoren.«

»Ich will nur hoffen, dass alles gutgeht«, murmelte der alte Dr. Arkengarth. »Man hört doch immer wieder, dass diese Luftschiffe ganz plötzlich explodieren.«

»Sollten wir uns besser weiter nach hinten stellen?«, schlug Miss Plym vor, die schwatzhafte Möbel-Kuratorin des Museums.

»So ein Quatsch«, schimpfte Katherine. »Natürlich wird alles gutgehen.«

Überraschenderweise pflichtete Pomeroy ihr bei. »Nein, wirklich, Arkengarth, Sie alter Gimpel, wir wollen nichts dergleichen hören. – Keine Sorge, Miss Valentine. Ihr Vater hat das beste Luftschiff der Welt und die erfahrensten Piloten. Ihm kann gar nichts passieren.«

Katherine lächelte dankbar, drückte aber trotzdem die Daumen, und Hund, der ihre Anspannung spürte, winselte leise.

Im Hangar hörte man jetzt, wie Luken geschlossen und Leitern weggeschoben wurden. Auf den Tribünen wurde es still. Ganz High London schien den Atem anzuhalten. Dann spielte die Kapelle »Rule Londonium«, und die Bodenmannschaft zog die *13th Floor Elevator* ins Freie, einen eleganten schwarzen Pfeil mit seidig glänzender, gepanzerter Außenhülle. Auf einem kleinen Freideck am Heck der Gondel stand Valentine und winkte. Er grüßte sein Bodenpersonal, die Zuschauer auf den Tribünen, und dann blickte er, ohne eine Sekunde suchen zu müssen, zu Katherine und lächelte ihr zu.

Sie winkte eifrig zurück, und die Zuschauer jubelten sich heiser, während die Triebwerke der *13th Floor Elevator* in ihre Startposition schwenkten. Helfer am Boden warfen die Ankertrossen los, die Luftschrauben begannen, sich zu drehen, und wirbelten ein Konfetti-Gestöber auf, während das Luftschiff langsam abhob. Ein Historikergehilfe schwenkte ein Spruchband mit der Aufschrift »Alles Gute zum Valentine-Tag!«, und der Jubel wollte gar nicht wieder enden, als dächten die Leute, ihr Held würde nur durch ihre Rufe in der Luft gehalten: *»Va-len-tine! Va-len-tine!«*

Der schien den Trubel gar nicht zu bemerken. Er hatte nur Augen für Katherine, die er mit erhobener Hand stumm grüßte, bis er in der Ferne nicht mehr zu sehen war.

Als die *Elevator* schließlich nur noch ein Fleck am Morgenhimmel war und die Tribünen sich allmählich leerten, wischte Katherine sich die Tränen ab, nahm Hund an die Leine und ging heim. Sie vermisste ihren Vater schon jetzt, aber immerhin hatte sie einen Plan. Solange er unterwegs war, wollte sie auf eigene Faust herausfinden, wer das geheimnisvolle Mädchen gewesen war und warum sie ihrem Vater solche Angst einjagte.

11

AIRHAVEN

Als er sich endlich gewaschen, ausgeschlafen und etwas gegessen hatte, beschloss Tom, so ein Abenteurerleben sei vielleicht doch gar nicht so schlecht. Bei Sonnenaufgang begannen die elende Wanderung durch den Schlamm der Außenlande und die Gefangenschaft in Speedwell, in seiner Erinnerung schon zu verblassen, und der Ausblick durch die Bugfenster auf golden schimmernde Wolkenberge linderte selbst den Schmerz, den Tom beim Gedanken an Valentines Verrat empfand. Als er schließlich beim Frühstück mit Miss Fang in der Kanzel an einer heißen Schokolade nippte, fühlte Tom sich ausgesprochen wohl.

Seit die *Jenny Haniver* Speedwells Raketen entkommen war, hatte sich Anna Fang als sehr zuvorkommend erwiesen. Sie stellte einen festen Kurs ein, fand an Bord einen gefütterten Pilotenmantel, der Tom passte, und richtete ihm in einem Frachtraum oben im Rumpf auf einem Stapel Robbenfellen aus Spitzbergen einen Schlafplatz ein. Hester brachte sie in die Krankenkabine und kümmerte sich um ihr verletztes Bein. Als Tom sie nach dem Frühstück besuchte, schlief Hester tief und fest unter einer weißen Decke. »Ich habe ihr etwas gegen die Schmerzen gegeben«, sagte Miss Fang. »Sie wird noch ein paar Stunden schlafen, aber du brauchst dir keine Sorgen mehr zu machen.«

Tom schaute auf Hesters schlafendes Gesicht. Irgendwie hatte er erwartet, so frisch gewaschen, versorgt und behandelt würde sie weniger hässlich aussehen, aber natürlich war sie genauso verunstaltet wie zuvor.

»Er hat sie ganz schön zugerichtet, der saubere Mr Valentine«, sagte die Aeronautin, ging mit Tom in die Kanzel zurück und steuerte ihr Schiff wieder von Hand.

»Was wissen Sie von ihm?«, fragte Tom.

»Oh, Thaddeus Valentine ist weit und breit bekannt«, lachte Miss Fang. »Ich weiß, dass er Londons berühmtester Historiker ist, aber auch, dass er diese Rolle nur zur Tarnung spielt. In Wirklichkeit ist er ein Geheimagent im Dienst von Magnus Crome.«

»Das kann nicht sein!«, rief Tom, der immer noch den Reflex hatte, seinen früheren Helden zu verteidigen. Aber er erinnerte sich an Gerüchte, dass es bei Valentines Expeditionen um mehr ging als um Archäologie, und jetzt, da er den Mann von seiner skrupellosen Seite kennengelernt hatte, konnte er nicht umhin, Anna Fang zu glauben. Er wurde rot, so sehr schämte er sich für Valentine und für sich selbst, weil er ihn bewundert hatte.

Miss Fang betrachtete ihn mit einem stillen, mitleidigen Lächeln. »Hester hat mir gestern, als ich sie verarztet habe, noch viel mehr erzählt«, sagte sie sanft. »Ihr habt beide wirklich Glück, dass ihr noch lebt.«

»Das stimmt«, sagte Tom, aber ganz wohl war ihm nicht dabei, dass Hester sich dieser Fremden anvertraut hatte.

Er setzte sich in den Copilotensitz und schaute sich die Steuerung an. Es war eine unübersichtliche Ansammlung von Knöpfen, Schaltern und Hebeln, die mal auf Airsperanto, mal auf Anglisch oder Chinesisch beschriftet waren. Darüber war ein kleiner lackierter Schrein an der Wand befestigt, den bunte Bänder und Fotos von Miss Fangs Vorfahren zierten. Dieser lächelnde mandschurische Lufthändler war bestimmt ihr Vater, dachte Tom. Und diese rothaarige Bewohnerin der Eisöde – ob das wohl ihre Mutter war?

»Also, Tom, erzähl doch mal«, sagte Miss Fang und setzte einen neuen Kurs, »wo will London eigentlich hin?«

Diese Frage traf Tom unerwartet. »Keine Ahnung!«, sagte er.

»Irgendetwas wirst du doch darüber wissen!«, antwortete sie lachend. »Deine Stadt ist aus ihrem Versteck gekrochen, hat die Landbrücke überquert, und jetzt prescht sie wie die sprichwörtliche Fledermaus aus der Hölle auf die Inneren Jagdgründe los. Da muss es zumindest Gerüchte geben, oder?«

Sie warf ihm einen Seitenblick zu. Tom leckte sich nervös die Lippen und begann, fieberhaft zu überlegen. Für die dummen Spekulationen der anderen Gehilfen hatte er sich nie interessiert; er hatte also wirklich keine Ahnung, wohin London unterwegs sein könnte. Und selbst wenn, war es sicher falsch, die Pläne seiner Stadt einer dubiosen asiatischen Aeronautin anzuvertrauen. Was, wenn Miss Fang gegen eine Belohnung anderen Städten verriet, wo sie London auflauern konnten? Aber wenn er ihr gar nichts erzählte, warf sie ihn vielleicht von Bord – womöglich ohne das Schiff vorher zu landen!

»Beute!«, platzte er heraus. »Die Navigatorengilde sagt, in den Inneren Jagdgründen gäbe es jede Menge Beutestädte.«

Das rot verfärbte Lächeln wurde immer breiter. »Ach ja?«

»Das hat der Oberste Navigator mir persönlich versichert«, sagte Tom schon etwas bestimmter.

Miss Fang strahlte und nickte. Dann legte sie einen langen Messinghebel um. In der Hülle zischten die Ventile, und es knackte in Toms Ohren, als die *Jenny Haniver* plötzlich sank und in die dicke weiße Wolkendecke tauchte. »Werfen wir doch mal einen Blick auf die Inneren Jagdgründe«, gluckste sie und schaute prüfend auf ihre Landkarte neben dem Schrein.

Sie sanken tiefer und tiefer, bis die Wolken sich lichteten und Tom die Außenlande sehen konnte. Sie erstreckten sich in alle Richtungen wie ein zerknülltes graubraunes Blatt Papier, von blauen Schrammen überzogen, in denen Tom bald die gefluteten Fahrspuren unzähliger Städte erkannte. Zum ersten Mal seit der Flucht aus Stayns bekam er Angst, aber Miss Fang sagte leise: »Keine Sorge, Tom, alles ist gut.«

Tom beruhigte sich und bewunderte den Ausblick. Weit im Norden war das kalte Glitzern der Eisöde zu erahnen, und davor die dunklen Kegel der Tannhäuser Feuerberge. Er hielt nach London Ausschau und bildete sich auch ein, es entdeckt zu haben, als winzigen grauen Fleck, der viel zu weit in der Ferne eine Rauchfahne hinter sich herzog. Hier und da waren auch andere Städte oder Dörfer zu erkennen, manche davon im Schatten abgenagter Berge, aber es waren sehr viel weniger, als Tom gedacht hatte. Im Südosten gab es gar keine – dort lag ein Nebelschleier über einer Sumpflandschaft, und dahinter schimmerte es silbrig.

»Das ist das Kasachische Meer«, sagte die Aeronautin, als Tom darauf zeigte. »Bestimmt kennst du den alten Landratten-Shanty …« Und schon trällerte sie los: *»Hüte dich, Städter, vorm Kasachischen Meer, denn wer ihm zu nah kommt, den gibt's nicht wieder her …«*

Aber Tom hörte nicht zu. Er hatte etwas entdeckt, das ihn viel mehr erschreckte als jeder noch so große Binnensee.

Direkt unter ihnen – der winzige Schatten der *Jenny Haniver* huschte gerade darüber hinweg – lag eine tote Stadt. Um sie herum war der Boden von den Spuren Hunderter Kleinstädte und Dörfer zerfurcht, sie stand seltsam schief, und als Miss Fang ihr Luftschiff noch ein wenig tiefer lenkte, konnte Tom erkennen, dass das Fahrwerk und der Bauchraum fehlten. Die skelettierten Deckplatten wurden von einem Schwarm kleiner Siedlungen zersetzt, die im Schatten der unteren Decks durcheinanderwimmelten, mit ihren Kiefern rostige Teile abbrachen und Verwerter aussandten, deren Handleuchten zwischen den Decks blinkten wie Lichter auf einem Baum zur Heiligen Quirkenacht.

In einem der Dörfer platzte ein Rauchwölkchen auf. Eine Rakete kam auf das Luftschiff zugeschlingert und explodierte ein gutes Stück darunter. Miss Fang bediente ein paar Hebel, um die *Jenny* wieder steigen zu lassen. »Bestimmt die Hälfte aller Plunderer der Jagdgründe ernährt sich von Motoropolis«, erklärte sie, »und sie bewachen eifersüchtig ihre Beute. Schießen auf alles, was sich nähert, und wenn sich niemand nähert, schießen sie eben aufeinander.«

»Aber was ist denn mit der Stadt passiert?«, fragte Tom, der den Blick nicht von dem riesigen Gerippe lösen konnte, während die *Jenny* langsam ihren Weg fortsetzte.

»Sie ist verhungert«, sagte die Aeronautin. »Ihr ist der Treibstoff ausgegangen, und als sie sich nicht mehr regen konnte, kam bald eine Gruppe kleiner Orte und begann, sie zu zerlegen. Seit Monaten sind sie jetzt schon im Fressrausch, und ich nehme an, dass bald eine größere Stadt auftauchen wird, um reinen Tisch zu machen. Wie du siehst, Tom, ist in den Inneren Jagdgründen nicht mehr viel zu holen. Wegen der Beute wird London kaum hierhergekommen sein.«

Die tote Stadt lag schon weit unter und hinter ihnen. Tom sah noch, wie eine Horde kleiner Raubvororte aus dem Nordwesten auf die Plunderstädte losgingen, sich die langsamste, schwächste heraussuchten und sie verfolgten. Dann stieg die *Jenny Haniver* wieder über die Wolkendecke, und Motoropolis verschwand aus dem Blickfeld.

Als Miss Fang sich Tom wieder zuwandte, lächelte sie immer noch, aber in ihren Augen lag ein rätselhaftes Funkeln. »Wenn Magnus Crome also nicht wegen der Beute hier ist«, fragte sie, »was will er dann?«

Tom senkte den Kopf. »Ich bin bloß ein Historikergehilfe«, gab er zu. »Dritter Klasse. Ich rede nie persönlich mit dem Obersten Navigator.«

»Hester hat da etwas erwähnt«, fuhr Anna Fang fort, »nämlich das Gerät, das Valentine ihren armen Eltern gestohlen hat. MEDUSA. Ein interessanter Name. Hast du ihn mal gehört? Weißt du, was er bedeutet?«

Tom schüttelte den Kopf, und die Aeronautin beobachtete ihn genau, sah ihm so forschend in die Augen, dass er das Gefühl bekam, sie könnte ihm bis ins Herz sehen. Dann lachte sie. »Na, was soll's. Ich fahre euch jedenfalls nach Airhaven, und dann finden wir ein Schiff, das euch nach Hause bringt.«

Airhaven! Das war eine der berühmtesten Städte des Traktionszeitalters, und als am Abend das rhythmische Signal ihrer Ortungsbake aus dem Funkgerät erklang, rannte Tom sofort zur Pilotenkanzel. Unterwegs traf er Hester, die gerade aus der Krankenkabine kam. Sie war ungekämmt und verschlafen und humpelte. Anna Fang hatte für ihr Bein getan, was sie konnte, aber Hesters Manieren hatte sie nicht verbessern können – sie verbarg wieder ihr Gesicht, als sie Tom sah, und beantwortete die Frage, wie es ihr ginge, mit einem Knurren und einem bösen Blick.

In der Kanzel drehte sich Anna Fang mit einem strahlenden Lächeln zu den beiden um. »Seht's euch an, meine Lieben!«, rief sie und zeigte nach vorn. »Airhaven!«

Tom und Hester stellten sich hinter den Pilotensitz und schauten durch die große Frontscheibe auf das Wolkenmeer hinaus. Weit vor ihnen beleuchtete die Abendsonne ein einzelnes Deck aus einer Leichtmetalllegierung, das von einem Ring aus farbigen Gasballons getragen wurde.

Airhaven war schon vor langer Zeit vom Boden in die Luft umgesiedelt, um den hungrigen Raubstädten zu entkommen. Jetzt war die Stadt ein Handelsposten und Treffpunkt für Aeronauten aller Art. Im Sommer schwebte sie über den Jagdgründen, und im Herbst zog sie nach Süden, um in wärmeren Gefilden zu überwintern. Tom wusste noch, wie sie einmal eine ganze Woche lang über London vor Anker gegangen war. Wie in den Kensington Gardens und dem Circle Park Ausflugsballons abgehoben hatten und wie neidisch er auf reiche Leute wie Melliphant gewesen war, die es sich leisten konnten, die schwebende Stadt zu besichtigen, und die erstaunlichsten Geschichten mit heimbrachten. Jetzt war er selbst dorthin unterwegs, und zwar nicht nur als langweiliger Tourist. Was würde *er* erst für Geschichten erzählen können, wenn er nach Hause kam!

Langsam fuhr das Luftschiff auf Airhaven zu, und als die Sonne hinter den Wolken versank, stellte Miss Fang die

Motoren ab und ließ sich zu einem der Piers treiben, wo Hafenarbeiter in himmelblauen Uniformen bunte Fahnen schwenkten, um ihr einen Ankerplatz zuzuweisen. Hinter den Arbeitern auf dem Kai wimmelte es von Aeronauten und Ausflugsgästen, und es gab sogar ein paar Luftschiff-Enthusiasten, die eifrig die Registriernummer der *Jenny Haniver* notierten, noch ehe die Ankerklemmen eingeklinkt waren.

Kurz darauf trat Tom in die kühle dünne Abendluft hinaus und bestaunte all die Luftschiffe, die kamen und gingen: schnittige Yachten und rostige Lastkähne, gepflegte kleine Luftkutter mit transparenten Außenhüllen, gelbschwarz gestreifte Gewürzfrachter von den Hundert Inseln. »Schaut mal!«, rief er und zeigte auf zwei Gebäude. »Da ist die Lufthandelsbörse, und die Kirche da heißt St. Michael in der Höhe, die kenne ich von einem Bild im London Museum!« Aber Miss Fang hatte das alles schon oft gesehen, und Hester starrte nur finster die vielen Menschen auf dem Kai an und bemühte sich, ihr Gesicht zu verbergen.

Die Aeronautin verschloss mit einem Schlüssel, den sie um den Hals trug, die Luken der *Jenny Haniver*, aber als ein barfüßiger Junge angerannt kam, sie am Ärmel zupfte und fragte: »Soll ich Ihr Schiff bewachen, Misses?«, lachte sie und drückte ihm drei Kupfermünzen in die Hand. »Ich pass gut auf, dass sich keiner an Bord schleicht!«, versprach er und baute sich neben der Laufplanke auf. Uniformierte Hafenarbeiter kamen den Pier entlang, grüßten Miss Fang freundlich grinsend, hatten für die beiden Jungspunde in ihrer Begleitung aber nur misstrauische Blicke übrig. Sie kontrollierten, dass die Neuankömmlinge keine metallenen Zehenkappen trugen und keine Zigaretten bei sich hatten, und begleiteten sie zum Hafenamtsgebäude, an dem große, mahnende Banner hingen: RAUCHEN VERBOTEN, ELEKTROGERÄTE ABSCHALTEN und FUNKENSCHLAG VERMEIDEN. Funkenschlag war der Albtraum des Lufthandels, weil der kleinste Feuerfunke reichen konnte, um das Gas in einer Luftschiffhülle zur Explosion zu bringen. Selbst zu lebhaftes Haarebürsten galt in Airhaven als Verbrechen, und Neuankömmlinge mussten die strengen Sicherheitsvorschriften unterschreiben und den Hafenkapitän überzeugen, dass sie selbst nicht zu leicht entflammbar waren.

Schließlich hatten sie es geschafft und erklommen eine Treppe zur High Street. Airhavens einziger Verkehrsweg war ein Ring aus extraleichten Deckplatten mit Läden und Ständen, Schiffbauerwerkstätten, Schänken und Herbergen zu beiden Seiten. Tom drehte sich immer wieder um die eigene Achse, um nichts zu verpassen und sich alles genau einzuprägen. Auf jedem Hausdach drehten sich Turbinen, und auf den riesigen Triebwerkgehäusen kletterten die Mechaniker der Stadt herum wie kleine Spinnen. Exotische Essensgerüche wehten aus den Garküchen zu Tom herüber, und wo er auch hinsah, flanierten Aeronauten mit der Lässigkeit alter Hasen, die schon ihr Leben lang hoch über dem Boden lebten, die High Street entlang, und ihre Mäntel wehten wie lederne Flügel hinter ihnen her.

Miss Fang deutete auf ein Gasthaus, vor dem ein Schild in der Form eines Luftschiffs hing. »Da ist das Gasbag & Gondola«, sagte sie zu ihren Begleitern. »Dort spendiere ich euch ein Abendessen, und dann finden wir einen netten Kapitän, der euch nach London bringt.«

Die Aeronautin ging voran, gefolgt von Hester, die sich

mit erhobener Hand vor der Welt versteckte, und von Tom, der sich immer noch staunend umsah und sich grämte, dass sein Abenteuer schon so bald wieder vorbei sein würde. Ihm fiel nicht auf, dass in einer Gruppe wartender Schiffe an einem der Piers eine Goshawk 90 kreiste. Und selbst wenn, hätte er auf die Entfernung die Registriernummer nicht lesen können und nicht erkannt, dass auf der Hülle ein rotes Rad prangte, das Zeichen der Ingenieursgilde von London.

12

IM GASBAG & GONDOLA

Im großen Schankraum des Gasthauses war es dämmrig, laut und voll. An den Wänden hingen Buddel-Luftschiffe und die beschrifteten Luftschrauben berühmter alter Klipper wie der *Nadhezna*, der *Aerymouse* und der *Invisible Worm*. An vollen Tischen diskutierten Aeronautinnen und Aeronauten über ihre Waren und die aktuellen Gaspreise. Es waren Jainas darunter, Tibeter und Xhosa, Inuit, Luft-Tuareg und in Pelze gekleidete Riesen aus der Eisöde. Eine junge Uigurin spielte auf ihrer vierzig-saitigen Gitarre die »Slipstream-Serenade«, und hin und wieder gab es Lautsprecherdurchsagen wie »Ankunft an Pier drei: die *Idiot Wind*, gerade aus der Nuevo-Maya'schen Pfalz eingetroffen, mit Schokolade und Vanille an Bord«, oder »Letzter Aufruf für Passagiere der *My Shirona* an Pier sieben zur Fahrt nach Arkangel«.

Anna Fang blieb gleich hinter der Tür vor einem kleinen Schrein stehen und dankte den Himmelsgöttern für die sichere Überfahrt. Der Gott der Aeronauten schien ein netter Kerl zu sein – die dickliche rote Figur im Schrein erinnerte Tom an Chudleigh Pomeroy –, aber seine Frau, die Herrin der Höhe, war grausam und durchtrieben; wähnte sie sich beleidigt, dann braute sie Orkane zusammen und ließ Gaszellen reißen. Anna bot ihr Reiskekse und etwas Glücksgeld dar, und Tom und Hester nickten ihr sicherheitshalber dankend zu.

Als sie sich umblickten, war Anna Fang schon zu einem Tisch in der Ecke vorausgeeilt, an dem lauter Aeronauten saßen. »Khora!«, rief sie, und im nächsten Moment wurde sie von den Füßen gehoben und durch die Luft gewirbelt und lachte und schwatzte auf Airsperanto mit dem gutaussehenden jungen Afrikaner, der sie so überschwänglich begrüßte. Einmal warf sie dabei einen Blick über die Schulter, und Tom war fast sicher, dass sie »MEDUSA« sagte, aber bis Hester und er bei ihr waren, lief das Gespräch schon auf Anglisch weiter, und der Afrikaner sagte gerade: »Der Höhenwind hat uns den ganzen Weg von Zagwa bis hierher gepustet!« und schüttelte zum Beweis roten Sahara-Sand aus seiner Fliegerkappe.

Khora war Kapitän des Kampfschiffs *Mokele Mbembe* und stammte aus einer statischen Enklave im Mondgebirge, die mit der Antitraktionistenliga verbündet war. Er wollte gerade nach Shan Guo, um dort ein Dienstjahr in der großen Festung von Batmunkh Gompa anzutreten. Tom erschrak bei dem Gedanken, dass er mit einem Krieger der feindlichen Liga am selben Tisch saß, aber Khora schien ein netter Kerl zu sein, genauso freundlich und großzügig wie Miss Fang. Während die Aeronautin mit der Bedienung sprach, stellte er den jungen Leuten seine Freunde vor: Der trübselige Riese war Nils Lindstrom von der *Garden Aëroplane Trap*, und die Araberin mit dem silberhellen Lachen hieß Yasmina Rashid, Kapitänin des palmyrischen Freibeuters *Zainab.* Die Aeronauten lachten viel zusammen, erzählten alte Geschichten von ihren Schlachten über den Hundert Inseln oder feuchtfröhlichen Festen im Luftschifferviertel von Panzerstadt

Linz, und immer wieder schob Anna Fang ihren Gästen volle Schüsseln hin. »Noch etwas Bilch im Schlafrock, Tom? Hester, probier doch mal die gefüllte Fledermaus!«

Während Tom ihnen lauschte und mit den zwei Holzstäbchen, die er statt Besteck bekommen hatte, in dem fremdartigen Essen stocherte, beugte sich Khora zu ihm herüber und sagte leise: »Dann haben deine Freundin und du jetzt auf der *Jenny* angeheuert?«

»Nein, nein«, antwortete Tom schnell. »Ich meine, sie ist nicht meine Freundin, und wir sind auch nur Passagiere …« Er mühte sich mit einem Bällchen aus Heuschreckenbrei ab und fragte: »Kennen Sie Miss Fang schon lange?«

»O ja!«, lachte Khora. »Anna kennt jeder im ganzen Lufthandel der Großen Jagdgründe. Und in der Liga natürlich auch. In Shan Guo nennt man sie *Feng Hua*, die Windblume.«

Tom fragte sich, warum Miss Fang in Shan Guo einen anderen Namen trug, aber ehe er nachhaken konnte, fuhr Khora fort: »Wusstest du, dass sie die *Jenny Haniver* selbst gebaut hat? Als sie ein Kind war, hatten ihre Eltern und sie das Pech, dass ihre Stadt von Arkangel gefressen wurde. Sie mussten als Sklaven in einer Abwrackwerft arbeiten, und Anna hat es fertiggebracht, im Lauf der Jahre hier ein Triebwerk und da ein Steuerruder mitgehen zu lassen, bis sie ihr Schiff beisammen hatte und fliehen konnte.«

Tom war beeindruckt. »Das hat sie gar nicht erzählt!«, murmelte er und sah die Aeronautin nun mit ganz anderen Augen.

»Sie redet nicht gern darüber«, erklärte Khora. »Ihre Eltern haben die Flucht nämlich nicht mehr erlebt. Anna musste zusehen, wie sie sich zu Tode geschuftet haben.«

Also war sie auch eine Waise! Tom fühlte sich ihr plötzlich viel näher. Lächelte sie deshalb so viel – um ihren Kummer zu verbergen? Und war das der Grund, warum sie Hester und ihn gerettet hatte: um ihnen das Schicksal ihrer Eltern zu ersparen? Er lächelte, so freundlich er konnte, zu ihr hinüber, und Miss Fang lächelte zurück und schob ihm einen Teller mit geknickten schwarzen Beinchen hin. »Hier, Tom, die gedünstete Tarantel ist richtig gut.«

»Ankunft an Pier vierzehn«, quäkte es aus einem Lautsprecher über dem Tisch. »Luftschiff GE47 aus London, reine Passagierfahrt.«

Tom sprang so hastig auf, dass sein Stuhl krachend hintenüberfiel. Er kannte die wendigen Inspektionsschiffe, mit denen die Ingenieure laufend Londons Raupenketten und die Aufbauten überprüften, und wusste, dass sie keine Namen hatten, nur Zeichenfolgen, die mit *GE* begannen. »Sie sind uns gefolgt!«, japste er.

Auch Miss Fang stand jetzt auf. »Es könnte Zufall sein«, sagte sie. »Hier landen oft Luftschiffe aus London. Und selbst wenn Valentine euch Verfolger auf den Hals gehetzt hat – ihr seid hier unter Freunden. Mit diesen dämlichen Beefburgern werden wir spielend fertig.«

»Beef*eatern*«, korrigierte Tom automatisch, obwohl er erkannte, dass Miss Fang sie mit Absicht so genannt hatte, um die Anspannung zu durchbrechen. Er sah Hester lächeln, war froh, sie bei sich zu haben, und wild entschlossen, sie zu beschützen.

Im nächsten Moment wurde es stockdunkel.

Es waren Rufe zu hören, lauter Protest, ein Scheppern aus der Küche, wo offenbar Geschirr heruntergefallen war. Nur die Fenster hingen als graue Rechtecke in der Schwärze. »In ganz Airhaven ist der Strom aus«, meldete sich Lindstroms traurige Stimme. »Das Kraftwerk muss ausgefallen sein.«

»Nein«, sagte Hester. »Ich kenne diesen Trick. Das soll nur Chaos stiften und uns davon abhalten, zu fliehen. Jemand ist hier, um uns zu holen …« In ihrer Stimme lag ein panischer Unterton, den Tom noch gar nicht von ihr kannte, nicht einmal von ihrer Flucht aus Stayns. Plötzlich packte auch ihn die Angst.

Vom Ausgang her, wo etliche Gäste auf die mondbeschienene High Street strömten, ertönte ein Schrei. Und gleich noch einer und das Klirren von berstendem Glas, Kreischen und Flüche, das Poltern umgestürzter Möbel. Zwei wippende blassgrüne Lampen tauchten über den Köpfen der Leute auf wie Totenlichter.

»Das ist kein Beefeater«, sagte Hester.

Tom war nicht sicher, ob es erleichtert oder verängstigt klang.

»HESTER SHAW!«, kreischte eine Stimme wie eine Kreissäge auf Metall. Eine Dampfwolke quoll in den Gastraum, und aus dieser Wolke trat ein Stalker.

Er war zwei Meter groß und trug eine Metallrüstung, die unter seinem Mantel hervorblitzte. Die Haut in seinem länglichen Gesicht war bleich und von glänzendem Schleim überzogen, und hier und da ragte bläulichweiß ein Stück Knochen daraus hervor. Der Mund war ein Spalt voller metallischer Zähne. Die Nase und der obere Kopf steckten unter einer metallenen Schädeldecke, aus der Kabel und Schläuche herabhingen, die mit Anschlussbuchsen im Oberkörper verbunden waren. Die runden gläsernen Augenlichter verliehen ihm einen überraschten Gesichtsausdruck, als sei er nie über den grauenhaften Schock seiner Verwandlung hinweggekommen.

Denn das war das Schlimmste an den Stalkern: Sie waren einmal menschlich gewesen, und irgendwo unter der Rüstung war immer noch ein menschliches Hirn eingeschlossen.

»Das kann nicht sein«, wimmerte Tom. »Es gibt gar keine Stalker mehr! Die wurden vor Jahrhunderten zerstört!« Dieser Stalker stand aber trotzdem da und war schrecklich real. Tom wollte zurückweichen, doch er war wie gelähmt. Etwas lief ihm warm wie vergossener Tee das Bein hinunter, und er begriff, dass er sich eingenässt hatte.

Der Stalker bewegte sich langsam auf sie zu, wobei er Tische und Stühle zur Seite fegte. Trinkgläser zersplitterten unter seinen Füßen. Ein Aeronaut löste sich aus den Schatten und hieb von hinten mit dem Schwert auf ihn ein, aber die Klinge prallte von der Rüstung ab, und der Stalker schmetterte den Mann einhändig gegen die Wand, ohne sich auch nur umzusehen.

»HESTER SHAW«, schnarrte er. »TOM NATSWORTHY.«

Er weiß, wie ich heiße!, dachte Tom.

»Ich …«, begann Anna Fang, aber selbst ihr schienen die Worte zu fehlen. Sie zerrte Tom ein Stück zurück, während Khora und die anderen sich zwischen die Kreatur und ihre Beute stellten. Aber Hester drängte sich an ihnen vorbei. »Ich kenne ihn. Lasst mich mit ihm reden.«

Das bleiche Gesicht des Stalkers schwenkte von Tom zu Hester, und man hörte die mechanischen Linsen in seinen Augen sirren. »HESTER SHAW«, sagte er noch einmal mit seiner fauchenden Gasleck-Stimme.

»Hallo, Shrike«, sagte Hester.

Der große Schädel neigte sich ein wenig, um sie zu betrachten. Eine metallene Hand hob sich, verharrte kurz und berührte schließlich ihr Gesicht, wobei sie Ölspuren hinterließ.

»Es tut mir leid, dass ich mich nicht richtig verabschieden konnte.«

»ICH ARBEITE JETZT FÜR LONDONS OBERBÜRGERMEISTER«, sagte der Stalker. »ER HAT MICH HERGESCHICKT, UM EUCH ZU TÖTEN.«

Tom winselte. Hester ließ ein zittriges Lachen hören. »Aber … das wirst du nicht tun, oder, Shrike? Du würdest *mich* doch nicht töten.«

»DOCH«, sagte Shrike und starrte sie weiter reglos an.

»Nein, Shrike«, flüsterte Hester, und Anna Fang sah ihre Chance gekommen. Sie ließ ein fächerförmiges Stück Metall aus einer Tasche in ihrem Ärmel gleiten und schleuderte es auf den Stalker. Bedrohlich summend entfaltete es sich im Flug zu einer glänzenden, rasiermesserscharfen Scheibe. »Eine Kampf-Wurfscheibe aus Nuevo Maya!«, flüsterte Tom, der solche Waffen im harmlosen Ruhezustand aus den Vitrinen der Abteilung Kriegstechnik des Museums kannte. Er wusste, dass sie einen Menschen auf sechzig Schritt Entfernung enthaupten konnten, und rechnete fest damit, den Kopf des Stalkers rollen zu sehen – aber die Wurfscheibe traf nur mit einem Knall auf die Panzerung an seinem Hals und blieb dort zitternd stecken.

Der Mund weitete sich zu einem dünnen Lächeln, und der Stalker preschte vor und auf die Aeronautin zu. Miss Fang warf sich zur Seite, vollführte einen Tritt, aber die Kreatur war ihr schon ausgewichen. »Rennt!«, rief sie Hester und Tom zu. »Rennt zur *Jenny*! Wir treffen uns da!«

Also rannten sie. Die Kreatur griff nach den beiden, aber Khora fing ihren Arm ab, und Nils Lindstrom schlug mit dem Schwert nach ihrem Kopf. Der Stalker schüttelte Khora ab und schützte sein Gesicht mit der freien Hand. Funken flogen, Metall traf kreischend auf Metall, und Lindstrom ließ vor Schmerz aufheulend seine zerbrochene Klinge fallen. Er wurde zur Seite gefegt, und Anna wurde von den Füßen gehoben, als sie erneut angriff. Sie landete auf Khora und Yasmina, die ihr helfen wollten.

»Miss Fang!«, schrie Tom. Er hatte kurz den Impuls zurückzulaufen, aber nach allem, was er wusste, war ihm klar, dass er gegen einen Stalker nichts ausrichten konnte. Also rannte er hinter Hester her, über einen Berg Leichen an der Gastraumtür hinweg, in das Zwielicht hinaus und in die verstörte Menschenmenge. Irgendwo jaulte eine Sirene. Beißender Rauch zog durch die Straße, und am Kraftwerk war das zu sehen, was jeder Aeronaut am meisten fürchtete: das unheilvolle Flackern eines Feuers.

»Ich verstehe das nicht«, sagte Hester keuchend, mehr zu sich selbst. »Er würde mich nie töten, nie!« Aber sie rannte weiter, und bald waren sie beide am Pier sieben bei der *Jenny Haniver*.

Doch Shrike hatte schon dafür gesorgt, dass das kleine Luftschiff sie nicht retten würde. In der Hülle klaffte ein Riss, und eins der Triebwerksgehäuse war aufgebogen wie eine alte Blechdose. Ein Gewirr von Kabeln hing heraus und ergoss sich auf den Pier. Halb darunter begraben lag die zerschundene Leiche des Jungen, der Miss Fangs Schiff hatte bewachen wollen.

Tom stand fassungslos davor. Weit hinter ihm erklangen, zuerst leise dann immer lauter, schwere Laufschritte auf dem Deck: *Pong, pong, pong, pong.*

Er schaute sich nach Hester um, aber sie war nicht mehr

da, sondern humpelte den runden Kai entlang – bergab, wie Tom auffiel, denn die beschädigte Stadt begann, sich bedenklich zu neigen. Er rief ihren Namen und folgte ihr rennend auf den nächsten Pier. Dort hatte gerade ein etwas schäbiger Ausflugsballon festgemacht, und eine verwirrte Familie war ausgestiegen, die sich wohl fragte, ob die Dunkelheit und das Geschrei Zeichen eines Notfalls waren oder eine spannende Showeinlage. Hester drängte sich hindurch, packte den Ballonfahrer am Kragen und zog ihn aus der Gondel. Als sie selbst hineinsprang, sackte der Ballon ein Stück nach unten ab. »Halt! Stopp! Diebe! Piraten! Hilfe!«, rief der Ballonbesitzer, aber Tom hörte nur das beharrliche, schauderhafte *Pong-pong-pong*, das auf der High Street beängstigend schnell näher kam.

»Tom! Komm schon!«

Er nahm all seinen Mut zusammen und sprang Hester nach. Als er vom Boden des Korbs aufblickte, kämpfte sie noch mit den Ankerleinen. »Wirf alles über Bord!«, rief sie ihm zu.

Er gehorchte, und der Ballon tat einen Satz nach oben, stieg auf Fensterhöhe, auf die Höhe der Dächer und dann des Turms von St. Michael. Kurz darauf war Airhaven ein dunkler Ring weit unter ihnen und Shrike eine winzige Gestalt, die mit leuchtenden grünen Augen auf den Pier hinaustrat, um ihnen nachzusehen.

13

DER WIEDERERWECKTE

In dem dunklen Zeitalter vor der Erfindung der Traktionsstädte hatten sich im von Vulkanen zerklüfteten Europa nomadische Reiche bis zum letzten Mann bekämpft. Sie waren es, die ihre toten Krieger von den Schlachtfeldern holten, ihre Nerven mit rätselhaften Old-Tech-Geräten verknüpften und sie als Stalker wiedererweckten.

Und auch wenn diese Reiche längst vergessen waren – ihre schrecklichen Krieger waren es nicht. Tom konnte sich noch erinnern, wie er als Kind im Waisenhaus seiner Gilde gespielt hatte, er sei selbst einer von ihnen. Er hatte die Arme steif nach vorn gereckt und gekräht: »ICH-BIN-EIN-STAL-KER! E-LI-MI-NIE-REN!«, bis Miss Plym hereinkam und ihn ermahnte, still zu sein.

Er hätte nie gedacht, dass er einmal einem begegnen würde.

Als jetzt der gestohlene Ballon im Nachtwind ostwärts trieb und Tom zitternd am Boden des Korbes saß, etwas zur Seite gedreht, damit Hester den nassen Fleck auf seiner Hose nicht bemerkte, sagte er: »Ich dachte, die wären seit Hunderten von Jahren tot! Ich dachte, die seien alle im Krieg zerstört worden oder wären durchgedreht und hätten sich selbst in Stücke gerissen oder …«

»Shrike nicht«, sagte Hester.

»Und er kannte dich!«

»Natürlich«, sagte sie. »Shrike und ich, wir sind alte Freunde.«

Kennengelernt hatte sie Shrike am Morgen nach dem Tod ihrer Eltern, jenem Morgen, als sie im steten Regen an der Küste der Jagdgründe erwachte. Sie hatte keine Ahnung, wie sie dort hingeraten war, und ihr Kopf schmerzte so sehr, dass sie sich kaum regen, geschweige denn denken konnte.

Nicht weit von ihr stand das kleinste, dreckigste Kaff, das Hester je gesehen hatte. Menschen mit Kiepen auf dem Rücken stiegen auf Leitern und Laufplanken aus dem Ort herab, füllten am Ufer ihre Körbe mit angespültem Schrott und Treibholz und kehrten wieder zurück. Einige von ihnen transportierten schon das Ruderboot ihres Vaters ab, und kurz darauf entdeckte jemand Hester. Zwei Männer kamen und schauten auf sie herab. Einer war ein typischer Plunderer, kleingewachsen und verdreckt, der in seiner Kiepe Teile einer Schabe angesammelt hatte. Er blinzelte eine Weile auf sie herunter, wandte sich dann ab und sagte zu dem anderen: »Schade, Mr Shrike – ich dachte, das wär was für Ihre Sammlung, aber die ist ja aus Fleisch und Blut.«

Der Mann stampfte über den dampfenden Müll davon, ohne sich noch einmal nach Hester umzusehen. Er interessierte sich für Schrott, den er verkaufen konnte, und ein halbtotes Mädchen hatte keinen Wert. Alte Schabenreifen, ja, die konnte man gebrauchen …

Der andere Mann blieb vor Hester stehen. Erst als er sich herabbeugte und ihr Gesicht berührte und sie unter seinem Handschuh das kalte, harte Eisen fühlte, wurde ihr klar, dass sie gar keinen richtigen Menschen vor sich hatte. Seine Stimme klang wie eine Stahlbürste auf einer Tafel, als er mit ihr sprach. »HIER KANNST DU NICHT BLEIBEN, KIND«, sagte er. Dann hob er sie hoch, schwang sie sich über die Schulter und nahm sie mit an Bord des Dorfes.

Es hieß Strole, und darin lebten rund fünfzig verhärmte, staubgegerbte Plunderer, die am liebsten Old-Tech-Fundstätten ausräumten, und wenn sie keine fanden, durchwühlten sie die Hinterlassenschaften der Städte nach verwertbaren Überresten. Shrike lebte bei ihnen, ohne selbst ein Plunderer zu sein. Wenn aus einer der großen Traktionsstädte ein Schwerverbrecher in die Außenlande floh, spürte Shrike ihn auf, köpfte ihn und präparierte den Kopf, um ihn haltbar zu machen. Sobald er derselben Stadt wiederbegegnete, strich er im Austausch für seine Trophäe eine Belohnung ein.

Warum er Hester gerettet hatte, sollte sie nie erfahren. Mitleid konnte nicht der Grund sein, denn er kannte keins. Die einzige Andeutung von Zartheit beobachtete sie an ihm, wenn er sich mit seiner Sammlung beschäftigte. Shrike interessierte sich für alte Automaten und mechanische Spielzeuge und kaufte alles auf, was die Plunderer ihm brachten. Sein marodes Quartier in Strole war voll mit mechanischen Tieren, Rittern, Aufziehsoldaten mit Schlüsseln im Kreuz – sogar einen mannshohen Todesengel gab es, der aus einem alten Uhrwerk stammte. Seine Lieblingsstücke waren allerdings Frauen und Kinder: schöne Damen in mottenzerfressenen Abendkleidern, hübsche Mädchen und Jungen mit Porzellangesichtern. Shrike verbrachte ganze Nächte damit, sie geduldig zu zerlegen und zu warten. Er erforschte die Mechanik ihrer Herzen, als hoffte er herauszufinden, wie sein eigenes funktionierte.

Manchmal kam es Hester vor, als sei auch sie Teil seiner Sammlung. Erinnerte sie ihn an seine eigenen Verletzungen aus längst vergangenen Schlachten, als er noch ein Mensch gewesen war?

Fünf lange Jahre lebte Hester bei ihm, fünf Jahre, in denen ihr Gesicht zu einer dauerhaft verzerrten Fratze zusammenheilte und ihr Gedächtnis allmählich wiederkehrte. Manche Erinnerungen waren vollkommen klar, wie die an das Rauschen der Wellen am Ufer von Oak Island, an die Stimme ihrer Mutter, an den Moorwind, der nach Dung und nassem Gras gerochen hatte. Andere waren undeutlich und flüchtig; sie blitzten im Gedächtnis auf, wenn Hester gerade schlafen wollte, oder überfielen sie hinterrücks beim Anblick von Shrikes schweigsamen Apparaten. *Blutspritzer auf den Sternenkarten. Das Schaben und Singen von Metall. Ein schmales, hübsches männliches Gesicht mit meergrauen Augen.* Es waren Erinnerungsscherben, die man gewissenhaft sammeln und aneinanderfügen musste, genau wie die Geräteteile, die die Plunderer aus dem Schlamm ausgruben.

Erst als sie eines Tages einige Männer vom großen Thaddeus Valentine schwärmen hörte, begann Hester, alles zu verstehen. Sie kannte diesen Namen; es war der Name des Mannes, der ihre Eltern ermordet und sie selbst in ein Scheusal verwandelt hatte. Ohne weiter darüber nachzudenken, wusste sie, was sie zu tun hatte. Sie ging zu Shrike und verkündete, dass sie Valentine finden wollte.

»DAS DARFST DU NICHT«, sagte der Stalker. »MAN WIRD DICH TÖTEN.«

»Dann komm mit!«, hatte Hester ihn gebeten, aber das hatte er nicht gewollt. Shrike hatte von Magnus Crome und seiner Leidenschaft für Old-Tech gehört. Wenn er nach

London ging, dachte er, könnten die dortigen Ingenieure ihn überwältigen, zerlegen und in ihren Laboren untersuchen.

»DAS DARFST DU NICHT«, war alles, was er dazu sagte.

Also ging sie ohne seinen Segen. Sie wartete, bis er ganz mit seinen Automaten beschäftigt war, kletterte aus dem Fenster, verließ Strole und zog mit einem gestohlenen Messer bewaffnet in die frostigen Außenlande, um London zu finden und sich zu rächen.

»Seitdem hatte ich ihn nicht mehr gesehen«, erzählte sie Tom im Passagierkorb des gestohlenen Ballons. »Als ich losgezogen bin, war Strole am Ufer der Anglischen See, und jetzt arbeitet Shrike für Magnus Crome in London und will mich töten. Das ergibt keinen Sinn!«

»Vielleicht hast du seine Gefühle verletzt, als du weggegangen bist?«, vermutete Tom.

»Shrike hat keine Gefühle«, sagte Hester. »Bei *ihm* wurde ja alles gelöscht.«

Das klingt, als ob sie ihn beneidet, dachte Tom. Trotzdem tat es ihm gut, ihre Stimme zu hören, und er hatte endlich aufgehört zu zittern. Eine Weile lauschte er schweigend dem Gesang des Windes in der Takelage. Hinter ihnen gab es einen schwarzen Fleck in der Wolkendecke, wahrscheinlich der Rauch von Airhaven. Hatten die Bewohner es geschafft, die Brände unter Kontrolle zu bringen, oder war die ganze Stadt zerstört? Und was war mit Anna Fang? Tom wurde klar, dass Shrike sie vermutlich getötet hatte, und ihre Freunde auch. Diese freundliche, heitere Aeronautin war tot, genauso tot wie seine Eltern. Es war, als lastete ein Fluch auf Tom, der jeden vernichtete, der ihm zu nahestand. Hätte er nur nie Valentine getroffen! Wäre er nur im sicheren Museum geblieben, wo er hingehörte!

»Vielleicht ist sie davongekommen«, sagte Hester plötzlich, als hätte sie seine Gedanken erraten. »Shrike hat nur mit ihr gespielt, er hat noch nicht mal seine Krallen ausgefahren.«

»Seine *Krallen*?!«

»Wenn sie ihn nicht zu sehr geärgert hat, hat er bestimmt keine Zeit damit verschwendet, sie zu töten.«

»Und Airhaven?«

»Wenn die Schäden wirklich schlimm waren, wird die Stadt eben irgendwo landen und sie reparieren.«

Tom nickte. Dann fiel ihm etwas Schönes ein. »Meinst du, Miss Fang wird nach uns suchen?«

»Das weiß ich nicht«, sagte Hester. »Aber Shrike ganz sicher.«

Tom schaute erschrocken über die Schulter.

»Na ja«, sagte Hester. »Zumindest fliegen wir in Richtung London.«

Tom schaute über den Korbrand nach unten. Die Wolken lagen wie eine Daunendecke über die Landschaft gebreitet und verbargen alles, was ihnen ihren Standort hätte verraten können. »Woher weißt du das?«, fragte er.

»Von den Sternen«, sagte Hester. »Das habe ich von Mum gelernt. Sie war doch auch Aeronautin, schon vergessen? Sie kannte sich überall aus. Wenn man in Gegenden unterwegs ist, von denen es keine Karten gibt, muss man sich eben an den Sternen orientieren. Da drüben, das ist der Polarstern, und diese Gruppe von Sternen daneben haben die Damaligen den Großen Bären genannt. Heute sagt man dazu meistens die Großstadt. Wenn die an Steuerbord zu sehen ist, fahren wir Richtung Nordosten.«

»Aber das sind so viele!«, sagte Tom, der ihren Fingerzeigen nicht folgen konnte. Hier oben über den Wolken, wo keine Abgase und kein Staub die Sicht verdeckten, funkelten Millionen kalter Lichtpunkte am Himmel. »Ich hatte ja keine Ahnung, dass es dermaßen viele Sterne gibt!«

»Das sind alles Sonnen, weit draußen im All, Abertausende Meilen von uns entfernt«, sagte Hester, und es klang, als sei sie richtig stolz darauf, so viel zu wissen. »Bis auf ein paar, die gar keine richtigen Sterne sind. Gerade die besonders hellen sind manchmal mechanische Monde, die die Damaligen ins All geschossen haben und die Tausende Jahre später immer noch endlos um die arme Erde kreisen.«

Tom starrte ins glitzernde Dunkel. »Und was ist das für einer?«, fragte er und zeigte auf einen hellen Lichtpunkt, der tief im Westen stand.

Hester folgte seinem Blick, und ihr Lächeln erlosch. Ihre Hände ballten sich zu Fäusten. »Das da?«, fragte sie. »Das ist ein Luftschiff, das uns verfolgt.«

»Vielleicht kommt Miss Fang uns retten?«, sagte Tom hoffnungsvoll.

Aber das Luftschiff holte ziemlich rasch auf, und bald war zu erkennen, dass es ein Londoner Inspektionsfahrzeug war, eine Spudbury Sunbeam oder eine Goshawk 90. Sie konnten beinahe spüren, wie Shrikes grüne Augen sie erfassten.

Hester machte sich an den rostigen Kurbeln und Hebeln zu schaffen, mit denen man den Gasdruck regelte. Bald hatte sie den gefunden, den sie suchte, und ein lautes Zischen ertönte über ihnen.

»Was machst du da?«, rief Tom. »Das Gas tritt aus! Wir werden abstürzen!«

»Ich versuche, Shrike zu entwischen«, sagte Hester und öffnete das Ventil noch weiter. Als Tom aufschaute, bekam der Ballon schon Dellen. Er sah sich nach den Verfolgern um, aber die waren noch meilenweit entfernt. Hoffentlich würde es von dort aussehen, als sackte der Ballon nach einem Unfall ab. Hoffentlich ahnte Shrike nicht, was Hester vorhatte. Hoffentlich war das kleine Luftschiff nicht mit Raketen bewaffnet …

Und schon sanken sie in die Wolkendecke, wo sie nur noch wabernde Nebel sehen konnten und ab und zu durch eine Lücke den blassen Mond. Die Gondel knarrte, die Hülle knatterte, und das Gasventil zischte wie eine schlechtgelaunte Schlange.

»Wenn wir unten sind, musst du blitzschnell aussteigen«, sagte Hester.

»Okay«, antwortete Tom, »aber … aber heißt das … wir verlassen den Ballon?«

»In der Luft haben wir gegen Shrike keine Chance«, erklärte Hester. »Am Boden kann ich ihn vielleicht überlisten.«

»Am Boden?«, rief Tom. »O nein, nicht wieder in die Außenlande!«

Der Ballon sank immer schneller. Jetzt kam die dunkle Landschaft auf sie zu, schwarze Flecken, wo etwas wuchs, und hier und da glitzerndes Mondlicht. Über ihnen jagten Wolken Richtung Osten. Von Shrikes Luftschiff war noch nichts zu sehen. Tom klammerte sich an den Korbrand. Der Boden war noch fünfzig Meter weg, noch zwanzig, noch drei. Äste kratzten an der Gondel, der Korb schwankte und kippte, schlug auf dem Boden auf und prallte ab, schoss wieder hoch, wieder runter und noch einmal hoch.

»Spring!«, schrie Hester, als er das nächste Mal den Boden berührte. Tom sprang, rauschte durch ein Gebüsch und landete auf schlammigem Boden. Der Ballon schoss wieder hoch, und einen Moment lang hatte Tom Angst, Hester könnte ihn auf der nackten Erde allein zurückgelassen haben. »Hester!«, schrie er so laut, dass ihm die Kehle schmerzte. »Hester!« Dann raschelte es links von ihm im Gebüsch, und Hester kam auf ihn zugehumpelt. »Quirke sei Dank«, flüsterte er.

Tom dachte, sie würden sich eine Weile hinsetzen, um auszuruhen und den Göttern zu danken, dass sie auf weichem Untergrund gelandet waren. Aber Hester marschierte direkt an ihm vorbei Richtung Nordosten.

»Hey!«, rief Tom, der noch zitternd und außer Atem am Boden lag. »Warte! Wo willst du hin?«

Sie schaute ihn an, als hätte er den Verstand verloren. »Nach London«, sagte sie und ging weiter.

Tom drehte sich stöhnend auf den Rücken und sammelte Kraft für den nächsten zähen Fußmarsch.

Über sich sah er den Ballon von der Last befreit wieder in den Himmel steigen – ein schwarzer Schemen, der bald in den Wolken verschwand. Kurz darauf hörte er Motorengeräusche: Shrikes Luftschiff setzte dem Schemen nach. Dann blieben nur noch die Nacht und der kalte Wind und versprengte Fetzen von Mondlicht auf den Felsen.

14

DAS GILDENHAUS

Katherine beschloss, ganz oben anzufangen. Am frühen Morgen nach der Abreise ihres Vaters schickte sie von der Station in seinem Zimmer eine Rohrpost an das Büro des Oberbürgermeisters und hielt eine halbe Stunde später die Antwort seiner Sekretärin in den Händen: Um zwölf Uhr würde Magnus Crome Miss Valentine empfangen.

Im Ankleidezimmer wählte Katherine ihre seriösesten Sachen aus – eine enge schwarze Hose und ihre graue Jacke mit den Schulterfinnen. Ihr Haar steckte sie mit einer Brosche hoch, die aus dem Rücklicht eines antiken Bodenfahrzeugs gefertigt war, und griff nach der Mütze mit den lang herabhängenden Ohrenklappen, die sie vor sechs Wochen gekauft, aber noch nie getragen hatte. Dazu malte sie sich die Lippen an, tupfte Rouge als längliches Oval auf ihre Wangenknochen und pinselte sich ein kleines blaues Dreieck zwischen die Augenbrauen, das nachgemachte Gildenzeichen, das bei den Londoner Damen gerade Mode war. Sie fand einen Notizblock und einen Stift und packte beides in eine von Vaters respekteinflößenden schwarzen Aktentaschen. Dazu den Pass, den sie von ihm zum fünfzehnten Geburtstag bekommen hatte: einen Goldpass, der ihr fast überall in London freien Zutritt garantierte. Dann betrachtete sie sich im Spiegel und stellte sich vor, wie sie in ein paar Wochen ihren Vater bei seiner Rückkehr begrüßen würde: *»Jetzt ist alles gut, ich habe herausgefunden, was los ist. Du brauchst keine Angst mehr zu haben.«*

Um Viertel vor zwölf machte sie sich mit Hund auf den Weg zur Aufzugstation Quirke Circus und genoss die Blicke, die sie auf sich zog. *»Da kommt Miss Katherine Valentine«*, sagten die Leute in ihrer Vorstellung zueinander. *»Sie will in einer wichtigen Angelegenheit zum Oberbürgermeister …«* Die Aufzugbelegschaft erkannte sie gleich, und alle lächelten, als sie um 11.52 Uhr den Fahrstuhl Richtung Oberdeck bestieg, sagten »Guten Morgen, Miss Valentine«, tätschelten Hund den Kopf und interessierten sich gar nicht für ihren Pass.

Der Aufzug summte nach oben. Katherine überquerte den Paternoster Square, wo Hund nachdenklich den kreisenden Tauben nachschaute und mit gespitzten Ohren auf das Gehämmer in der Kathedrale lauschte. Schon stieg sie die Eingangstreppe des Gildenhauses hoch, wurde in einen winzigen Fahrstuhl geführt, und eine Minute vor zwölf öffnete man ihr die kreisrunde bronzene Tür zum Büro des Oberbürgermeisters.

»Ah, Miss Valentine. Sie kommen eine Minute zu früh.« Crome blickte hinter seinem riesigen Schreibtisch kurz zu ihr auf und vertiefte sich wieder in ein Schriftstück, das er gerade las. Über ihm bot ein rundes Fenster einen Blick auf die St.-Pauls-Kathedrale. Hinter der dicken getönten Scheibe wirkte die Kirche seltsam verschwommen und fern, wie ein versunkener Tempel am Meeresboden. Gedämpftes Tageslicht fiel auf die matt geschmirgelten Bronzewände. Es gab keine Bilder im Raum, keine Vorhänge, überhaupt keinerlei Dekorationen, und auch der Boden war aus nacktem Metall. Katherine fröstelte, weil ihr die Kälte durch die Schuhsohlen in die Füße drang.

Neunundfünfzig stille Sekunden lang, die sich ewig in die Länge zogen, ließ der Oberbürgermeister Katherine warten. Als er endlich das Schriftstück sinken ließ, fühlte sie sich schrecklich unbehaglich. Crome lächelte dünn, wie jemand, der aus einem Buch gelernt hatte, wie man das macht.

»Es wird Sie freuen zu hören, dass ich soeben eine verschlüsselte Nachricht von der Expeditionsmannschaft empfangen habe, bevor das Schiff den Funkbereich verlassen hat«, sagte er. »An Bord der *13th Floor Elevator* läuft alles wie vorgesehen.«

»Oh, gut!«, sagte Katherine. Sie wusste, dass dies die letzte Nachricht von ihrem Vater sein würde, bis er von seiner Reise zurückkehrte; selbst die brillanten Londoner Ingenieure konnten nicht weiter funken als ein paar hundert Meilen.

»Wollten Sie noch etwas anderes?«, fragte Crome.

»Ja …«, sagte Katherine zögernd. Sie hatte Sorge, lächerlich zu klingen. In diesem kalten Büro und angesichts von Magnus Cromes noch kälterem Lächeln wünschte sie plötzlich, sie hätte sich nicht so stark geschminkt und nicht diese formelle Kleidung angezogen. Aber jetzt ging es um alles, also stieß sie hervor: »Ich will wissen, wer dieses Mädchen war und warum sie meinen Vater töten wollte.«

Das kalte Lächeln erlosch. »Darüber hat mich Ihr Vater nie in Kenntnis gesetzt. Die ganze Sache ist mir ein Mysterium.«

»Glauben Sie, es hat mit MEDUSA zu tun?«

Cromes Blick kühlte noch weiter ab. »Dieses Thema geht Sie nichts an«, sagte er. »Was hat Valentine Ihnen davon erzählt?«

»Gar nichts!«, antwortete Katherine aufgebracht. »Aber ich sehe doch, dass er Angst hat, und ich muss wissen, wovor, weil ich …«

»Jetzt hör gut zu, Kind.« Crome stand auf, kam hinter dem Schreibtisch hervor und krallte Katherine seine dürren Hände in die Schultern. »Dass Valentine dir Sachen verheimlicht, hat gute Gründe. Manche Aspekte seiner Arbeit würdest du sowieso nicht verstehen. Vergiss nie, dass er von ganz unten gekommen ist. Er war ein Plunderer in den Außenlanden, bis ich mich seiner angenommen habe. Willst du etwa, dass es ihm wieder so ergeht wie damals? Oder schlimmer?«

Es fühlte sich an, als hätte er sie geohrfeigt. Katherine wurde knallrot vor Ärger, aber sie beherrschte sich.

»Geh nach Hause und warte auf ihn«, befahl Crome, »und überlass die Erwachsenenangelegenheiten den Erwachsenen. Sprich mit niemandem über dieses Mädchen oder MEDUSA.«

Erwachsenenangelegenheiten?, dachte Katherine wütend. *Was glaubt er überhaupt, wie alt ich bin?* Aber sie senkte gehorsam den Kopf und sagte: »Ja, Herr Oberbürgermeister« und »Komm, Hund«.

»Und bring ja nicht noch einmal dieses Tier aufs Oberdeck!«, rief Crome Katherine ins Vorzimmer nach, wo die Sekretärinnen sich nach ihr umdrehten, als ihr die ersten heißen Tränen in die Augen traten.

Im Aufzug nach Quirke Circus flüsterte sie Hund ins Ohr: »Dem werden wir's noch zeigen!«

Statt direkt nach Hause zu gehen, machte sie einen Umweg in den Tempel der Clio am Rande des Circle Park. In der duftenden, dämmrigen Stille beruhigte sie sich und überlegte, was zu tun war.

Seit Nikolas Quirke zum Gott erhoben worden war, interessierten sich die meisten Londoner nicht mehr besonders für die älteren Göttinnen und Götter, daher hatte Katherine den Tempel ganz für sich allein. Sie mochte Clio, zu der auch ihre Mutter in Puerto Angeles immer gebetet hatte und deren Abbild mit den sanften dunklen Augen und dem duldsamen Lächeln ihrer Mama sogar ein wenig glich. Ihre Mutter hatte ihr erklärt, dass die arme Göttin vom Sturm des Fortschritts immerzu rückwärts in die Zukunft getrieben wurde. Aber manchmal konnte sie die Hand nach jemandem ausstrecken und ihm helfen, den Lauf des Schicksals zu verändern. Katherine schaute zu der Statue auf und fragte: »Was soll ich tun, Clio? Wie soll ich Vater helfen, wenn der Oberbürgermeister mir nichts verrät?«

Sie erwartete nicht ernsthaft eine Antwort, und es kam auch keine. Also sprach sie ein Gebet für ihren Vater und dann noch eins für den armen Tom Natsworthy, bot ihre Opfergaben dar und ging.

Erst als sie kurz vor ihrer Haustür war, kam ihr eine Idee, ein derart unverhoffter Geistesblitz, dass es beinahe so war, als hätte die Göttin selbst ihn ihr gesandt. Ihr fiel plötzlich ein, dass ihr an dem Abend, als Tom Natsworthy aus der Stadt stürzte, auf dem Weg zum Entsorgungsschacht jemand entgegengekommen war: ein junger Ingenieursgehilfe, der bleich und erschrocken ausgesehen hatte – der hatte bestimmt etwas gesehen.

Katherine eilte durch den sonnigen Park. Dieser Ingenieur wusste garantiert Bescheid! Sie musste nur in den Bauchraum fahren und ihn fragen. Dann würde sie selbst herausfinden, was passiert war, ganz ohne den garstigen alten Magnus Crome!

15

DIE ROSTIGEN MARSCHEN

Hester und Tom waren die ganze Nacht marschiert, und als im Morgennebel die bleiche, flache Sonnenscheibe aufging, marschierten sie weiter. Sie blieben nur hin und wieder kurz stehen, um zu verschnaufen. Die Landschaft sah hier ganz anders aus als die schlammige Ebene, in der sie noch vor ein paar Tagen gewesen waren. Immer wieder mussten sie Sumpflöchern und Tümpeln ausweichen, und sie stießen zwar gelegentlich auf unkrautüberwucherte Kettenspuren, aber es war klar zu erkennen, dass schon seit Jahren keine Stadt mehr hier vorbeigekommen war. »Schau mal, wie hoch das schon steht«, sagte Hester und zeigte auf Gräben voller Büsche und auf junge Bäume an einem Hang. »Die hätte selbst ein halbsesshaftes Dörfchen längst verheizt, wenn hier eins langgekommen wäre.«

»Vielleicht ist der Boden einfach zu weich?«, sagte Tom, der gerade zum zwanzigsten Mal bis zu den Knien im Schlamm versunken war. Er rief sich die riesige Karte der Jagdgründe ins Gedächtnis, die in der Eingangshalle des London Museum hing. Darauf war eine riesige Sumpflandschaft verzeichnet, vom Gebirge bis hinunter zur Küste des Kasachischen Meers, schier endlose Schilfbildchen und schmale blaue Bäche, und quer darüber stand geschrieben: *Für Traktionssiedlungen unbefahrbar.* »Ich glaube, wir sind hier am Rand der Rostigen Marschen«, sagte er. »Die heißen so, weil das Wasser stellenweise rot ist vom Rost der vielen Städte und Dörfer, die sich hineingewagt haben und versunken sind. Nur ein tollkühner Bürgermeister würde freiwillig hierherziehen.«

»Dann haben Wreyland und Anna Fang uns viel weiter nach Süden gebracht, als ich dachte«, murmelte Hester. »London ist bestimmt an die tausend Meilen weg. Es wird Monate dauern, es einzuholen, und ich werde die ganze Zeit Shrike an den Hacken haben.«

»Aber du hast ihn ausgetrickst!«, sagte Tom. »Wir sind ihm entwischt!«

»Nicht für lange«, antwortete Hester. »Der wird bald wieder hinter uns her sein. Er ist ja nicht umsonst ein Stalker.«

Hester führte Tom weiter und weiter, über Hügel hinweg, durch Morastgruben und durch Täler, in denen Schwärme sirrender, stechender Insekten als schwarze Tüpfel die dunstige Luft erfüllten. Bald waren beide müde und gereizt. Einmal schlug Tom vor, sich eine Weile hinzusetzen, und Hester herrschte ihn an: »Mach doch, was du willst! Mir egal!« Tom stapfte schweigend und wütend hinter ihr her. Wie konnte sie nur so garstig, hässlich, bösartig und selbstmitleidig sein! Nach allem, was sie durchgemacht hatten, und nachdem er ihr in den Außenlanden so geholfen hatte, war sie immer noch bereit, ihn einfach zurückzulassen. Er wünschte, Shrike hätte *sie* erwischt und er wäre stattdessen mit Khora oder Miss Fang entkommen. Die hätten ihm bestimmt eine Pause gegönnt …

Als es dunkel wurde, war er aber doch dankbar für Hesters Gesellschaft – als dicke Nebelschwaden sich aus dem Sumpf erhoben wie die Geister von Urelefanten und jedes Rascheln im Gebüsch sich anhörte wie die Schritte eines Stalkers. Hester fand einen Rastplatz unter kleinen verkrüppelten Bäumen, und als Tom nachts vom Schrei einer Eule aus dem Dämmerschlaf gerissen wurde, saß Hester neben ihm wie ein freundlicher Gargoyle und hielt Wache. »Alles gut«, sagte sie zu ihm. Gleich darauf schien sie einen dieser sanften Momente zu haben, die Tom schon ein paarmal bei ihr beobachtet hatte, und sagte: »Ich vermisse sie, Tom. Meine Eltern.«

»Ja, klar«, sagte Tom. »Ich meine auch.«

»Hast du gar keine Familie in London?«

»Nein.«

»Freunde?«

Tom dachte nach. »Nicht so richtig.«

»Wer war dieses Mädchen?«, fragte Hester nach einem kurzen Schweigen.

»Was? Wann?«

»Na, in London, im Bauchraum. Die mit Valentine und dir dort war.«

»Das war Katherine«, sagte er. »Sie … Also, sie ist Valentines Tochter.«

Hester nickte. »Sie ist hübsch«, sagte sie.

Danach schlief Tom ein wenig tiefer und träumte, dass Katherine sie beide retten kam, dass ein Luftschiff sie wieder in die glitzernde Pracht über den Wolken hob. Als er die Augen aufmachte, dämmerte es, und Hester rüttelte ihn an der Schulter.

»Horch mal!«

Tom lauschte und hörte etwas anderes als Blätterrascheln oder Wasser.

»Eine Stadt vielleicht?«, fragte er.

»Nein …« Hester legte den Kopf schief und hörte genauer hin. »Das ist ein Aeromotor, ein Rotwang.«

Das Geräusch wurde lauter und rhythmischer. Hoch oben im wirbelnden Nebel zog ein Londoner Luftschiff vorbei.

Die beiden erstarrten und hofften, dass die spärlichen schwarzen Äste sie verbergen konnten. Das Motorengeräusch wurde leiser und schwoll wieder an. Es umkreiste sie. »Shrike sieht uns«, flüsterte Hester und starrte in den Nebel hinauf. »Ich spüre es, dass er uns beobachtet …«

»Aber nein«, sagte Tom. »Wenn wir das Luftschiff nicht sehen können, kann er uns auch nicht sehen, ist doch klar …«

Aber hoch über ihnen hat der Wiedererweckte seine Augen auf Ultraviolettsicht umgestellt und seine Wärmesensoren eingeschaltet. Er sieht zwei leuchtende menschliche Gestalten im grauen Durcheinander der Bäume. »NÄHER RAN«, *befiehlt er der Besatzung.*

»Wenn Sie sie jetzt so deutlich sehen«, brummelt der Pilot, »hätten Sie doch wohl auch früher wissen können, dass der Ballon leer war. Stattdessen haben wir ihn quer durch die halben Jagdgründe verfolgt.«

Shrike schweigt. Vor diesem winselnden Einmalgeborenen braucht er sich nicht zu rechtfertigen. Er hat gesehen, dass der Ballon leer war, als er wieder aus den Wolken auftauchte, hat es aber für sich behalten. Hester Shaws Geistesgegenwart hat ihm gefallen, also hat er sie zur Belohnung ein paar Stunden länger leben lassen, während die einfältigen Ingenieure dem leeren Ballon nachjagten.

Er stellt seine Augen wieder auf das übliche Farbspektrum ein. Hester will er ohne Hilfsmittel fangen, nur über Geruch, Gehör und normalen Sehsinn. Er ruft sich ihr Gesicht ins Gedächtnis und lässt es vor dem inneren Auge kreisen, während sein Luftschiff im Nebel zur Landung ansetzt.

»Lauf!«, rief Hester. Wenige Meter entfernt war das Luftschiff aus dem Nebel aufgetaucht. Die Triebwerke schwenkten in Landeposition und verquirlten den Nebel wie Schneebesen. Sie riss Tom hoch und hinaus in den von Baumwurzeln durchsetzten Sumpf. Bei jedem Schritt spritzten helle Wasserfontänen auf, und schwarzer Schlick schwappte ihnen in die Stiefel. Sie rannten und rannten, bis Hester so plötzlich anhielt, dass Tom von hinten gegen sie prallte und sie beide zu Boden gingen.

Sie waren im Kreis gelaufen. Ein Stück vor ihnen wartete das Luftschiff, und eine hoch aufragende Gestalt hatte sich ihnen in den Weg gestellt. Winzige Tröpfchen tanzten in zwei blassgrünen Lichtkegeln, die in ihre Richtung zeigten. »HESTER«, schnarrte eine metallische Stimme.

Hester schaute sich hastig nach einer Waffe um und fand einen verkrümmten Ast. »Bleib, wo du bist, Shrike!«, mahnte sie. »Ich schlag dir deine hübschen grünen Augen ein! Ich dresch dir das Gehirn raus!«

»Komm jetzt!«, quiekte Tom, zerrte an ihrem Mantel und versuchte, sie zur Flucht zu bewegen.

»Wohin?«, fragte Hester mit einem kurzen Blick über die Schulter. Sie wog den Holzknüppel in der Hand, schaute dem näher kommenden Shrike entgegen und blieb, wo sie war.

»DU HAST DEINE SACHE GUT GEMACHT, HESTER, ABER DIE JAGD

IST VORBEI.« Der Stalker schritt über dem nassen Untergrund bedächtig auf sie zu. Jedes Mal, wenn er einen Fuß aufsetzte, stieg zischend eine Dampfwolke auf. Er hob die Hände, und gekrümmte Klingen glitten wie Klauen daraus hervor.

»Was hat dich umgestimmt, Shrike?«, rief Hester wütend. »Du wolltest nie nach London, und jetzt bist du Cromes Mädchen für alles?«

»DU WARST ES, DIE MICH HINGEFÜHRT HAT, HESTER.« Shrikes totes Gesicht verzog sich zu einem stählernen Lächeln. »ICH WUSSTE, DASS DU NACH LONDON GEHEN WÜRDEST. ICH HABE MEINE SAMMLUNG VERKAUFT UND EIN LUFTSCHIFF GECHARTERT, UM VOR DIR DORT ZU SEIN.«

»Deine Aufziehmenschen?« Hester klang ehrlich überrascht. »Shrike, wenn du mich so dringend wiederhaben wolltest, warum hast du mich nicht einfach aufgespürt?«

»ICH WOLLTE DICH DIE JAGDGRÜNDE ALLEIN DURCHQUEREN LASSEN«, sagte Shrike. »ES WAR EIN TEST.«

»Habe ich bestanden?«

Shrike antwortete ihr nicht. »IN LONDON WURDE ICH SOFORT INS INGENIEURIUM GEBRACHT. ACHTZEHN MONATE HABE ICH DORT AUF DICH GEWARTET. SIE HABEN MICH DUTZENDE MALE ZERLEGT UND WIEDER ZUSAMMENGEBAUT, ABER DAS WAR ES MIR WERT. ICH BIN MIT MAGNUS CROME EINEN HANDEL EINGEGANGEN. ER WIRD MIR MEINEN HERZENSWUNSCH ERFÜLLEN.«

»Oh, gut«, sagte Hester vage. Sie hatte keine Ahnung, wovon er sprach.

»ABER ERST MUSST DU STERBEN.«

»Aber Shrike! Warum?«

Die Antwort wurde von einem satten wummernden Dröhnen übertönt, bei dem Tom sich fragte, ob das Luftschiff ohne den Stalker abfliegen wollte. Als er aufschaute, lag das Schiff unverändert an seinem Platz, aber das Surren seiner Triebwerke war nicht mehr zu hören, weil das neue Geräusch sich davorschob, ein rumpelndes, glitschendes Tosen, das mit jeder Sekunde lauter wurde. Selbst Shrike schien beunruhigt zu sein: Seine Augen flackerten, und er legte lauschend den Kopf auf die Seite. Der Boden bebte.

Da erhob sich hinter dem Stalker eine Wand aus Schlamm und Wasser, eine Welle, deren Kamm sich schäumend brach. Dahinter folgte eine Ortschaft, ein sehr kleines, altmodisches Dorf auf acht dicken Reifen. Hester wich entsetzt zurück, und als Shrike ihren Gesichtsausdruck sah, drehte er sich um. Tom stürzte los, packte Hester am Kragen und riss sie aus der Gefahrenzone. Das Luftschiff machte Ansätze auszuweichen, aber schon erfassten es die riesigen Reifen, zerfetzten es und begruben die aufflammenden Trümmer im Schlamm. Im nächsten Moment brüllte der Stalker »HESTER!«. Dann walzte eins der Vorderräder ihn nieder.

Aneinandergeklammert überschlugen sich Tom und Hester im wogenden Schlamm, und das Dorf röhrte an ihnen vorüber – Speichen und Kolben blitzten auf, Feuerschein auf Metall, stumme Gestalten auf einer Aussichtsplattform, das langgezogene Jaulen einer Hupe. Dann war es weg, so plötzlich, wie es gekommen war. Die Luft stank nach Rauch und glühendem Metall.

Tom und Hester setzten sich auf. Hier und da trudelten fröhlich flackernde Luftschifftrümmer zu Boden. Wo eben noch der Stalker gestanden hatte, begann sich eine tiefe Reifenspur, mit dünnem schwarzem Schlick zu füllen. Etwas Festes, vielleicht eine Hand, ragte noch aus dem Morast, aus dem eine bleiche Rauchwolke aufstieg und verwehte.

»Ist er … tot?«, fragte Tom mit vor Angst zitternder Stimme.

»Er ist gerade von einem Dorf überfahren worden«, sagte Hester. »Besonders toll geht es ihm vermutlich nicht.«

Tom überlegte, was Shrike mit seinem »Herzenswunsch« gemeint haben könnte. Warum hatte er solche Opfer gebracht, um Hester zu verfolgen, wenn er sie am Ende doch nur töten wollte? Jetzt würden sie es nie erfahren. »Und die armen Leute in dem Luftschiff …«, flüsterte er.

»Sie waren Teil seines Killerkommandos, Natsworthy«, sagte Hester. »Auf die brauchst du kein Mitleid zu verschwenden.«

Eine Weile starrten sie schweigend in den Nebel. Dann sagte Tom: »Ich frage mich, wovor es auf der Flucht war.«

»Wie, was meinst du?«

»Das Dorf«, sagte Tom. »Es ist so schnell gefahren. Bestimmt wurde es von irgendwem verfolgt …«

Hester schaute ihn an und begann, diesen Gedanken zu erfassen.

»O *verdammt*«, sagte sie.

Die zweite Ortschaft hörten sie nicht einmal kommen. Sie war größer als die erste und hatte tonnenartig breite Räder. Auf die klaffenden Kiefer hatte jemand ein breites Raubtiergrinsen gemalt und in krakeligen Buchstaben *»'NEN GUTEN!«* darübergeschrieben.

Es blieb keine Zeit, zur Seite auszuweichen. Diesmal packte Hester Tom am Arm und schrie ihm etwas zu, aber im Jaulen und Brüllen der Motoren brauchte er ein paar Augenblicke, bis er sie verstand.

»Wir springen auf! Mach mir alles nach!«

Die Stadt donnerte über sie hinweg, links und rechts von

ihnen die Reifen, so dass sie wie Ameisen unter einem Pflug emporgehoben wurden, auf einer Erdwelle, die sie beinahe an den Unterboden drückte. Hester balancierte gekonnt in der Hocke, und Tom fuchtelte neben ihr mit den Armen und rechnete jeden Moment damit, von einem herausragenden Bauteil ausgelöscht zu werden oder unter die Räder zu geraten. Hester schrie wieder und zeigte nach oben. Dort zischte wie eine monströse Python ein Abgasschlauch vorbei, und im Flackern der Heizfeuer durch die Lüftungsklappen im Unterboden erkannte Tom ein Stück voraus eine Arbeitsplattform mit Geländer. Hester griff danach und schwang sich hoch, und Tom sprang mit aller Kraft in dieselbe Richtung. Erst tasteten seine Hände ins Leere, dann spürte er rostiges Eisen in seinem Griff, und der Ruck kugelte ihm fast die Arme aus, aber Hester packte ihn am Gürtel und zog ihn zu sich auf den festen Boden.

Es dauerte lange, bis sie so weit aufhörten zu zittern, dass sie wieder auf die Füße kommen konnten. Beide sahen aus, als hätte ein ungeschicktes Kind sie aus dem Außenlande-Schlamm getöpfert: Er umgab sie von Kopf bis Fuß, verklebte ihr Haar und bedeckte ihre Gesichter. Die schiere Überraschung darüber, wie knapp sie davongekommen waren und dass sie überhaupt noch lebten, brachte Tom auf einmal zum Lachen, und Hester schaute ihn an und lachte mit. Das hatte Tom bei ihr noch nie gesehen, und noch nie hatte er sich jemandem so nahe gefühlt wie ihr in diesem Augenblick.

»Wir haben's geschafft!«, rief sie. »Wir sind in Sicherheit! Komm, lass uns schauen, bei wem wir hier mitfahren!«

Wer auch immer hier wohnte, es war jedenfalls ein eher kleiner Ort, im Grunde sogar nur ein Vorort. Tom probierte, Vergleiche anzustellen, während Hester das Schloss der Falltür knackte und über eine lange Treppe voranging, deren rostige Wände von der Hitze der Motoren dampften. Es sah ein bisschen wie Crawley aus, fand er, oder wie Purley Spokes, die beiden Vororte, die London in den guten alten Zeiten gebaut hatte, als es noch so viel Beute gab, dass große Städte es sich leisten konnten, Ableger zu gründen. Wenn das stimmte, hätten sie sicher eine eigene Handelsflotte samt der Lizenz, in London anzulegen.

Aber ein nagender Gedanke dämpfte seinen Optimismus: *Nur ein tollkühner Bürgermeister würde freiwillig hierherziehen …*

Warum um alles in der Welt sollten Crawley oder Purley Spokes ein Dorf durch die berüchtigten Marschen jagen?

Am oberen Ende der Treppe erwartete sie noch eine Falltür. Sie war unverschlossen und führte auf das Oberdeck hinaus. Der Fahrtwind trieb Nebel durch die Straßen, und die Deckplatten bebten und bockten. Es war niemand zu sehen, aber Tom wusste, dass so kleine Orte oft nicht mehr als ein paar hundert Einwohner hatten. Vielleicht hatten sie alle im Maschinenraum zu tun oder warteten in der Sicherheit der metallenen Häuser, bis die Jagd vorbei war.

Aber irgendetwas gefiel ihm nicht an diesem Ort. Er war nicht die gepflegte kleine Vorstadt, die Tom erwartet hatte. Die Deckplatten waren uneben und rostzerfressen, und zwischen den windschiefen Bauten ragten Hilfsmotoren auf, die allem Anschein nach aus anderen Städten herausgerissen und nachlässig aufs Deck geschweißt worden waren. Ein wirres Geflecht aus Rohren, das sich um die Häuser wand und durch schartige Löcher unter Deck verschwand, verband die Ungetüme mit den Hauptmotoren. Und entlang der Reling, wo Tom Parkflächen und Aussichtsterrassen erwartet hätte, war der Vorort von einem Ring aus Holzpalisaden und Geschützstellungen umgeben.

Hester bedeutete ihm, still zu sein, und ging ihm voraus Richtung Heck, wo ein höheres Gebäude, vermutlich das Rathaus, aus dem Nebel ragte. Im Näherkommen entdeckten sie ein Schild über der Eingangstür:

WILLKOMMEN IN
TUNBRIDGE WHEELS
EINWOHNERZAHL: ~~500~~ ~~467~~ 212
... UND WIR WACHSEN WEITER!

Noch weiter oben flatterte eine schwarzweiße Flagge: ein grinsender Totenschädel mit zwei gekreuzten Knochen.

»Bei Quirke!«, flüsterte Tom. »Ein Piratenvorort!«

In dem Moment tauchten überall aus den nebelverhangenen Seitenstraßen Menschen auf, die genauso abgerissen wirkten wie ihr Ort – hagere, mordlustig dreinblickende Männer und Frauen mit den größten Knarren in den Händen, die Tom je gesehen hatte.

Während der Piratenvorort seines Weges rast, breitet sich in den Rostigen Marschen Stille aus, nur das Knistern und Rascheln kleiner Tiere im Schilf ist noch zu hören. Doch dann gurgelt der Schlick in einer der frischen Reifenspuren, blubbert und hebt sich und würgt das Wrack hoch, das von Shrike übrig geblieben ist.

Wie ein Zeltpflock wurde er tief in den Grund getrieben, wurde zermalmt, verdreht und verbogen. Sein linker Arm hängt an ein paar ausgefransten Kabeln; das rechte Bein gehorcht ihm nicht mehr. Eins seiner Augen bleibt dunkel und blind, und aus dem anderen sieht er so verschwommen, dass er fortwährend mit dem Kopf ruckt, um sich zurechtzufinden. Manche Erinnerungen hat er verloren; andere drängen ungebeten an die Oberfläche. Als er sich aufrichtet und in Bewegung setzt, erinnert er sich an die Schlachten, für die er vor langer Zeit geschaffen wurde. An Hill 20, wo die Entladungen der Teslawaffen knisterten wie erstarrte Blitze, ihn in Feuer hüllten, bis sein Fleisch auf den eisernen Knochen kochte. Doch er hat es überlebt. Er ist der letzte Soldat der Lazarusbrigade, und er wird immer überleben. Um ihn zu töten, braucht es schon mehr als ein, zwei rollende Städte.

Langsam bahnt er sich einen Weg auf festeres Gelände und wittert und horcht und lauscht, bis er sicher ist, dass auch Hester noch lebt. Er ist so stolz auf sie. Bald wird sich sein Herzenswunsch erfüllen! Bald wird er sie wiederfinden, und die Einsamkeit seines ewigen Lebens wird ein Ende haben.

Der Vorort hat tiefe Reifenspuren hinterlassen. Es wird ein Leichtes sein, ihm zu folgen, selbst wenn Shrike ein Bein nachzieht, wenn er ein Auge verloren hat und seine Synapsen verrücktspielen. Der Stalker wirft den Kopf in den Nacken und lässt seinen Jagdruf über die leeren Marschen hallen.

16

DIE JAUCHEBECKEN

London fuhr weiter und weiter, pflügte sich beharrlich durch den ehemaligen Kontinent Europa, als gäbe es sagenhafte Beute unmittelbar voraus – aber die Späher meldeten seit der Jagd auf Salthook nur hier und da eine winzige Plunderstadt, für die Magnus Crome gar nicht erst den Kurs ändern ließ. Unruhe machte sich breit; die Leute begannen, einander zu fragen, was der Oberbürgermeister sich bei der ganzen Sache dachte. Auf so weite, so rasante Reisen war London überhaupt nicht ausgelegt. Es kam zu Nahrungsengpässen, und die Hitze der Motoren durchdrang immer stärker die Aufbauten über dem Maschinenraum, bis man, wie das geflügelte Wort lautete, auf den Gehwegen von Deck sechs Spiegeleier braten konnte.

Auch im Unterbauch war es unerträglich heiß, und als Katherine in der Tartarus Row aus dem Aufzug stieg, fühlte sie sich wie in einem Ofen. So tief war sie noch nie in die Eingeweide der Stadt vorgedrungen. Sie blieb erst einmal, vom Lärm benommen, auf den Stufen der Aufzugsstation stehen und blinzelte in die Dunkelheit. Auf Deck eins hatte, als sie abfuhr, die Sonne auf den Circle Park geschienen, und eine frische Brise hatte die Rosen bewegt. Hier unten hasteten Arbeiter im Laufschritt an ihr vorbei, Hupen quäkten, und große Kipploren voller Brennstoff ratterten zu den Öfen.

Am liebsten wäre Katherine sofort umgekehrt, aber sie wollte unbedingt ihre Mission zu Ende bringen, schließlich ging es um ihren Vater. Also atmete sie tief durch und machte sich auf den Weg.

Es war überhaupt nicht mit High London zu vergleichen. Hier unten kannte sie niemand; wenn sie nach dem Weg fragte, reagierten die Leute unwirsch, und ein paar Arbeiter, die am Straßenrand ihre Pause verbrachten, pfiffen ihr nach und riefen: »Hallo, Schätzchen!« oder »Hübsche Mütze!«. Ein vierschrötiger Vorarbeiter rempelte sie beiseite, um eine Gruppe aneinandergeketteter Gefangener an ihr vorbeizuscheuchen. Aus kleinen Schreinen unter den Leitungsrohren grinste der Rußige Peter auf sie herab, der bucklige Gott der Maschinenräume und Schlote. Katherine reckte das Kinn und schloss die Hände fester um Hunds Leine. Sie war froh, dass er dabei war und sie beschützte.

Aber sie wusste, dass sie nur hier unten der Wahrheit näher kommen würde. Vater war auf Reisen, Tom verschollen, wahrscheinlich tot, und Magnus Crome weigerte sich zu helfen. Somit blieb nur ein Mensch übrig, der das Geheimnis des entstellten Mädchens lüften konnte.

Ihn zu finden war nicht einfach gewesen, aber zum Glück sahen es die Registraturarbeiter der Gilde der Verwerter, Heizer, Wagenmeister und zugehörigen Bauchraumarbeiter als Ehrensache an, Thaddeus Valentines Tochter weiterzuhelfen. Wenn an jenem Abend ein Ingenieur in Ausbildung in der Nähe der Entsorgungsschächte war, so sagten sie, hatte er sicher Arbeitssträflinge beaufsichtigt, und wenn er Arbeitssträflinge beaufsichtigt hatte, arbeitete er im Forschungsgefängnis der Ingenieursgilde im Unterbauch. Ein paar Fragen später und nach einer kleinen finanziellen Aufmerksamkeit kannte Katherine auch den Namen des Jungen: Ingenieursgehilfe Pod.

Und jetzt, gut eine Woche nach ihrem Gespräch mit dem Oberbürgermeister, war sie hier, um Pod zu treffen.

Das Unterbauch-Gefängnis war ein Gebäudekomplex von der Größe einer kleinen Stadt im Schatten eines gigantischen Stützpfeilers. Katherine folgte den Hinweisschildern zum Verwaltungsgebäude, einem kugelförmigen Metallgebilde, das sich auf rostigen Stützen langsam drehte, so dass die Aufseher alle Zellenblocks, Hofanlagen und Algenbeete vor den Fenstern endlos kreisen sahen. Die weitläufige Eingangshalle aus weißem Metall war von Neonröhren grell erleuchtet. Kaum war Katherine eingetreten, tauchte lautlos ein Ingenieur neben ihr auf. »Hunde sind hier nicht erlaubt«, sagte er.

»Das ist kein Hund, sondern ein Wolf«, antwortete Katherine mit einem gewinnenden Lächeln, und der Mann wich vor Hunds neugierig schnuppernder Nase entsetzt zurück. Er war ein verkniffener, schmallippiger Mann mit Ekzemen auf dem kahlen Schädel. *Aufseher Nimmo* stand auf dem Namensschild an seinem Gummimantel. Katherine lächelte ihn an, und bevor er sich weitere Einwände einfallen lassen konnte, zeigte sie ihm ihren Goldpass und sagte: »Ich bin im Auftrag meines Vaters, des Obersten Historikers, hier. Ich muss einen Ihrer Gehilfen sprechen, einen jungen Mann namens Pod.«

Aufseher Nimmo blinzelte nur und stammelte: »Aber … aber …«

»Ich bin direkt aus Magnus Cromes Büro hierhergekommen«, log Katherine. »Sie können gern sein Sekretariat anrufen, wenn Sie sich überzeugen möchten.«

»Nein, nein, es wird alles seine Ordnung haben«, beeilte sich Nimmo zu sagen. Noch nie hatte jemand von außerhalb der Gilde einen Gehilfen befragen wollen, und es gefiel ihm gar nicht. Bestimmt gab es Regularien, die das verboten. Aber mit persönlichen Bekannten des Oberbürgermeisters wollte Nimmo es sich nicht verscherzen. Also bat er Katherine, kurz zu warten, und verschwand eilig in einem mit Glaswänden von der Halle abgetrennten Büro.

Katherine wartete, tätschelte Hund den Kopf und nickte den vorbeieilenden Glatzköpfen in den weißen Mänteln höflich zu. Schon bald kam Nimmo wieder. »Ich habe herausgefunden, wo er sich befindet«, sagte er. »Gehilfe Pod wurde in die Sektion 60 versetzt.«

»Großartig, vielen Dank, Mr Nimmo«, sagte Katherine strahlend. »Könnten Sie ihn dann bitte rufen lassen?«

»Auf keinen Fall«, antwortete der Ingenieur. Befehle wollte er sich von der Tochter eines bloßen Historikers noch lange nicht erteilen lassen. Aber wenn sie unbedingt in die Sektion 60 wollte, konnte er sie hinbringen. »Folgen Sie mir«, sagte er und begleitete Katherine zu einem kleinen Fahrstuhl. »Sektion 60 befindet sich auf den Unterdecks.«

In den Unterdecks war Londons Abwasseraufbereitung untergebracht. Das wusste Katherine aus der Schule, daher wunderte sie sich nicht über die lange Fahrstuhlfahrt, aber auf den Geruch am Ziel hätte sie kein Schulbuch der Welt vorbereiten können. Sobald der Aufzug hielt und die Tür aufging, traf er Katherine wie ein Schlag. Ihr war, als sei sie mit dem Kopf voran in eine Wand aus Gülle gelaufen.

»Sektion 60 ist einer unserer innovativsten Arbeitsbereiche«, erklärte Nimmo, der den Gestank gar nicht zu bemerken schien. »Die hier eingeteilten Sträflinge tragen zur Entwicklung faszinierender neuer Recyclinglösungen bei.«

Katherine presste sich ein Taschentuch auf die Nase und trat vor. Sie fand sich in einer weitläufigen, dämmrigen Halle wieder. Drei offene Wasserbecken waren zu erkennen, von denen jedes einzelne größer war als Clio House und seine Gärten. Aus einem Geflecht von Rohren an der niedrigen Hallendecke troff stinkender gelbbrauner Dreck in die Behälter, Menschen in grauen Sträflingsanzügen wateten brusttief in der Brühe und schöpften mit langstieligen Harken feste Bestandteile von der Oberfläche.

»Was tun diese Leute?«, fragte Katherine. »Was *ist* das?«

»Exkremente, Miss Valentine«, antwortete Nimmo hörbar stolz. »Detritus. Fäzes. Menschliche Ausscheidungsprodukte.«

»Sie meinen … Scheiße?«, fragte Katherine entsetzt.

»Danke, Miss Valentine, nach dem Ausdruck muss ich wohl gesucht haben.« Nimmo starrte sie verächtlich an. »Daran ist gar nichts Abstoßendes, kann ich Ihnen versichern. Jeder von uns muss gelegentlich … äh, ja, die Toilette aufsuchen. So, nun wissen Sie also, wo Ihre … Ihre *Scheiße* landet. ›Wer den Abfall nicht ehrt, ist des Goldes nicht wert‹, das ist unser Motto als Ingenieure, Miss. Richtig aufbereitet, gibt menschlicher Dung einen hervorragenden Brennstoff für unsere Motoren ab. Und wir arbeiten daran, nahrhafte und wohlschmeckende Verpflegung daraus herzustellen. Unsere Sträflinge ernähren sich von nichts anderem. Unglücklicherweise verenden sie recht schnell. Aber dieses Manko wird sich sicher bald beheben lassen.«

Benommen trat Katherine an den Rand eines der Becken.

Ich bin im Sonnenlosen Land!, dachte sie. *O Clio, das ist das Reich der Toten!*

Aber so grauenhaft konnte selbst das Sonnenlose Land nicht sein. Die Jauche strudelte und wogte und klatschte an die Beckenränder, weil London gerade über eine Kette kleiner Hügel fuhr. Fliegen kreisten in Schwärmen unter der Decke oder ließen sich auf den Köpfen und Händen der Sträflinge nieder. Die geschorenen Schädel der Unglücklichen schimmerten im Zwielicht der Halle. Mit leeren Gesichtern fischten sie dicken Schlamm von der Oberfläche und kippten ihn in Loren, die von anderen Sträflingen auf Schienen hin und her geschoben wurden. Auszubildende Ingenieure schauten ihnen mit langen Stöcken bewaffnet grimmig zu. Nur Hund schien sich wohlzufühlen; er zog wedelnd an der Leine und schaute immer wieder eifrig zu Katherine auf, wie um sich zu bedanken, dass sie ihm so spannende Gerüche gönnte.

Katherine unterdrückte ihren Würgreiz und wandte sich an den Aufseher Nimmo. »Die armen Leute! Wer ist das?«

»Um die brauchen Sie sich keine Gedanken zu machen«, antwortete er. »Das sind Sträflinge. Kriminelle. Die leisten ihre verdiente Strafe ab.«

»Was haben sie denn getan?«

»Ach, Verschiedenes. Taschendiebstahl. Steuerhinterziehung. Den Oberbürgermeister kritisiert. Dafür werden sie noch sehr gut behandelt. Also, dann suchen wir mal den Gehilfen Pod.«

Während er sprach, starrte Katherine gebannt ins Becken. Sie beobachtete, wie einer der Sträflinge die Harke sinken ließ und sich an den Kopf fasste, als sei ihm schwindlig. Gleich darauf bemerkte es auch eine Gehilfin. Sie trat ans Becken heran und stieß den Mann mit ihrem schwarzen Stock. Am Stockende knisterten blaue Funken, und der Mann heulte auf, fuchtelte, taumelte und versank schließlich in den Fluten. Die anderen Gefangenen starrten wie gelähmt auf die Stelle, wo er verschwunden war.

»Tun Sie doch was!«, schrie Katherine Nimmo an, der das Schauspiel gar nicht mitbekommen hatte.

Da kam ein weiterer angehender Ingenieur gelaufen und rief den Sträflingen zu, sie sollten ihrem Kameraden helfen. Zwei von ihnen zogen den Mann hoch, und der Gehilfe beugte sich vor und hievte ihn aus dem Becken, wobei er sich gründlich bekleckerte. Er trug wie die anderen Wächter einen Mundschutz, aber Katherine erkannte ihn gleich wieder, und neben ihr grollte Nimmo: *»Pod!«*

Der Ingenieursgehilfe Pod legte den Halbertrunkenen auf den Laufsteg zwischen den Becken und wusch ihm mit Wasser aus einem Hydranten das Gesicht. Seine Kollegin, die den Sträfling mit dem Stab malträtiert hatte, schaute ihm voller Ekel dabei zu. »Du verschwendest wieder Wasser, Pod!«, sagte sie gerade, als Nimmo und Katherine die Gruppe erreichten.

»Was geht hier vor, Gehilfen?«, fragte Nimmo barsch.

»Der Mann hat getrödelt«, sagte das Mädchen. »Ich wollte ihn nur zur Arbeit antreiben.«

»Er hat Fieber!«, sagte Pod und sah mit seinem braun bespritzten Gesicht zu Nimmo auf. »Kein Wunder, dass er nicht mehr konnte.«

Katherine kniete sich zu ihm. Pod bemerkte sie erst jetzt und staunte sie aus großen Augen an. Er hatte dem Mann den gröbsten Dreck aus dem Gesicht gewaschen, und Katherine legte ihm behutsam die Hand auf die Stirn, die selbst nach den Maßstäben des Unterbauchs erschreckend heiß war. »Er ist schwer krank«, sagte sie. »Der Mann glüht richtig. Er muss zum Arzt.«

»Zum Arzt?«, antwortete Nimmo. »Hier gibt es keine Ärzte. Diese Leute sind Sträflinge, Miss Valentine. Verbrecher. Sie werden nicht medizinisch versorgt.«

»Der ist bald ein Fall für die Abteilung K«, sagte die Gehilfin.

»Kein Wort mehr!«, herrschte Nimmo sie an.

»Was ist denn die Abteilung K?«, fragte Katherine.

Nimmo antwortete nicht. Der Gehilfe Pod starrte Katherine noch immer an, und ihm liefen Tränen über die Wangen – vielleicht war es aber auch nur Schweiß. Der Sträfling schien in eine Art Dämmerschlaf gefallen zu sein. Das Metall unter ihm sah schrecklich hart aus, und instinktiv zog Katherine ihre Mütze ab, faltete sie und schob sie dem Kranken unter den Kopf. »Er sollte überhaupt nicht hier sein!«, schimpfte sie. »Er ist für diese scheußliche Arbeit doch viel zu schwach!«

»Es ist furchtbar«, stimmte Nimmo ihr zu. »Was die uns neuerdings zuteilen, ist viel zu mickrig. Wenn die Kaufmannsgilde endlich ihre Pflicht täte und die Nahrungsengpässe beheben würde, wären die Leute gleich viel besser genährt, oder wenn die Navigatoren sich zusammenreißen und brauchbare Beute aufspüren würden … Aber ich denke, das sollte Ihnen reichen, Miss Valentine. Fragen Sie den Gehilfen Pod, was Ihr Vater wissen möchte, und dann begleite ich Sie wieder nach oben.«

Katherine drehte sich zu dem Jungen um. Er hatte seinen Mundschutz abgenommen und war darunter erstaunlich gutaussehend, hatte große dunkle Augen und einen ebenmäßigen kleinen Mund. Eine Weile starrte sie ihn nur an und kam sich dumm vor. Dieser tapfere junge Mann versuchte gerade, ein Leben zu retten, und sie wollte ihn mit etwas behelligen, das ihr auf einmal völlig unwichtig vorkam.

»Sie sind Miss Valentine, oder, Miss?«, fragte Pod ein wenig nervös. Hund schob sich an ihm vorbei, um den Kranken am Boden zu beschnuppern.

Katherine nickte. »Wir sind uns einmal im Bauchraum begegnet, als Salthook gefressen wurde«, sagte sie. »Das war bei den Entsorgungsschächten. Ich vermute, dass Sie das Mädchen gesehen haben, das meinen Vater töten wollte. Könnten Sie mir erzählen, woran Sie sich noch erinnern?«

Der Gehilfe schaute sie stumm an. Offensichtlich faszinierte ihn ihr dichtes Haar, das ihr jetzt, wo sie die Mütze nicht mehr trug, in dunklen Strähnen in die Stirn fiel. Dann schielte er zu Nimmo hinüber. »Ich habe gar nichts gesehen, Miss«, sagte er. »Also, jemand hat geschrien, und da wollte ich helfen, aber da war überall Rauch, und … da habe ich niemanden gesehen.«

»Sind Sie sicher?«, fragte Katherine bittend. »Es könnte wirklich wichtig sein.«

Gehilfe Pod schüttelte den Kopf und senkte den Blick. »Es tut mir leid.«

Plötzlich regte sich der Kranke am Boden und stieß einen tiefen Seufzer aus. Alle drehten sich nach ihm um. Katherine brauchte eine Weile, bis sie begriff, dass er gestorben war.

»Na also«, sagte die Ingenieursgehilfin. »Hab ich's doch gewusst, dass er ein Fall für die Abteilung K sein würde.«

Nimmo stupste den Leichnam mit der Stiefelspitze an. »Schaffen Sie ihn weg, Gehilfin.«

Katherine zitterte. Sie hätte am liebsten geweint, aber

es ging nicht. Wenn sie diesen armen Menschen doch nur helfen könnte! »Davon erzähle ich meinem Vater, wenn er zurück ist«, sagte sie. »Und wenn er erst mal erfährt, was hier vorgeht …« Am liebsten hätte sie es selbst nie erfahren. Neben ihr sagte Pod noch einmal: »Es tut mir leid«, und sie war unsicher, was er so bedauerte – dass er ihr nicht weiterhelfen konnte oder dass sie mitbekommen hatte, wie das Leben auf Londons Unterdecks aussah.

Nimmo wurde allmählich ungehalten. »Miss Valentine, Sie müssen jetzt gehen. Sie hätten gar nicht herkommen sollen. Wenn Ihr Vater etwas von einem unserer Gehilfen wissen möchte, sollte er einen offiziellen Gildengesandten schicken. Was hat er sich überhaupt davon versprochen?«

»Ich komme schon«, sagte Katherine und tat das Einzige, das sie für den toten Sträfling tun konnte: Sie schloss ihm behutsam die Augen.

»Tut mir leid«, flüsterte Pod noch einmal, als sie ging.

17

DER PIRATENVORORT

Spät am Abend, tief in den Rostigen Marschen, fing Tunbridge Wheels seine Beute schließlich ein. Der erschöpfte Weiler war in einen Krater getaumelt, und der Vorort rammte ihn mit voller Wucht von der Seite, ohne sein Tempo zu drosseln. Bei dem Zusammenprall zersprang der Weiler in tausend Stücke, und auf die Straßen des Vororts prasselten Trümmerteile nieder, während er kehrtmachte und sich auf das Wrack stürzte, um es zu verschlingen. »Essen auf Rädern!«, johlten die Piraten.

Aus ihrem Zwinger im Bauchraum des Vororts sahen Tom und Hester entsetzt zu, wie die Abrissmaschinen ansprangen und das Wrack ohne jede Rücksicht auf die Überlebenden zerstückelten. Die wenigen, die herausgetaumelt kamen, wurden von den wartenden Piraten in Empfang genommen. Wenn sie jung und gesund waren, warf man sie in winzige Käfige wie den, in dem Hester und Tom gefangen gehalten wurden. Alle anderen wurden massakriert und auf den Müllberg am Rand des Verdauungstrakts geworfen.

»Bei Quirke!«, flüsterte Tom. »Das ist ja grauenhaft! Sie brechen sämtliche Regeln des Städtedarwinismus!«

»Es ist ein Piratenvorort, Natsworthy«, sagte Hester. »Was hast du denn gedacht? Die zerlegen ihre Beute, so schnell sie können, und lassen die Gefangenen als Sklaven in den Maschinenräumen schuften. Wer zu schwach zum Arbeiten ist, würde nur unnötig Essen und Platz wegnehmen. Eigentlich nichts anderes als das, was dein heißgeliebtes London auch macht. Dieses Pack hier ist wenigstens so ehrlich, es Piraterie zu nennen.«

Da sah Tom draußen im Verdauungstrakt eine karmesinrote Robe aufblitzen. Der Bürgermeister des Vororts war persönlich herabgestiegen, um die Beute in Augenschein zu nehmen, und paradierte umringt von seinen Leibwächtern an den Zellen vorüber. Er war ein gedrungenes Männlein mit buckligem Rücken, kahlem Schädel und einem dürren Hals, der aus dem Katzenfell-Kragen seiner Robe ragte. Seine Miene war alles andere als freundlich. Tom zupfte Hester am Ärmel und zeigte verstohlen hin. »Wie ein Bürgermeister sieht der aber nicht gerade aus, eher wie ein zerrupfter Aasgeier!«, flüsterte er. »Was glaubst du, was er mit uns macht?«

Hester schaute achselzuckend zu dem Trupp auf, der sich ihnen näherte. »Die werden uns wohl in die Maschinenräume werfen, nehme ich ...« Sie brach unvermittelt ab und starrte den Bürgermeister an, als wären Zeichen und Wunder geschehen. Dann rempelte sie Tom beiseite, presste das Gesicht gegen die Käfigstangen und begann zu rufen. »Peavey!«, brüllte sie, um das Getöse im Bauchraum zu übertönen. »Peavey! Hierher!«

»Kennst du den?«, fragte Tom verblüfft. »Ist das ein Freund von dir? Kann man ihm trauen?«

»Ich habe keine Freunde«, blaffte Hester, »und man kann ihm nicht trauen; er ist ein kaltblütiges, mörderisches Tier und hat schon Leute umgebracht, nur weil sie ihn schief angesehen haben. Hoffen wir mal, dass der Fang ihm gute

Laune gemacht hat. Peavey! Hierher! Ich bin's! Hester Shaw!«

Das kaltblütige, mörderische Tier drehte sich zu ihrem Käfig um und fletschte die Zähne.

»Das ist Chrysler Peavey«, erklärte Hester heiser. »Er war ab und zu in Strole, um Handel zu treiben, als ich dort bei Shrike wohnte. Damals war er Bürgermeister von so einem kleinen Plunderkaff. Wie er zu diesem protzigen Vorort gekommen ist, wissen die Götter ... Still jetzt und überlass mir das Reden!«

Tom musterte Chrysler Peavey, der mit seinen Bütteln im Schlepptau zu ihnen kam und in die Käfige spähte. Er bot nicht gerade ein ansprechendes Bild. Auf seiner knochigen Glatze spiegelte sich die Glut der Feueröfen, und der Schweiß, der ihm vom Schädel troff, zog bleiche Streifen in sein schmutzstarrendes Gesicht. Wie zum Ausgleich für seinen kahlen Kopf hatte er fast überall sonst Haare: An seinem Kinn sprossen borstige weiße Stoppeln, aus seinen Ohren und Nasenlöchern wuchsen dicke graue Büschel, und über seinen Augen wucherten zwei riesenhafte buschige Brauen. Eine schwarz angelaufene Amtskette hing ihm um den Hals, und auf einer Schulter kauerte ein mageres Äffchen.

»Wen hamwirn da?«, fragte er.

»Nur zwei Anhalter, Boss – ich meine, Euer Gnaden«, sagte eine Leibwächterin, die sich die Haare in zwei Zöpfe geflochten und zu langen, geschwungenen Hörnern gelackt hatte.

»Sind mitten während der Jagd an Bord gekommen, Euer Gnaden«, fügte ein anderer hinzu, der Mann, der die Gefangennahme der Neuankömmlinge befehligt hatte. Er zeigte Peavey den gefütterten Pilotenmantel, den er Tom abgenommen hatte und jetzt selbst trug. »Den hab ich dem Kleinen da abgeknöpft.«

Peavey grunzte. Er wandte sich schon zum Gehen, doch Hester setzte unbeirrt ihr schiefes Lächeln auf und sagte immer wieder: »Peavey! Ich bin's!«, bis ein Funke des Wiedererkennens in seine gierigen schwarzen Augen trat.

»Sapperzement!«, knurrte er. »Die kleine Freundin von dem Blechmann!«

»Gut siehst du aus, Peavey«, sagte Hester. Tom fiel auf, dass sie nicht versuchte, ihr Gesicht vor den Piraten zu verbergen, als wüsste sie, dass sie keine Schwäche zeigen durfte.

»Potz Blitz!«, sagte Peavey und begaffte sie von oben bis unten. »Potz Blitz, du bist es wirklich! Das Helferlein vom alten Shrikey! Bist groß geworden und so hässlich wie eh und je! Und wo ist der Stalker?«

»Tot«, sagte Hester.

»Tot? Woran isser denn gestorben, an Eisenmangel?« Er wieherte laut auf, und seine Leibwächter fielen gehorsam in das Gelächter ein, bis sogar der Affe auf seiner Schulter kreischte und mit der Kette rasselte.

»Wie kommt es, dass du Tunbridge Wheels regierst?«, fragte Hester, während er sich noch kichernd die Tränen aus den Augen wischte. »Ich kenne es noch als achtbaren Vorort, der oben im Norden gejagt hat, am Rand der Eisöde.«

Peavey lehnte sich glucksend ans Gitter. »Schick, was?«, sagte er. »Vorn paar Jahren hat dieses Prachtstück hier meine alte Stadt gefressen. Kam einfach angerast und hat uns ruckzuck verputzt. Aber das warn Schwächlinge. Hatten mich und meine Jungs nicht auf der Rechnung. Wir ham vom Bauchraum aus angegriffen und die Macht übernommen, den Bürgermeister und die Stadträte als Heizer in die eigenen Maschinenräume verfrachtet und uns in ihren bequemen Häusern und dem noblen Rathaus breitgemacht. Für mich ist Schluss mit der Plunderei! Bin jetzt ein waschechter Bürgermeister. Euer Gnaden Chrysler Peavey, stets zu Diensten!«

Tom schauderte bei der Vorstellung, welche Gräuel sich hier abgespielt haben mussten, als Peaveys Piraten das Regiment übernommen hatten. Hester hingegen nickte nur, als wäre sie beeindruckt. »Meinen Glückwunsch«, sagte sie. »Es ist eine gute Stadt. Schnell, meine ich. Solide gebaut. Aber du lebst riskant. Wäre deine Beute nicht in diesem Loch hängen geblieben, wärst du zu weit in die Rostigen Marschen vorgedrungen und wie ein Stein im Morast versunken.«

Peavey winkte verächtlich ab. »Ach was, Tunbridge Wheels ist doch auf so was spezialisiert, Schätzchen. Sümpfe und Marschen können uns nichts anhaben. Hier haben sich echte Leckerbissen verkrochen, und da, wo ich als Nächstes hinwill, wartet noch fettere Beute auf uns.«

Hester nickte. »Dann kannst du uns doch eigentlich hier rauslassen«, sagte sie leichthin. »Bei so guten Fangaussichten ist es bestimmt ganz nützlich, wenn ein paar zusätzliche Hände oben mit anpacken.«

»Harr, harr!«, gluckste Peavey. »Netter Versuch, Hettie, aber Pech gehabt. In den letzten Jahren gab's nicht so viel zum Beißen. Ich brauch allen Plunder und allen Proviant, den ich auftreiben kann, um meine Mannschaft bei Laune zu halten. Wenn ich jetzt mit neuen Gesichtern ankomme, werden sie nicht grad begeistert sein. Vor allem bei so 'ner Visage wie deiner.« Wieder brach er in schallendes Gelächter aus und schaute in die Runde, ob seine Leibwächter auch ja mitlachten. Das Äffchen sprang auf seinen Kopf und blieb dort schnatternd sitzen.

»Aber du brauchst mich, Peavey!«, sagte Hester. In ihrer Verzweiflung vergaß sie Tom einfach. »Ich bin schließlich kein Schwächling. Ich habe wahrscheinlich mehr drauf als die meisten deiner Leute. Wenn es sein muss, kämpfe ich um einen Platz an Deck.«

»Na, brauchen kann ich dich schon«, nickte Peavey. »Aber nicht hier oben. In den Maschinenräumen. Tut mir leid für dich, Hettie.« Er wandte sich ab und winkte die Frau mit den Hörnern heran. »Leg ihnen Ketten an, Maggs, und schaff sie in die Sklavengrube.«

Hester ließ sich entmutigt auf den Käfigboden sinken. Tom legte ihr die Hand auf die Schulter, aber sie schüttelte ihn unwirsch ab. Er schaute an ihr vorbei zu Peavey, der durch die blutbesudelte Halle davonstapfte, und den Piraten, die mit Gewehren und Handschellen anrückten. Zu seiner Verwunderung empfand er eher Zorn als Angst. Nach allem, was sie durchgemacht hatten, sollten sie hier als Sklaven enden! Das war doch nicht fair! Ehe er begriff, wie ihm geschah, sprang er auf, hämmerte an das ölige Gitter und hörte sich mit seltsam dünner Stimme rufen: »NEIN!«

Peavey drehte sich um. Seine Brauen wanderten an seiner zerfurchten Stirn wie Kletterraupen in die Höhe.

»NEIN!«, brüllte Tom noch einmal. »Sie kennen Hester, und sie hat Sie um Hilfe gebeten, also helfen Sie ihr gefälligst auch! Sie sind bloß ein Feigling, der kleine wehrlose Städte frisst und der Gefangene umbringen und in die Sklavengrube werfen lässt, nur weil er sich aus Angst vor den eigenen Leuten nicht traut, ihnen zu helfen!«

Maggs und die anderen Wächter hoben ihre Gewehre und

warteten auf Peaveys Schießbefehl, um den unverschämten Gefangenen mit Kugeln zu durchsieben. Doch ihr Anführer starrte Tom nur reglos an und ging dann langsam wieder auf den Käfig zu.

»Was hast du gesagt?«, fragte er.

Tom wich einen Schritt zurück. Als er den Mund aufmachte, brachte er kein Wort heraus.

»Du bist aus London, was?«, fragte Peavey. »Den Akzent erkenn ich im Schlaf! Und aus den Unterbezirken bist du auch nicht gerade. Von welchem Deck kommst du?«

»Z-zwei«, stammelte Tom.

»Deck zwei?« Peavey sah in die Runde. »Habt ihr das gehört? Das ist fast schon High London! Der Bursche ist ’n echter Londoner Gentleman. Was hast du so ’nen feinen Herrn in den Zwinger gesteckt, Maggs?«

»Aber Sie haben doch gesagt …«, protestierte Maggs.

»Scheiß drauf, was ich GESAGT habe!«, kreischte Peavey. »Holt ihn da RAUS!«

Die Frau mit den Hörnern hantierte am Schloss herum, bis die Tür aufglitt, und die anderen Piraten packten Tom und zerrten ihn aus dem Käfig. Peavey stieß seine Leute beiseite und begann, ihm mit einer Art grober Zärtlichkeit den Staub abzuklopfen, während er in sich hineinbrummte: »So behandelt man doch keinen Gentleman! Torx, gib ihm seinen Mantel zurück!«

»Was?«, schrie der Pirat, der Toms Mantel trug. »Nur über meine Leiche!«

Peavey zog eine Pistole und schoss ihn nieder. »Gib dem Gentleman seinen MANTEL zurück, hab ich gesagt!«, brüllte er den erschrocken dreinschauenden Toten an, und die anderen nahmen ihm eilig den Mantel ab und zogen ihn

Tom über. Peavey glättete das verkohlte Einschussloch an der Brust. »Tut mir leid wegen dem Blut«, sagte er ernsthaft betrübt. »Diese Burschen ham keine Manieren. Bitte ergebenst um Verzeihung für das Missverständnis. Sein Sie willkommen an Bord meiner bescheidenen Stadt. 's ist mir eine Ehre, endlich einen echten Gentleman an Bord zu haben, Sir. Ich hoffe doch sehr, dass ich Sie heut Nachmittag zum Tee ins Rathaus bitten darf.«

Tom starrte ihn mit offenem Mund an. Ihm dämmerte erst jetzt, dass er nicht erschossen werden würde. Eine Einladung zum Tee war das Letzte, womit er gerechnet hatte. Doch als der Piratenbürgermeister ihn wegführen wollte, erinnerte er sich an Hester, die immer noch im Käfig hockte. »Ich kann sie nicht da unten zurücklassen!«, sagte er.

»Was, *Hettie*?« Peavey blinzelte verblüfft.

»Wir reisen zusammen«, erklärte Tom. »Sie ist eine Freundin von mir.«

»Och, in Tunbridge Wheels gibt's genug Frauen«, sagte Peavey. »Viel bessere, mit Nasen und allen Drums und Drans. Hab selber ein reizendes Töchterchen, das würde sehr gern Ihre werte Bekanntschaft machen.«

»Ich kann Hester nicht zurücklassen«, sagte Tom, so fest er sich traute, und der Bürgermeister verbeugte sich sogleich und bedeutete seinen Männern, den Käfig zu öffnen.

Zunächst glaubte Tom, Peavey sei wie Miss Fang an Informationen interessiert, wohin London unterwegs war und warum es sich so weit in die Inneren Jagdgründe vorgewagt hatte. Doch sosehr der Piratenbürgermeister ihn auch mit Fragen zum Stadtleben löcherte – Londons Pläne schienen ihn nicht zu kümmern. Er war einfach selig, einen »feinen High Londoner«, wie er es ausdrückte, an Bord zu haben.

Er nahm Tom und Hester auf einen Rundgang durchs Rathaus mit und stellte ihnen seine »Stadträte« vor, einen wilden Haufen mit entsprechenden Namen: Janny Maggs, den fetten Mungo und Stadtfresser Seb, Pogo Pissebeker, Zip Risky und den Teufel von Traktionsgrad. Zum Tee lud er in sein Privatgemach, einen Saal voller erbeuteter Schätze unter dem Dach des Rathauses, wo seine Brut, eine Horde winselnder, rotznäsiger Kinder, allen ständig vor die Füße lief. Peaveys älteste Tochter Cortina servierte den Tee in zarten Porzellantassen und dazu Gurkensandwichs auf einem Strahlglas-Tablett. Sie war ein einfältiges, verängstigtes Mädchen mit wässrig blauen Augen, und als ihr Vater sah, dass sie die Brotrinden nicht abgeschnitten hatte, stieß er sie rückwärts vom Hocker. »Der Herr hier ist aus LONDON!«, brüllte er und bewarf sie mit den Sandwichs. »Für Thomas hat alles POSH zu sein! Und du musst die in DREIECKE schneiden!«

»Was will man machen?«, jammerte er an Tom gewandt. »Ich hab ja versucht, sie zu 'ner Dame zu erziehen, aber in ihren Kopf geht einfach nix rein. Ist trotzdem ein braves Ding. Wenn ich sie so anschau, denk ich manchmal, ich hätt ihre Mutter nicht erschießen sollen …« Er schniefte und betupfte sich mit einem großen Totenkopftaschentuch die Augen, während Cortina zitternd frische Sandwichs brachte.

»Die Fache iff die«, erklärte Peavey mit vollem Mund, »die Fache iff die, Fom, ich will nich mein Leben lang Pirat bleiben.«

»Ach nein?«, fragte Tom.

»Nein«, sagte Peavey in zutraulichem Ton. »Weißt du,

mein Junge, als Kind hab ich nicht die Vorteile genossen, die du hattest. Hab nie die Schulbank gedrückt und war schon immer hässlich wie die Sünde …«

»Na, so würde ich das nicht sagen«, murmelte Tom höflich.

»Ich hab selber schauen müssen, wo ich bleibe, da unten im Staub und im Dreck. Aber ich hab immer gewusst, dass ich mal groß rauskomme. Einmal hab ich London gesehen. Nur so von weitem. So was Schönes hast du noch nie gesehen, hab ich mir gesagt, so viele Decks übernander und obendrauf die weißen Villas, die in der Sonne glänzen. Und dann hab ich von den reichen Leuten gehört, die da oben wohnen, und hab beschlossen, so willst du mal leben, so fein rausgeputzt und mit Gartenpartys und Theaterbesuchen und allem Pipapo. Also wurde ich Plunderer, und irgendwann hatt ich meine eigene kleine Stadt, und jetzt hab ich die hier. Aber eigentlich …«, er flüsterte es Tom beinahe ins Ohr, »… eigentlich will ich ein *ehrenwerter* Mann werden.«

»Ja, ja, natürlich«, pflichtete Tom ihm bei und spähte zu Hester hinüber.

»Weift du, ich denk mir daf fo«, fuhr Peavey mampfend fort. »Wenn dieser Jagdausflug so läuft wie geplant, ist Tunbridge Wheels bald reich. Stinkreich. Ich liebe diesen Vorort, Tom. Ich will, dass er wächst. Ich will ’n richtiges Oberdeck mit Parks und schicken Villas, wo der Pöbel nicht hindarf und wo so Aufzüge hoch- und runterfahren. Ich will, dass Tunbridge Wheels ’ne Stadt wird, so ’ne richtige Großstadt mit mir als Bürgermeister. Und du, Tommy, du sollst mir erzählen, wie so ’ne Stadt auszusehen hat, und mir Benimm beibringen. Ättikette. Damit die anderen Oberbürgermeister mich nicht hinter meinem Rücken auslachen, wenn ich in ihren Kreisen verkehre. Und meinen Leuten auch; die hausen hier wie die Schweine. Also, was sagst du? Wirst du Gentlemen aus uns machen?«

Tom blinzelte. Er dachte an die groben Gesichter von Peaveys Komplizen und fragte sich, wie sie wohl reagieren würden, wenn er sie ermahnte, einander die Tür aufzuhalten und beim Essen nicht zu schmatzen. Er wusste nicht, was er sagen sollte, doch Hester nahm ihm die Antwort ab.

»Da hast du aber Glück gehabt, dass du ausgerechnet Tom begegnet bist«, erklärte sie. »Er ist ein Experte für gute Umgangsformen. Er ist der höflichste Mensch, den ich kenne. Von ihm kannst du alles lernen, was du brauchst, Peavey.«

»Aber …«, begann Tom und stöhnte auf, als sie ihn gegen das Schienbein trat.

»Phantaftiff!«, krähte Peavey und besprühte sie beide mit Gurkenbrot-Spucke. »Halt dich immer schön an den alten Chrysler, Tommy, da kannst du nix falsch machen. Sobald wir unsere Beute erwischt haben, kannst du loslegen. Die wartet am anderen Ende der Marschen auf uns. Bis Ende der Woche sollte es so weit sein.«

Tom nippte an seinem Tee. Vor seinem inneren Auge sah er die Karte der Großen Jagdgründe: die weite Ebene der Rostigen Marschen, und dahinter …

»Am anderen Ende?«, fragte er. »Aber hinter den Marschen kommt doch das Kasachische Meer!«

»Immer mit der Ruhe, Tommy!«, gluckste Chrysler Peavey. »Hab ich's euch nicht gesagt? Tunbridge Wheels ist *spezialisiert*! Wartet's nur ab. Euch wird die Kinnlade runterklappen. Beziehungsweise der Stadt auch. Ha, ha, ha!« Er schlug Tom auf den Rücken und kippte mit gespreiztem kleinem Finger seinen Tee hinunter.

18

BEVIS

Einige Tage darauf sichtete London erneut Beute: eine Ansammlung kleiner slawischsprachiger Traktionssiedlungen, die sich zwischen den Kalkfelsen einer alten Hügelkette versteckt hielt. Die Stadt walzte hin und her und schnappte eine nach der anderen, während sich halb London auf den vorderen Aussichtsterrassen drängte, um dem Spektakel zuzusehen. Die trostlosen Ebenen der westlichen Jagdgründe lagen nun hinter ihnen, und der allgemeine Unmut war vergessen. Wen kümmerte es, wenn die Leute in den Unterbezirken an Hitzschlag starben? Ein Hurra auf London! Ein Hurra auf Crome! So viele gute Fänge in Serie hatte man jahrelang nicht gemacht!

Die Stadt verfolgte und fraß zunächst die schnelleren Siedlungen und machte dann kehrt, um die langsameren abzuräumen. Es dauerte fast eine Woche, bis die letzte eingefangen war, ein großer, ehemals stolzer Ort, der bei dem Angriff eines Raubvororts seine Ketten eingebüßt hatte und sich auf ächzenden Laufrollen dahinschleppte. An dem Abend, als er endlich gefressen wurde, stiegen in allen Londoner Parks rauschende Feste, und als hoch im Norden weitere Lichter gesichtet wurden, gerieten die Leute völlig außer sich. Bald machte das Gerücht die Runde, dass die Lichter zu einer riesigen, aber verkrüppelten Stadt gehörten, eben jener Stadt, nach der Valentine ausgesandt worden war. Die Funksignale der *13th Floor Elevator* würden London gen Norden führen, wo es sich den Bauch vollschlagen könnte wie nie zuvor. Bis zwei Uhr morgens zischten und knallten Raketen, und Chudleigh Pomeroy, der stellvertretende Oberste Historiker, degradierte Herbert Melliphant zum Gehilfen dritter Klasse, nachdem dieser im Hauptsaal des Museums einen Böller gezündet hatte.

Doch als der Morgen graute, verstummten der Jubel und die Gerüchte. Die Lichter im Norden gehörten tatsächlich zu einer riesigen Stadt, nur war sie nicht verkrüppelt, sondern fuhr mit Höchstgeschwindigkeit Richtung Süden und sah sehr hungrig aus. Die Navigatoren hatten sie bald als Panzerstadt Bayreuth identifiziert, eine Konurbation aus vier aneinandergekoppelten deutschen Traktionsstädten. Aber der Name der Stadt war den Londonern herzlich egal, solange sie nur vor ihr verschont blieben.

London jagte alle Motoren hoch und raste weiter nach Osten, bis die Konurbation hinter dem Horizont versank. Doch am nächsten Morgen war sie wieder da, und diesmal gleißten die oberen Decks schon gut sichtbar in der Sonne.

Katherine Valentine hatte sich weder den Feiern und Lustbarkeiten angeschlossen, noch ließ sie sich nun von der Panik anstecken, die ihre Stadt erfasste.

Seit ihrer Rückkehr aus dem Bauchraum hatte sie sich in ihrem Zimmer verkrochen, wo sie ein ums andere Mal versuchte, sich den widerlichen Jauchegestank von Sektion 60 vom Leib zu schrubben. Sie brachte kaum einen Bissen herunter und ließ die Bediensteten sämtliche Kleider, die sie dort unten getragen hatte, in die Recyclingeimer werfen. Zur Schule ging sie nicht mehr. Wie konnte sie bei dem, was sie wusste, ihren Freundinnen mit all ihrem albernen Geschwätz über Kleidung und Jungs überhaupt noch ins Gesicht sehen? Draußen sprenkelte Sonnenlicht die weiten Rasenflächen, blühten die Blumen, trieben die Bäume frische grüne Blätter aus – aber wie würde sie die Schönheit High Londons je wieder genießen können? Alle ihre Gedanken kreisten um die Tausenden Londoner, die elendig schuften und sterben mussten, damit einige wenige reiche Glückspilze wie sie ein angenehmes Leben hatten.

Sie schrieb der Mattscheiben-Redaktion einen Brief dazu und einen weiteren an die Polizei, doch dann zerriss sie beide wieder. Was hatte das für einen Sinn, wo doch jedermann wusste, dass Magnus Crome die Polizei und die Nachrichten kontrollierte? Sogar der Hohepriester Clios war von Crome berufen worden. Sie würde die Rückkehr ihres Vaters abwarten müssen, bevor irgendetwas unternommen werden konnte – falls London nicht in der Zwischenzeit aufgefressen wurde.

Mit ihren Nachforschungen zu dem entstellten Mädchen war sie auch nicht weitergekommen. Gehilfe Pod hatte ihr nichts sagen können – oder das zumindest behauptet –, und sie wusste einfach nicht weiter.

Dann, zur Frühstückszeit am dritten Tag von Londons Flucht vor Panzerstadt Bayreuth, kam ein Brief für sie. Sie hatte keine Ahnung, von wem er sein könnte, und drehte den Umschlag mit dem Poststempel von Deck sechs ein paarmal hin und her. Eine sonderbare Angst beschlich sie.

Als sie ihn endlich aufschlitzte, fiel ein dünner Zettel in ihre Algenflocken; gewöhnliches Londoner Notizpapier, so oft wiederverwertet, dass es weich und pelzig wie Filz geworden war, mit dem als Wasserzeichen eingeprägten Motto: »Wer den Abfall nicht ehrt, ist des Goldes nicht wert.«

Liebe Miss Vallentine,
bitte helfen Sie mir, ich muss Ihnen etwas Wichtiges sagen.
Ich bin heute um 11 Uhr in Pete's Eats am Belsize Park
auf Deck fünf.
Mit freuntlichen Grüßen,
ein Freund

Ein paar Wochen zuvor hätte Katherine ein anonymes Schreiben noch aufregend gefunden, aber der Spaß am Geheimnisvollen war ihr gründlich vergangen. Wahrscheinlich wollte sich irgendjemand über sie lustig machen. Doch nach Witzen war ihr auch nicht mehr zumute. Wie auch, wenn London um sein Leben fürchten musste und die unteren Decks so voller Unglück und Leid waren? Sie warf den Zettel in den Mülleimer und schob ihr Frühstück unangetastet weg. Dann ging sie sich wieder waschen.

Aber die Neugier nagte an ihr. Als es neun Uhr schlug, sagte sie sich: »Ich werde nicht gehen.«

Um halb zehn erklärte sie Hund: »Das wäre sinnlos. Es wird niemand da sein.«

Um zehn murmelte sie: »Pete's Eats – was ist denn das bitte für ein Name? Der ist wahrscheinlich nur ausgedacht.«

Eine halbe Stunde später wartete sie an der Aufzugstation auf einen Fahrstuhl nach unten.

Sie stieg in Low Holborn aus und ging durch Straßen mit schäbigen Wohnblocks zum Rand des Decks. Sie trug ihre ältesten Sachen und lief rasch, mit eingezogenem Kopf und

Hund dicht neben ihr. Es machte sie nicht mehr stolz, angegafft zu werden. Innerlich hörte sie die Leute tuscheln: *»Das ist Katherine Valentine, eine hochnäsige kleine Prinzessin von Deck eins. Diese High Londoner halten sich ja für den Nabel der Welt.«*

Belsize Park war beinahe leer. Über allem lag der körnige Smog aus Londons Maschinenräumen. Die Wiese und die Blumenbeete waren schon vor vielen Jahren für den Ackerbau freigegeben worden, und die einzigen anderen Menschen, die sie sehen konnte, waren einige Arbeiter des Park- und Grünflächenamts, die die Reihen von Kohlköpfen abschritten und ein Mittel gegen Blattläuse versprühten. In der Nähe stand ein heruntergekommenes kegelförmiges Gebäude. »Pete's Eats« stand auf einem Schild auf dem Dach zu lesen und darunter, in kleineren Buchstaben: »Café«. Auf dem Gehweg davor standen Metalltische unter Markisen, und auch der Innenraum war mit Tischen vollgestellt. Im schwachen Schein einer gedimmten Argonlampe wurde geraucht und geplaudert. Ein Junge, der nahe der Tür saß, stand auf und winkte. Hund wedelte mit dem Schwanz. Katherine brauchte einen Moment, bis sie den Gehilfen Pod erkannte.

»Ich bin Bevis«, sagte er mit einem nervösen Lächeln, als Katherine sich ihm gegenübersetzte. »Bevis Pod.«

»Ja, ich erinnere mich.«

»Ich bin froh, dass Sie gekommen sind, Miss. Ich wollte schon seit Ihrem Besuch in Sektion 60 mit Ihnen reden, aber die Gilde soll lieber nichts davon wissen. Kontakte zu Außenstehenden werden nicht gern gesehen. Heute habe ich frei, weil sie eine große Versammlung vorbereiten, und da bin ich hier hochgefahren. Hier gehen nur wenige Ingenieure essen.«

»Das wundert mich nicht«, sagte Katherine bei sich, während sie die Speisekarte studierte. Eine große farbige Abbildung zeigte etwas namens »Happy Meal«, ein Stück unnatürlich pinkfarbenes Fleisch zwischen zwei runden Algenbrötchenhälften. Sie bestellte einen Pfefferminztee. Er kam in einem Glastikbecher und schmeckte nach Chemikalien. »Sind alle Lokale auf Deck fünf so?«

»Aber nein«, sagte Bevis Pod. »Dieses hier ist mit Abstand das netteste.« Er konnte nicht aufhören, ihr Haar anzustarren. Er hatte sein ganzes Leben in den Ingenieursbauten im Bauchraum verbracht und noch nie jemanden mit solchen Haaren gesehen, so lang und glänzend und lebendig. Die Ingenieure sagten, Haare seien überflüssig, ein Überbleibsel aus der Ära der Sesshaftigkeit, aber wenn er Katherines Haar so ansah …

»Du hast geschrieben, du bräuchtest meine Hilfe?«, begann Katherine.

»Ja«, sagte Bevis. Er warf einen Blick über die Schulter, wie um sich zu vergewissern, dass sie unbeobachtet waren. »Es hat mit Ihrer Frage unten bei den Jauchebecken zu tun. Da konnte ich Ihnen nicht antworten. Nicht in Nimmos Gegenwart. Ich hatte schon genug Ärger am Hals, weil ich diesem armen Mann geholfen habe …«

In seinen dunklen Augen schimmerten wieder Tränen. Katherine fand es seltsam, dass ein Ingenieur so empfindsam war. »Du kannst doch nichts dafür, Bevis«, sagte sie. »Aber was ist nun mit dem Mädchen? Hast du sie gesehen?«

Bevis nickte und dachte an den Abend zurück, an dem London Salthook gefressen hatte. »Ich habe sie und diesen Historikerlehrling, der ihr nachrannte, vorbeilaufen sehen. Er rief um Hilfe, also rannte ich hinterher. Als das Mädchen zu dem Müllschacht kam, drehte sie sich um. Irgendwas war mit ihrem Gesicht …«

Katherine nickte. »Und weiter?«

»Ich hörte, wie sie den Jungen anbrüllte. Die Maschinen im Verdauungstrakt waren so laut, dass ich nicht alles verstanden habe, aber sie sagte etwas über Ihren Vater, Miss. Und dann zeigte sie auf sich und sagte irgendwas, das mit ›Hester Shaw‹ endete. Und dann sprang sie.«

»Und zog den armen Tom mit in die Tiefe.«

»Nein, Miss. Der blieb da stehen und guckte traurig. Dann zog eine Rauchwolke vorbei, und ich sah nichts mehr, und auf einmal waren überall Polizisten. Da hab ich mich lieber verkrümelt. Ich hätte meinen Posten gar nicht verlassen dürfen, deshalb konnte ich auch niemandem erzählen, was ich gesehen hatte.«

»Aber mir erzählst du es«, sagte Katherine.

»Ja, Miss.« Der Gehilfe wurde rot.

»Hester Shaw?« Katherine drehte und wendete den Namen im Kopf, aber er sagte ihr nichts. Und Bevis' Schilderung passte auch nicht dazu, wie ihr Vater die Ereignisse dargestellt hatte. Bevis musste sich getäuscht haben, beschloss sie.

Wieder sah er sich nervös um, dann senkte er die Stimme zu einem Flüstern. »Haben Sie das ernst gemeint, Miss, dass Sie mit Ihrem Vater reden wollen? Könnte er wirklich etwas tun, um den Gefangenen zu helfen?«

»Wenn ich ihm erzähle, was da vor sich geht, wird er das bestimmt«, beteuerte Katherine. »Ich bin sicher, dass er nichts davon weiß. Übrigens brauchst du mich nicht zu siezen. Ich bin Katherine. Kate.«

»Gut«, sagte Bevis feierlich. »Kate.« Er lächelte, wirkte aber immer noch bedrückt. »Ich bin ein loyales Mitglied meiner Gilde«, erklärte er. »Für mich stand immer fest, dass ich Ingenieur werde. Aber dass ich ins Forschungsgefängnis abgestellt werde, damit hätte ich nie gerechnet. Menschen in Käfigen halten und sie im Bauchraum in diesen Jauchebecken arbeiten lassen – das ist keine Ingenieurwissenschaft, das ist einfach böse. Ich tue, was ich kann, um ihnen zu helfen, aber viel ist das nicht, und die Aufseher wollen sie bloß schuften lassen, bis sie tot umfallen, und sie dann in Plastikhüllen rauf zur Abteilung K schicken, so dass sie nicht mal nach dem Tod in Frieden ruhen können.«

»Was ist denn diese Abteilung K?«, fragte Katherine, der wieder einfiel, wie Nimmo der anderen Gehilfin über den Mund gefahren war, als sie den Namen erwähnte. »Gehört sie zum Gefängnis?«

»O nein. Die ist auf dem Oberdeck. Im Ingenieurium. Das ist eine Art Versuchslabor, das von Dr. Twix geleitet wird.«

»Wofür braucht sie denn Leichen?«, fragte Katherine nervös. Sie war nicht sicher, ob sie es wirklich wissen wollte.

Bevis Pod wurde etwas blasser. »Es ist nur ein Gerücht, Miss, aber manche in der Gilde behaupten, dass sie Stalker baut. Wiedererweckte.«

»Bei Clio!« Katherine dachte daran, was sie über die Stalker gelernt hatte. Sie wusste, dass ihr Vater einige verrostete Skelette ausgegraben hatte, die die Ingenieure zu Studienzwecken benutzten, aber er hatte ihr gesagt, sie seien nur an den elektronischen Gehirnen interessiert. War es möglich, dass sie tatsächlich versuchten, neue zu bauen?

»Warum?«, fragte sie. »Ich meine, das waren doch Soldaten, oder? Eine Art menschliche Waffe in einem früheren Krieg …«

»Perfekte Arbeiter, Miss«, sagte Bevis mit weit aufgerissenen Augen. »Sie brauchen keine Nahrung, keine Kleidung, keine Unterkunft, und wenn nichts zu tun ist, kann man sie einfach ausschalten und in einem Lagerhaus stapeln, die Unterbringung ist also viel einfacher. Die Gilde sagt, zukünftig wird jeder, der in den unteren Decks stirbt, wiedererweckt werden. Dann würden wir dort gar keine lebenden Menschen mehr brauchen, außer als Aufseher.«

»Aber das ist ja furchtbar!«, protestierte Katherine. »London wäre eine Stadt der Toten!«

Bevis Pod zuckte mit den Schultern. »Im Unterbauch fühlt es sich jetzt schon so an. Ich erzähle ja nur, was ich gehört habe. Crome will, dass Stalker gebaut werden, und genau das macht Dr. Twix mit den Leichen aus unserer Sektion.«

»Ich bin sicher, wenn die Leute von diesem schrecklichen Plan wüssten, dann …« Katherine brach ab, als ihr ein Gedanke kam. »Gibt es einen Decknamen dafür? Nennen sie es MEDUSA?«

»Du meine Güte! Woher weißt du von MEDUSA?« Bevis erbleichte noch mehr. »Davon sollte doch niemand wissen!«

»Warum?«, fragte Katherine. »Wenn es nichts mit diesen neuen Stalkern zu tun hat, was ist es dann?«

»Ein großes Gildengeheimnis«, flüsterte Bevis. »Wir Gehilfen sollten eigentlich nicht einmal den Namen kennen. Aber man hört die Aufseher darüber reden. Jedes Mal, wenn etwas schiefgeht oder die Stadt in Schwierigkeiten ist, reden sie davon, dass alles gut werden wird, wenn MEDUSA zum Leben erwacht. So wie jetzt, wo uns diese Konurbation verfolgt. Jeder schiebt Panik, dass Londons Ende gekommen ist, aber die Gildenoberen versichern einander ständig:

›MEDUSA wird unsere Probleme lösen.‹ Darum soll es auch bei der großen Versammlung heute Abend im Ingenieurium gehen. Dort wird Magnus Crome eine Ankündigung dazu machen.«

Katherine zitterte bei dem Gedanken an die rätselhaften Dinge, die hinter den schwarzen Fenstern des Ingenieuriums vor sich gingen. Dort würde sie den Grund für die Nöte ihres Vaters finden. MEDUSA. Es hatte alles etwas mit MEDUSA zu tun.

Sie lehnte sich über den Tisch und flüsterte: »Bevis, hör zu. Gehst du auch zu der Versammlung? Kannst du mir sagen, was Crome dort verkündet?«

»O nein, Miss – ich meine Kate. Nein! Dort sind nur vollwertige Gildenmitglieder zugelassen, keine Gehilfen.«

»Könntest du dich nicht als Mitglied ausgeben?«, drängte Katherine. »Ich habe das dunkle Gefühl, dass da etwas faul ist, und ich glaube, das hat mit dieser MEDUSA-Geschichte zu tun.«

»Tut mir leid, Miss«, sagte Bevis kopfschüttelnd. »Das würde ich niemals wagen. Ich will nicht erschossen und auf dem Oberdeck in einen Stalker verwandelt werden.«

»Dann hilf *mir*, da reinzukommen!«, sagte Katherine mit Feuereifer. Sie griff nach seiner Hand, und er zuckte bei der Berührung zurück und sah staunend auf seine Finger, als wäre ihm nie in den Sinn gekommen, dass irgendjemand sie anfassen wollte. Katherine ließ sich nicht beirren. Sanft nahm sie seine zitternden Hände in ihre und sah ihm tief in die Augen.

»Ich muss herausfinden, was Crome wirklich vorhat«, erklärte sie. »Um meines Vaters willen. Bitte, Bevis. Schmuggle mich ins Ingenieurium!«

19

DAS KASACHISCHE MEER

Einige Stunden später stieg in den Rostigen Marschen der Abendnebel auf, und Tunbridge Wheels erreichte das Meer. Es rollte zum Ufer, wo es eine Weile stehen blieb und auf eine Gruppe von Inseln hinaussah, die sich dunkel und zerklüftet aus dem silbernen Wasser erhoben. Vögel kamen in langen Reihen vom Meer angesegelt, und als der Vorort seine Motoren abschaltete, hörte man sogar ihren Flügelschlag. Kleine Wellen flappten ans Ufer, und ein milder Ostwind säuselte durch das dünne, graue Dünengras. Sonst war auf den Marschen und auf dem Meer weit und breit nichts zu hören und zu sehen, kein Licht, keine Bewegung, keine Rauchfahnen einer fahrenden Stadt.

»Natswurvy!«, brüllte Chrysler Peavey, der mit einem Fernrohr am Fenster der Kommandobrücke hoch oben im Rathaus stand. »Wo ist der Bursche? Holt mir Natswurvy her!« Als einige seiner Piraten Tom und Hester hereinführten, drehte er sich mit breitem Grinsen um und hielt ihnen das Fernrohr hin. »Schau dir das mal an, mein Junge! Na, hab ich dir zu viel versprochen? Hab ich dir nicht gesagt, dass ich dich heil durch die Marschen bringe? Jetzt guck dir an, wo wir hinfahren!«

Tom nahm das Fernrohr und setzte es an. Er blinzelte ein paarmal, bis er das zitternde, verschwommene runde Bild scharf gestellt hatte. Ein ganzes Stück voraus war das Meer mit Dutzenden kleiner Inseln übersät, und noch weiter im Osten ragte eine größere Insel auf wie der aus den Wellen hervorbrechende Rücken eines gigantischen Urzeitmonsters.

Schaudernd senkte er das Fernrohr. »Aber da ist doch nichts«, sagte er.

Tunbridge Wheels hatte über eine Woche gebraucht, sich durch den Morast zu wälzen, und obwohl Chrysler Peavey einen Narren an Tom gefressen hatte, war er ihm eine Erklärung schuldig geblieben, was er jenseits der Marschen zu finden hoffte. Seine Männer wussten es ebenfalls nicht, aber sie waren vollauf damit zufrieden, sich die Dörfer einzuverleiben, die im Labyrinth der Sümpfe Zuflucht gefunden hatten, halbsesshafte Siedlungen mit moosbewachsenen Rädern und Aufbauten aus mit feinen Schnitzereien verziertem Holz. Sie waren so klein, dass sie eigentlich nicht der Mühe wert waren, aber Tunbridge Wheels fraß sie trotzdem, ermordete oder versklavte ihre Einwohner und verheizte das hübsche Holz.

Für Tom waren es schlimme, verstörende Tage. Er war in dem Glauben groß geworden, dass der Städtedarwinismus ein edles, schönes System war, aber an Tunbridge Wheels konnte er nichts Edles oder Schönes erkennen.

Er war immer noch Ehrengast im Rathaus, ebenso wie Hester, obwohl Peavey nicht begreifen konnte, was er an dem entstellten, mürrischen, wortkargen Mädchen fand. »Triff dich doch mal mit meiner Cortina«, versuchte er, Tom eines Abends zu beschwatzen, als sie im einstigen Rathaussaal zum Essen beisammensaßen. »Oder wie wärs mit einem der Mädchen vom letzten Fang? Die waren doch was fürs Auge, und Anglisch sprechen sie auch nicht, kein Wort, da mucken sie dir nicht auf!«

»Ich und Hester sind kein Paar!«, begann Tom, aber er wollte nicht mit der Tochter des Bürgermeisters ausgehen müssen. Und Peavey würde ihm nie und nimmer abnehmen, dass er insgeheim in Katherine Valentine verliebt war, deren Bild in seinen Gedanken leuchtete wie eine Laterne, wohin er auch ging. Also sagte er: »Hester und ich haben viel zusammen durchgemacht, Mr Peavey. Sie will unbedingt nach London zurück, und ich habe versprochen, ihr dabei zu helfen.«

»Aber das war früher«, argumentierte der Bürgermeister. »Du bist doch jetzt ein Tunbridger. Du bleibst hier bei mir, wie der Sohn, den ich nie hatte, und ich denke mir halt, die Jungs würden dich vielleicht eher respektieren, wenn du ein hübscheres Mädel hättest, eine richtige Dame, mein ich.«

Tom ließ den Blick über die im Saal verstreuten Tische schweifen und stellte fest, dass die anderen Piraten ihn offen angafften und dabei mit ihren Messern spielten. Er wusste, dass sie ihn nie als einen der Ihren akzeptieren würden. Sie hassten ihn dafür, dass er ein verweichlichter Stadtbewohner und Peaveys Liebling war, und eigentlich konnte er ihnen das auch nicht verübeln.

Später, in dem kleinen Zimmer, das er mit Hester teilte, sagte er: »Wir müssen runter von dieser Stadt. Die Piraten mögen uns nicht, und sie haben Peaveys Gerede von guten Manieren und dergleichen allmählich satt. Ich mag mir gar nicht vorstellen, was mit uns passiert, wenn sie meutern.«

»Abwarten«, brummte Hester, die sich in der hintersten

Ecke zusammengerollt hatte. »Peavey ist knallhart, und seine Leute werden spuren, solange er ihnen den großen Fang verschafft, den er ihnen versprochen hat. Auch wenn Quirke allein weiß, was das sein soll.«

»Morgen werden wir es erfahren«, sagte Tom, der in einen unruhigen Schlaf hinüberdämmerte. »Morgen um diese Zeit liegen diese grässlichen Sümpfe hinter uns.«

Einen Tag später um diese Zeit lagen die grässlichen Sümpfe tatsächlich hinter ihnen. Als Peaveys Navigator in der Kommandobrücke seine Karten ausbreitete, drang plötzlich ein sonderbares Zischen die Rathaustreppe hinauf. Tom sah in die Gesichter von Peaveys Schergen, die sich um den Koppeltisch drängten, doch außer Hester schien niemand etwas gehört zu haben. Sie warf ihm einen nervösen Blick zu und hob die Schultern.

Der Navigator war ein dünner, bebrillter Mann namens Mr Ames. Vor Peaveys Machtübernahme war er der Lehrer des Vororts gewesen. Nun war er hochmotiviert in sein neues Leben als Pirat gestartet: Es machte viel mehr Spaß, die Arbeitszeiten waren besser, und Peaveys Raubeine führten sich weniger wild auf als die meisten seiner ehemaligen Schüler. Während er mit seinen langen, schmalen Händen die Karten glattstrich, erklärte er: »Früher wimmelte es hier vor kleinen aquatischen Städten, aber sie haben sich alle gegenseitig aufgefressen, und inzwischen kommen immer mehr Antitraktionisten aus den Bergen her und besiedeln Inseln wie diese hier.«

Tom reckte den Hals. Das große Kasachische Binnenmeer war mit Dutzenden Inseln übersät, und Ames zeigte auf die größte von ihnen, eine Raute mit abgestoßenen Ecken von etwa zwanzig Meilen Breite. Er konnte sich nicht vorstellen, was daran so interessant sein sollte, und die meisten Piraten wirkten ebenso verblüfft, doch Peavey rieb sich vergnügt glucksend die Hände.

»Die Schwarze Insel«, sagte er. »Sieht eher mickrig aus, was? Aber das ist 'ne Goldgrube, Jungs, 'ne Goldgrube. Nach dem Raubzug heut Nacht wird das olle Tunbridge Wheels so richtig was hermachen.«

»Wie das?«, fragte Mungo, der Pirat, der Chrysler Peavey am wenigsten traute und Tom am meisten hasste. »Da gibt es doch nichts, Peavey. Bloß alte Bäume und 'n paar Moosler.«

»Was sind denn Moosler?«, flüsterte Tom Hester zu.

»Er meint Leute, die in statischen Siedlungen leben«, zischte sie zurück. »Du weißt schon, wie in dem alten Sprichwort: ›Eine rollende Stadt setzt kein Moos an.‹«

»Irrtum, meine Damen und Herren«, begann Peavey. »Auf der Schwarzen Insel gibt es sehr wohl was. Vor 'n paar Tagen – kurz bevor du an Bord gekommen bist, Tom – ham wir ein Luftschiff abgeschossen, das so dumm war, über den Marschen rumzugondeln. Und die Besatzung hat mir was Interessantes verraten, bevor wir sie abgemurkst ham. Anscheinend gabs droben in Airhaven einen Riesenkampf: Brände, Triebwerkschäden, Gaslecks, das ganze Programm. Die Stadt war so ramponiert, dass sie irgendwo landen musste, um alles zu reparieren. Und wo, glaubt ihr, hat sie angedockt? Na?«

»Auf der Schwarzen Insel?«, tippte Tom. Bei Peaveys gierigem Grinsen war das nicht schwer zu erraten.

»Messerscharf kombiniert, Tommy! Auf der Insel gibt's nämlich eine Luftkarawanserei, wo die Flugkonvois auf ihrem Weg vom Liga-Territorium südlich der Berge neuen Treibstoff tanken. Und da ist Airhaven vor Anker gegangen. Glauben wohl, sie wärn da sicher, so mitten im Meer. Aber da ham sie die Rechnung ohne Tunbridge Wheels gemacht!«

Ein begeistertes Raunen lief durch den Raum. Tom drehte sich zu Hester um, doch sie starrte über das Meer zu der fernen Insel hinaus. Er war schockiert, dass diese schöne fliegende Stadt dort verkrüppelt vor Anker lag und gefressen zu werden drohte, und fragte sich zugleich neugierig, wie um alles in der Welt Peavey übers Wasser kommen wollte.

»Enter auf, Matrosen!«, brüllte der Bürgermeister. »Werft die Motoren an! Macht die Waffen klar! Morgen, wenn die Sonne aufgeht, schwimmen wir in Gold!«

Die Piraten beeilten sich, seinen Befehlen zu gehorchen, und Tom stürzte ans Fenster. Draußen war es nun fast dunkel; unheilvoll verfärbte die blutrote Glut des Sonnenuntergangs den Himmel über den Marschen. Doch die Straßen von Tunbridge Wheels waren hell erleuchtet, und rings um den Vorort bliesen sich riesige orangefarbene Luftkissen auf, als würde man im Zeitraffer Pilze sprießen sehen. Jetzt begriff er, woher das Zischen gekommen war: Während Peavey die Lage erklärt hatte, war Luft in Schwimmkörper unter Deck und in den aufblasbaren Gummiring gepumpt worden.

»Ab ins kühle Nass!«, brüllte Peavey, gab den Maschinisten ein Zeichen und lehnte sich in seinem Drehstuhl zurück. Mit einem tiefen Grollen sprangen die Motoren an, eine Wolke von Abgasen zog achtern, und Tunbridge Wheels rauschte über den Strand geradewegs ins Kasachische Meer.

Zunächst lief alles wie am Schnürchen; nichts rührte sich auf dem dunklen Gewässer, als Tunbridge Wheels Richtung Osten tuckerte, und vor ihnen wurde die Schwarze Insel stetig größer. Tom öffnete ein kleines Seitenfenster der Kommandobrücke, ließ sich die salzige Nachtluft um die Nase wehen und verspürte eine sonderbare Aufregung. Er sah, wie sich die Piraten auf dem alten Marktplatz am Bug versammelten und sich mit Enterhaken und Enterleitern bewaffneten, denn Airhaven war zu groß, um zwischen die Kiefer des Vororts zu passen – sie würden die Stadt erst kapern müssen, um sie danach in aller Ruhe zu zerlegen. Die Vorstellung behagte Tom nicht, zumal seine Freunde, die Aeronauten, vielleicht immer noch an Bord waren. Aber in der Welt der Städte galt nun mal das Recht des Stärkeren, und Peaveys kaltblütig-kühner Plan versprach echten Nervenkitzel.

Dann fiel auf einmal etwas vom Himmel und explodierte auf dem Marktplatz. Im Deck klaffte ein schwarzes Loch, und die Männer, die er eben noch beobachtet hatte, waren weg. Andere kamen mit Eimern und Feuerlöschern angerannt. »Luftschiff! Luftschiff! Luftschiff!«, brüllte jemand, und dann fielen noch mehr Bomben vom Himmel, und überall im Vorort explodierten Häuser und Menschen wirbelten hoch in die Luft wie verrückte Akrobaten.

»Rußiger Peter, steh uns bei!«, brüllte Peavey, rannte zu dem geborstenen Aussichtsfenster und starrte auf die in Rauch gehüllten Straßen. Der Affe hüpfte schnatternd auf seiner Schulter auf und ab. »Die sind besser organisiert, als ich denen zugetraut hätte«, sagte er. »Suchscheinwerfer an, zack, zack!«

Zwei flimmernde Finger aus Licht reckten sich empor und tasteten den rauchverhangenen Himmel ab. Dort, wo sie sich trafen, sah Tom ein länglichrundes Etwas rot aufblitzen und sich entfernen. Die Kanonen des Vororts schwenkten in die Höhe und feuerten eine volle Breitseite ab.

»Daneben!«, zischte Peavey, der durch sein Fernrohr spähte. »Verflucht, ich hätt mir denken können, dass Airhaven Aufklärer rausschickt. Und wenn mich nicht alles täuscht, war das die alte Rostbeule von dieser Hexe Fang!«

»Die *Jenny Haniver*!«, japste Tom.

»Kein Grund zur Freude, Junge«, blaffte Peavey. »Die ist mordsgefährlich. Hast du noch nie von der Windblume gehört?«

Tom hatte dem Piratenbürgermeister nichts von seinen Abenteuern in Airhaven erzählt. Er versuchte, sich nicht anmerken zu lassen, wie glücklich er darüber war, dass Miss Fang noch lebte. »Doch, von der hab ich schon gehört. Sie ist eine Luftkauffrau.«

»Ach ja?« Peavey spuckte aus. »Glaubst du wirklich, eine Händlerin hätte so viel scharfe Munition an Bord? Sie ist eine Topagentin der Antitraktionisten. Die schreckt vor nichts zurück, um uns armen Traktionsstädten das Leben schwerzumachen. *Sie* hat die Bombe gelegt, die Marseille versenkt hat, und *sie* hat die arme Sultanin von Pulau Pinang erdrosselt. Das Blut Tausender Stadtmenschen klebt an ihren Händen! Egal, der werden wir's zeigen, Tommy. Aus deren Eingeweiden mach ich Gulasch! Und die Reste werf ich den Bussarden zum Fraß vor! Mungo! Pogo! Maggs! Wer das rote Luftschiff da abschießt, kriegt einen Extraanteil von der Prise!«

Niemand erwischte das rote Luftschiff, denn es war längst außer Reichweite und sauste zurück zur Schwarzen Insel, um Airhaven vor der anrückenden Gefahr zu warnen. Doch

Toms Trauer und Wut hätten nicht größer sein können, wenn er es in Flammen hätte aufgehen sehen. Deshalb also hatte Miss Fang ihn gerettet und so freundlich behandelt! Sie hatte sich nur Informationen für die Liga erschleichen wollen, und ihr Freund Kapitän Khora steckte mit ihr unter einer Decke und hatte dieses Seemannsgarn über sie gesponnen, um Tom für sie einzunehmen. Quirke sei Dank hatte er ihr nichts verraten können!

Tunbridge Wheels war zwar ramponiert, und überall loderten Feuer, doch die Raketen der *Jenny Haniver* waren zu klein gewesen, um ernsthaft Schaden anzurichten. Nun, da der Überraschungseffekt verflogen war, riskierte Miss Fang keinen weiteren Angriff. Unbeirrt fuhr der Vorort weiter gen Osten und schob eine gewaltige, im Flammenschein glänzende Bugwelle vor sich her. Schon konnte Tom einzelne Lichter auf der Schwarzen Insel erkennen, flackernde Laternen entlang der Küste. Ein Stück davor, zwischen der Insel und dem Vorort, entdeckte er eine weitere Ansammlung von Lichtern. »Boote!«, brüllte Mungo, der durch das Visier seines Gewehrs spähte.

Peavey stellte sich wieder ans Fenster. Seine Robe peitschte im auffrischenden Wind. »Eine Fischereiflotte«, grunzte er zufrieden. »Die erste Mahlzeit des Abends! Das wird unser *Amüsegöll.* Für euch Banausen: die Vorspeise.«

Als Tunbridge Wheels auf die Flotte zuhielt, stoben die Boote auseinander und segelten platt vor dem Wind auf die sichere Küste zu, doch eines, das größer und langsamer war als die anderen, fiel plötzlich nach Luv hin ab. »Das schnappen wir uns«, knurrte Peavey, und Maggs gab seinen Befehl über die Bordanlage weiter. Mit stampfenden Motoren änderte der Vorort den Kurs. Vor ihnen ragten die steilen Felswände der Schwarzen Insel in den Himmel und versperrten die Sicht auf das östliche Firmament. *Und wenn auf den Felskämmen Geschütze stehen?*, dachte Tom – doch falls es welche gab, blieben sie stumm. Er konnte das weiße Kielwasser des Bootes vor ihnen sehen, und dahinter die schwache helle Linie der Brandung …

Plötzlich schäumten die Wellenkämme auch in unmittelbarer Nähe, direkt vor ihnen, und Hester brüllte: »Peavey! Das ist eine Falle!«

Da sahen sie es alle, aber es war viel zu spät. Das Fischerboot segelte mit seinem flachen Kiel glatt über das Riff hinweg, doch Tunbridge Wheels großer, schwerfälliger Rumpf lief bei voller Fahrt auf die spitzen Felsen und schlug leck. Durch den Vorort ging ein Ruck, der Tom umwarf und gegen die Beine des Koppeltisches schleuderte. Die Motoren erstarben, und in der unheimlichen Stille, die nun eintrat, begann eine einzelne Hupe zu blöken wie ein verängstigter Stier.

Tom krabbelte zurück zum Fenster. Tief unten sah er die Straßenbeleuchtung erlöschen, weil eine Wasserwand über die Palisaden hereinbrach. Durch die Abdeckgitter sprühten Geysire aus Gischt aus dem vollgelaufenen Unterdeck empor, und in dem weißen Schaum sah er schwarze Trümmerteile und winzige, zappelnde Leiber herumwirbeln. Das Fischerboot kreuzte ein Stück voraus gegen den Wind, um sich an seinem Werk zu ergötzen. Nur noch wenige hundert Meter trennten den dem Untergang geweihten Vorort von der Steilküste der Insel.

Eine Hand packte ihn an der Schulter und stieß ihn Richtung Ausgang. »Du kommst mit mir, Tommy«, fauchte Chrysler Peavey, nahm ein großes Gewehr von einem

Wandhalter und hängte es sich um. »Ihr auch, Amesy, Mungo, Maggs, ihr kommt mit.«

Die Piraten bildeten einen engen Schutzring um ihren Bürgermeister, als er Tom die Treppe hinuntertrieb. Hester humpelte ihnen nach. Von unten drang Geschrei herauf, und verängstigte Gesichter starrten ihnen von einem Treppenabsatz im dritten Stock entgegen, wo das Wasser schon kniehoch stand. »Verlasst die Stadt!«, brüllte Peavey. »Frauen und Bürgermeister zuerst!«

Sie stürmten in seine Privatgemächer, wo Cortina ihre schluchzenden Geschwister umklammert hielt. Peavey schenkte ihnen keine Beachtung, watete zu einer Truhe in der Ecke und verzog konzentriert das Gesicht, während er an dem Zahlenschloss drehte. Als die Truhe aufsprang, zerrte er ein kleines orangefarbenes Bündel hervor, und schon ging es weiter, auf den Balkon hinaus, wo das Wasser bereits durchs Geländer spritzte. Tom drehte sich um, weil er Cortina und den Kindern helfen wollte, doch Peavey hatte sie völlig vergessen. Er warf das Bündel in die Wellen, und es blies sich mit einem komplizierten Zischkonzert zu einem kleinen, runden Rettungsfloß auf. »Einsteigen«, blaffte er, packte Tom und schob ihn zur Brüstung.

»Aber …«

»An Bord mit dir!« Ein Stiefeltritt in den Allerwertesten beförderte Tom über die Balkonbrüstung auf den weichen Gummiboden des Floßes. Als Nächstes sprang Mungo, und dann folgten so schnell die anderen, dass das Floß bedenklich ins Schaukeln geriet und Wasser über den Rand schwappte. »Oh! Oh! Oh!«, klagte Cortina Peavey irgendwo zu seiner Linken, doch bis Tom endlich unter Mr Ames hervorgekrochen war, lag der sinkende Vorort schon weit hinter ihnen, und nur der Bug ragte noch steil in den Himmel. Er sah sich nach Hester um; sie kauerte neben ihm. Peaveys Affe sprang ängstlich keifend auf dem Kopf seines Herrn auf und ab. »Oh! Oh! Oh!«, rief es von fern, und das Meer spritzte weiß auf, ein ums andere Mal, als die Stadtbrüchigen von den Palisaden und zerfetzten Luftkissen sprangen. Hände klammerten sich an die Reling des Floßes, aber Peavey schlug sie weg. Panische Gestalten paddelten durch die hohen Wellen auf sie zu, und Janny Maggs stand auf und ließ ihr Maschinengewehr knattern, bis das Wasser um das Floß rot schäumte. Der Vorort neigte sich immer tiefer, unter Zischen und Dampfen flutete das Wasser die Heizkessel, und dann, schockierend schnell, versank alles im brodelnden, gurgelnden Meer. Eine Weile waren noch Schreie zu hören, schwache Hilferufe, kurzes Gewehrfeuer, als zwei Piraten sich ein schwimmendes Wrackteil streitig machten, und ein längerer Schusswechsel, nachdem einige Überlebende sich an die Küste durchgeschlagen hatten.

Dann herrschte Stille, während das Floß langsam um sich selber kreisend in Richtung Ufer getragen wurde.

20

DIE SCHWARZE INSEL

Als der Morgen graut, erreicht Shrike das Meeresufer. Die einsetzende Flut verwischt bereits die Räderfurchen, die ins Wasser führen. Im Osten steigt Rauch aus Behausungen an den Küsten der Schwarzen Insel auf. Der Stalker verzerrt sein totes Gesicht zu einem Lächeln. Er ist sehr zufrieden mit Hester Shaw und der Spur der Verwüstung, die sie hinter sich herzieht.
Nur der Gedanke an Hester hat ihn aufrechterhalten, als er sich durch die Marschen geschleppt hat, weiter und immer weiter, durch Schlick, der um sein kaputtes Bein gluckste, und Tümpel, deren galliges Wasser ihn verschlucken wollte. Immerhin war der Fährte des Vororts leicht zu folgen. Wie ein Schwimmer, der seine Morgenrunde ziehen will, stakst er über den Strand ins Meer. Salzwasser klatscht an seine Augenlinsen und dringt brennend durch die Risse in seiner Rüstung. Das Kreischen der Möwen und das Brausen des Windes weichen dem dumpfen Rauschen des Meeresgrunds. Ob Luft oder Wasser, für einen Wiedererweckten macht das keinen Unterschied. Fische glotzen ihn an und flitzen ängstlich in die Seetangwälder. Krebse tippeln vor ihm zur Seite, stellen sich auf die Hinterbeine und schwenken ihre Scheren, als huldigten sie einem gepanzerten, unbesiegbaren Krebsgott. Er stapft weiter, immer der Geruchsfahne von Öl und Achsenschmiere nach, die ihn zu Tunbridge Wheels führen wird.

Einige Meilen von der Bucht entfernt, in der sie an Land gegangen waren, am Ende eines steilen Anstiegs, blieb Chrysler Peavey stehen und wartete, bis die anderen zu ihm aufgeschlossen hatten. Sie trafen einer nach dem anderen ein, erst Tom und Hester, dann Ames mit seiner Karte und zuletzt Maggs und Mungo, die unter dem Gewicht ihrer Waffen ächzten. Als sie sich umdrehten, sahen sie weit unter sich das Meer. Zahlreiche Boote umschwärmten das Wrack von Tunbridge Wheels, und ein Floß mit einem Kran lag schon vor Anker. Die Inselbewohner hatten mit dem Ausschlachten begonnen.

»Verdammtes Gesocks«, knurrte Peavey.

Seit sie an Land gekrochen waren, hatte Tom kaum ein Wort mit dem Bürgermeister gewechselt. Zu seiner Überraschung sah er Tränen in den Augen des kleinen Mannes schimmern. Er sagte: »Es tut mir so leid wegen Ihrer Kinder, Mr Peavey. Ich habe noch versucht, zu ihnen durchzukommen, aber …«

»Pff, die dummen Blagen!«, schnaubte Peavey. »Denen wein ich keine Träne nach. Aber meinem prächtigen Vorort! Schau ihn dir nur an! Zur Hölle mit diesen Mooslern …«

In diesem Augenblick hörten sie aus südlicher Richtung das ferne Knattern von Gewehren.

Peaveys Gesicht hellte sich auf. Er drehte sich zu den anderen um. »Hört mal! Ein paar von unseren Jungs ham's an Land geschafft! Die werden den Mooslern zeigen, was 'ne Harke ist! Kommt, wir tun uns mit ihnen zusammen! So kriegen wir Airhaven doch noch erobert. Wir lassen ein paar von denen am Leben, damit sie die Stadt reparieren, den Rest murksen wir ab und fliegen als reiche Pinkel zum Festland zurück. Stürzen uns von oben auf ein paar schön fette

Städte, bevor sich rumspricht, dass Airhaven von Piraten regiert wird! Vielleicht kriegen wir sogar 'ne richtige Großstadt an den Haken!«

Entschlossen kraxelte er weiter die Felsen hinauf, während der Affe sich an seinen krummen Rücken klammerte. Die anderen folgten ihm. Maggs und Mungo wirkten noch benommen von dem Untergang ihres Vororts; Peaveys neuer Plan schien sie nicht zu überzeugen. Immer wenn ihr Bürgermeister außer Hörweite war, wechselten sie verstohlene Blicke und tuschelten miteinander – aber sie waren auf unbekanntem Gebiet, und Tom konnte sich nicht vorstellen, dass sie es wagen würden, gegen Peavey aufzubegehren, jedenfalls noch nicht. Mr Ames, der zum ersten Mal einen Fuß auf nackte Erde setzte, brummelte seinerseits missmutig in sich hinein. »Grässlich! Wie schwer man da vorankommt … Und das ganze Gras! Wer weiß, ob da nicht wilde Tiere lauern oder Schlangen … Ich verstehe sehr gut, warum unsere Vorfahren beschlossen haben, den Boden zu verlassen!«

Tom konnte nachfühlen, wie es ihm ging. Nördlich und südlich von ihnen erstreckte sich der Steilhang der Schwarzen Insel, so weit das Auge reichte, und über ihnen wuchs er fast senkrecht zu dunklen Spitzen empor, um die der Wind mit gespenstischer Stimme heulte. Einige der höheren Felsnadeln waren zu so grotesken Formen geschliffen, dass sie vom Strand wie Festungen ausgesehen hatten, und Peavey hatte seine Truppe auf einen langen Umweg geführt, bis er merkte, dass es nur Steine waren.

»Wie schön«, seufzte Hester, die neben Tom herhinkte. Sie lächelte in sich hinein, was er bei ihr noch nie erlebt hatte, und pfiff ein Liedchen durch die Zähne.

»Worüber freust du dich denn so?«, fragte er.

»Wir gehen nach Airhaven, oder nicht?«, gab sie flüsternd zurück. »Es versteckt sich irgendwo da oben, und mit dieser Gurkentruppe kommt Peavey nicht weit, nicht wenn die Inselbewohner und die Airhavener zusammenhalten. Man wird sie umbringen, und wir suchen uns ein Schiff, das uns nach London bringt. Vergiss nicht, dass Anna Fang auch hier ist. Vielleicht hilft sie uns ja wieder.«

»Ach, die!«, sagte Tom zornig. »Hast du nicht gehört, was Peavey gesagt hat? Sie ist eine Spionin der Liga.«

»Das dachte ich mir schon«, gestand Hester. »So wie sie uns über London und Valentine ausgefragt hat.«

»Das hättest du mir sagen sollen!«, protestierte er. »Ich hätte ein wichtiges Geheimnis verraten können!«

»Was schert mich das?«, fragte Hester. »Und seit wann sind Historikergehilfen in wichtige Geheimnisse eingeweiht? Außerdem dachte ich, du hättest selbst kapiert, dass sie ein Spitzel ist.«

»Sie sah aber nicht aus wie einer.«

»Tja, so ist das nun mal bei Spitzeln. Man kann ja schlecht von ihnen erwarten, dass sie sich ›SPITZEL‹ auf die Stirn schreiben oder einen besonderen Spitzelhut tragen.« Sie war in einer eigenartig albernen Stimmung, und Tom fragte sich, ob es wohl daran lag, dass diese tristen Felshänge sie an die Insel ihrer Kindheit erinnerten. Auf einmal berührte sie ihn am Arm und sagte: »Armer Tom. Du lernst gerade, was Valentine mich schon vor Jahren gelehrt hat: Man kann niemandem trauen.«

»Mm-hm«, machte Tom.

»Oh, damit meine ich nicht *dich*«, fügte sie eilig hinzu. »Ich glaube, dir vertraue ich, fast jedenfalls. Und was du in Tunbridge Wheels für mich getan hast – dass du Peavey überredet hast, mich aus dem Käfig zu lassen … Das hätten nicht viele getan. Nicht für jemanden wie mich.«

Tom drehte sich zu ihr um und sah deutlicher als je zuvor die freundliche, schüchterne Hester unter der grimmigen Maske hervorlugen. Er lächelte sie so herzlich an, dass sie errötete (zumindest bekam ihr seltsames Gesicht hier und da rote Flecken, und ihre Narbe wurde lila), und Peavey schaute zu ihnen hinunter und brüllte: »Na los, ihr zwei Turteltäubchen! Lasst das Süßholzraspeln und *macht voran*!«

Nachmittag. Eine Wolke zieht nach Osten davon, Sonnenlicht fällt durch die Wellen und glitzert auf den Aufbauten von Tunbridge Wheels. Shrike schreitet durch die Straßen des Vororts und dreht den Kopf langsam hin und her. Leichen treiben durch die gefluteten Räume wie kalte Teebeutel, die man zu lange in der Kanne gelassen hat. Im Mund eines Piraten schwimmen winzige Fische ein und aus. Das Haar eines Mädchens ringelt sich in der Strömung. Über ihm bewegen sich die dunklen Kiele der Verwerterboote. Er versteckt sich in einer Nische, als drei nackte Jungen herabgetaucht kommen. Sie schwimmen mit wilden Arm- und Beinschlägen an ihm vorbei und ziehen eine Spur aus silbernen Bläschen hinter sich her. Mit Gewehren, Flaschen und einem Ledergürtel beladen strampeln sie zurück zur Oberfläche.

Hester ist nicht hier. Shrike wendet sich von dem versunkenen Vorort ab und folgt den Schwaden von Ölschlick über dem Sand. Auf dem Meeresgrund sind Wrackteile verstreut, und schaukelnde Leichen locken ihn an den Fuß der Schwarzen Insel.

Bis er aus der Brandung auftaucht, mit Seetang behängt und aus allen Löchern seiner Rüstung triefend, ist es Abend gewor-

den. Er schüttelt sich das Wasser aus den Augen und starrt auf einen Strand aus schwarzem Sand unter dunklen Klippen. Er braucht fast eine Stunde, um das Rettungsfloß hinter einem Berg haushoher Felsblöcke zu finden. Er fährt seine eisernen Klauen aus und reißt den Boden auf, um Hester den Rückzug abzuschneiden. Sie gehört nun wieder ihm. Wenn sie tot ist, wird er sie sanft durch das ertränkte Sonnenlicht und die Seetangwälder tragen, über die Marschen und die Weiten der Jagdgründe zurück zu Crome. Auf seinen Armen wird er sie nach London tragen wie ein Vater sein schlafendes Kind.

Er sinkt im Sand auf alle viere und nimmt ihre Witterung auf.

Gegen Sonnenuntergang erreichten sie endlich den Grat der Felswand und blickten auf das Innere der Schwarzen Insel hinunter.

Erst jetzt begriff Tom, dass sie ein erloschener Vulkan war. Von hier oben sah man es deutlich: Die schwarzen Steilhänge umringten ein fast rundes, tiefes Tal mit einem Flickenteppich aus Äckern und grünen Wiesen. Beinahe direkt unterhalb der Stelle, an der die Piraten kauerten, lag eine kleine statische Siedlung an einem blauen See. Außer ein paar steinernen Wohngebäuden gab es dort Luftschiffhangars und Ankermasten, und auf dem flachen Gelände dahinter thronte Airhaven auf hundert dürren Landebeinen, hilflos wie ein verletzter Riesenvogel, neben dem die Siedlung zwergenhaft wirkte.

»Die Luftkarawanserei!«, krähte Peavey. Er holte sein Fernrohr hervor und setzte es ans Auge. »Wie die sich abrackern! Pumpen ihre Gasballons wieder auf, damit sie ja schnell wieder aufsteigen können …« Dann inspizierte er den Hügelkranz ringsum. »Von unseren Jungs ist nix zu sehen. Ach, wenn wir nur 'ne Kanone über hätten! Aber das kriegen wir schon hin, was, Leute? Diese Luftikusse haben gegen uns doch keine Chance! Na los, gehen wir mal näher hin.«

Die Stimme des Bürgermeisters klang seltsam gepresst. *Er hat Angst*, erkannte Tom. *Aber er darf es nicht zugeben, damit Mungo, Maggs und Ames ihm nicht das Vertrauen entziehen.* Er hätte nie gedacht, dass ihm der Piratenbürgermeister einmal leidtun würde, doch nun bedauerte er ihn. Peavey war nett zu ihm gewesen, auf seine Art, und es schmerzte, ihn jetzt so verloren über den nassen Boden stapfen zu sehen, während die Leute hinter seinem Rücken murrten und fluchten.

Doch noch folgten sie ihm, durch das Geröll hindurch in den Krater des alten Feuerbergs. Einmal sahen sie die Silhouetten von Reitern auf einem fernen Grat; eine Patrouille von Inselbewohnern, die nach Überlebenden der gesunkenen Piratenstadt suchte. Ein andermal fuhr ein Luftschiff in geringer Höhe über sie hinweg, und Peavey befahl ihnen tonlos, sich flach hinzuwerfen und stillzuhalten. Den kreischenden Affen stopfte er kurzerhand unter seine Robe. Das Luftschiff kreiste ein paarmal über die Insel, aber mittlerweile war die Sonne untergegangen, und der Pilot sah die Gestalten nicht, die im Halbdunkel auf dem Boden kauerten wie Mäuse auf der Flucht vor einer Eule. Er machte kehrt und landete an der Karawanserei, während im Osten ein kugelrunder Mond über dem Felsenkamm aufstieg.

Tom schluchzte vor Erleichterung auf und rappelte sich hoch. Ringsum kamen die anderen ebenfalls ächzend auf die Füße und brachten dabei kleine Steinchen ins Rollen, die den Hang hinunterkullerten. In der Luftkarawanserei sah er Menschen mit Laternen und Fackeln durch die Straßen eilen, und beim Anblick des Lampenscheins in den Fenstern dachte er, wie herrlich es wäre, dort sicher und geborgen im Warmen zu sitzen. Airhaven war von elektrischen Lichtern erhellt, und der Wind wehte Fetzen von gebrüllten Kommandos, Musik und Applaus herbei.

»Peter nochmal!«, zischte Mungo. »Wir kommen zu spät! Airhaven legt ab!«

»Quatsch«, blaffte Peavey.

Aber sie sahen alle, dass Airhavens Gasballons fast voll waren. Ein paar Minuten später wehte das in den Böen auf- und abschwellende Dröhnen der Motoren zu ihnen herüber. Die fliegende Stadt klappte die krabbenartigen Beine unter sich ein. »Nein!«, brüllte Peavey.

Mit einem Mal rannte er los, geriet ins Schliddern, rutschte in einer Lawine aus Geröll dem flachen, sumpfigen Kraterboden entgegen. Dabei schrie er: »Komm zurück! Komm zurück! Du bist meine *Beute*! Ich habe meine Stadt für dich versenkt!«

Mungo, Maggs und Ames stürzten ihm nach, und Tom und Hester folgten. Am Fuß des Abhangs wurde der Untergrund weich und schmatzte unter ihren Schritten, und in kleinen Tümpeln spiegelten sich der Mond und die Lichter der aufsteigenden Stadt.

»Komm zurück!«, hörten sie Peavey ein Stück voraus brüllen. »Komm zurück!«, und dann: »Ah! Oh! Hilfe!«

Sie folgten seinen Rufen und den spitzen Schreien des Affen und bremsten alle gleichzeitig am Rand eines tiefen Sumpflochs ab. Peavey war schon bis zur Hüfte eingesunken. Der Affe hockte oben auf seinem Kopf wie ein Seemann auf einem kenternden Schiff und griente vor Angst.

»Helft mir mal, Jungs!«, flehte der Bürgermeister. »Helft mir! Wir können das immer noch schaffen! Die testen nur ihre Hubmotoren! Die kommen gleich wieder runter!«

Die Piraten musterten ihn schweigend. Sie wussten, dass sie keine Chance hatten, die fliegende Stadt zu erobern, und seine Schreie hatten vermutlich schon die Inselbewohner auf sie aufmerksam gemacht.

»Wir müssen ihm helfen!«, flüsterte Tom und setzte sich in Bewegung, doch Hester hielt ihn zurück.

»Zu spät«, sagte sie.

Das Gewicht seiner Amtskette zog Peavey immer tiefer hinunter. Er gurgelte, als ihm schwarzer Morast in den Mund spritzte. »Kommt schon, Leute! Maggs? Mungo? Ich bin euer Bürgermeister! Ich hab das alles doch für euch getan!« Mit in Todesangst aufgerissenen Augen sah er sich nach Tom um. »Sag's ihnen, Tommy!«, wimmerte er. »Sag ihnen, ich wollte Tunbridge Wheels groß rausbringen! Und ein ehrenwerter Mann werden! Sag ihnen …«

Mungos erster Schuss erwischte den Affen, der als versengtes Fellknäuel von Peaveys Kopf geschleudert wurde. Der zweite und dritte trafen Peavey in die Brust. Er neigte den Kopf, und unter leisem Furzen verschlang ihn der Morast.

Die Piraten drehten sich zu Tom um.

»Ohne dich wärn wir erst gar nicht in diesen Schlamassel geraten«, knurrte Mungo.

»Du hast dem Boss doch diese Flausen über Manieren und Großstädte und so ins Ohr gesetzt«, pflichtete Maggs ihm bei.

»'ne andere Gabel für jeden Gang, und auf keinen Fall mit vollem Mund reden!«, spottete Ames.

Tom wich ein Stück zurück. Zu seiner Überraschung stellte sich Hester zwischen ihn und die Piraten. »Es ist nicht Toms Schuld!«, sagte sie.

»Und du bist auch überflüssig«, knurrte Mungo. »Ihr nützt uns beide nix. Wir sind Piraten. Wir brauchen keinen Benimmunterricht und erst recht kein hinkendes Mädchen mit halbem Gesicht, das uns bloß aufhält.« Er hob sein Gewehr, und Maggs tat es ihm gleich. Sogar Mr Ames zog einen kleinen Revolver.

Da schnarrte eine Stimme aus der Dunkelheit: »SIE GEHÖREN MIR.«

21

IM INGENIEURIUM

London kroch zu einer Hochebene hinauf, wo die von Städten zerwühlte Erde mit einer dünnen Schneeschicht überzogen war. Weit dahinter, aber nicht annähernd weit genug weg, folgte Panzerstadt Bayreuth: nicht länger ein bedrohlicher Fleck am Horizont, sondern eine gewaltige dunkle Masse aus Ketten und eisernen Stockwerken. Über dem Rauch der Fabriken und den Abgaswolken war die goldene Filigranarbeit des kunstvollen Oberdecks deutlich zu erkennen. Beklommen beobachteten die Londoner von den hinteren Aussichtsterrassen, wie der Vorsprung ihrer Stadt dahinschmolz. Am Nachmittag verkündete der Oberbürgermeister, es gebe keinen Anlass zur Panik und die Ingenieursgilde werde London sicher durch die Krise führen, doch auf den unteren Decks war es bereits zu Unruhen und Plünderungen gekommen, und ein zusätzliches Aufgebot an Beefeatern musste im Bauchraum über die öffentliche Ordnung wachen.

»Der olle Crome weiß nicht, was er redet«, brummte am Abend einer der Männer, der an der Aufzugstation Quirke Circus postiert war. »Ich hätte nie gedacht, dass ich das mal sage, aber er ist ein Schwachkopf. Hetzt unser armes altes London so weit nach Osten, tagelang, wochenlang, nur damit wir dann von so 'ner Macker-Stadt gefressen werden.

Wenn wenigstens Valentine hier wäre. Der wüsste, was wir machen sollten.«

»Still, Bert«, zischte sein Kamerad. »Da kommen noch mehr von denen.«

Beide Männer verbeugten sich höflich, als zwei Ingenieure zu den Eingangsschleusen geschlendert kamen, ein junger Mann und ein Mädchen mit identischen grünen Glastikbrillen, weißen Gummimänteln und weißen Kapuzen. Das Mädchen zeigte einen Goldpass. Als sie und ihr Begleiter in den wartenden Aufzug eingestiegen waren, drehte sich Bert zu seinem Freund um und flüsterte: »Muss ganz was Wichtiges sein, diese Veranstaltung da droben im Ingenieurium. Die kommen alle aus ihren Nestern im Bauchraum geschwärmt wie fette weiße Maden. Eine Gildenversammlung in solchen Zeiten, das kann ja was geben!«

In der Kabine setzte sich Katherine neben Bevis Pod. In dem Mantel, den er ihr geborgt hatte, schwitzte sie schon jetzt, und ihr war etwas bang zumute. Sie warf dem Gehilfen einen Blick zu und überprüfte ihr eigenes Spiegelbild im Fenster, um sich zu vergewissern, dass das rote Rad, das sie sich so sorgfältig gegenseitig auf die Stirn gemalt hatten, nicht verwischt war. Mit den Kapuzen und Laborbrillen sahen sie beide lächerlich aus, aber Bevis hatte ihr versichert, dass man das derzeit unter Ingenieuren so trug, und der einzige andere Fahrgast, ein dicker Navigator, schenkte ihnen keinerlei Beachtung, während der Fahrstuhl zum Oberdeck hinauf surrte.

Katherine hatte den ganzen Tag rastlos darauf gewartet, dass Bevis endlich mit ihrer Verkleidung käme. Um die Zeit totzuschlagen, hatte sie den Namen HESTER SHAW in den Indizes sämtlicher Bücher ihres Vaters nachgeschlagen, ihn aber nirgendwo gefunden. Der *Vollständige Katalog des London Museum* enthielt einen kurzen Vermerk zu einer *Pandora* Shaw, aber dort stand nur, sie sei eine Plunderin aus den Außenlanden gewesen, die der Historikergilde einige unbedeutende Fossilien und Old-Tech-Bauteile überlassen hatte. Laut dem Eintrag war sie seit sieben Jahren tot. Danach suchte Katherine nach dem Stichwort MEDUSA, erfuhr aber nur, dass es sich um eine Art Monster in einer alten Geschichte handelte. Dass Magnus Crome und seine Ingenieure an Monster glaubten, erschien ihr abwegig.

Sie und Bevis zogen keine Blicke auf sich, als sie über das Oberdeck auf den Haupteingang des Ingenieuriums zuliefen. In Scharen strömten die Ingenieure die Treppe hinauf. Katherine umklammerte ihren Goldpass und hielt sich eng an den Gehilfen, um ihn in der Menge identischer weißer Mäntel ja nicht zu verlieren. *Das klappt nie und nimmer!*, dachte sie immer wieder, doch der mit der Eingangskontrolle beauftragte Ingenieur interessierte sich gar nicht für die Pässe. Sie warf einen letzten Blick auf das verlöschende Licht des Sonnenuntergangs hinter der Kuppel der Kathedrale und trat ein.

Das Ingenieurium war größer, als es von außen den Anschein hatte, und heller, beleuchtet von Hunderten Argonkugeln, die in dem großen offenen Schacht im Herzen des Gebäudes wie Planeten im Weltraum von der Decke hingen. Sie hielt nach der Treppe Ausschau, doch Bevis zupfte sie am Ärmel und sagte: »Wir nehmen die Einschienenbahn. Komm mit!«

Der Reihe nach pferchten sich die Ingenieure in kleine

Wagen. Katherine und Bevis stellten sich in die Schlange und lauschten den gemurmelten Gesprächen und dem leisen Quietschen der Gummimäntel. Hinter den Brillengläsern waren Bevis' Augen weit aufgerissen vor Angst. Katherine hatte gehofft, einen Wagen für sie allein zu ergattern, um ungehindert sprechen zu können, doch der Strom der Ingenieure riss nicht ab, und so landeten sie an entgegengesetzten Enden eines gerappelt vollen Wagens, in dem sich eine Gruppe aus der Forschungsabteilung für Magnetische Levitation zwischen sie gedrängt hatte.

»Und aus welcher Abteilung sind Sie, werte Kollegin?«, fragte der Mann, der neben ihr saß.

»Ähm …« Katherine sah panisch zu Bevis hinüber, doch er war zu weit weg, um eine Antwort zu flüstern. Also sagte sie das Erstbeste, was ihr in den Sinn kam. »Abteilung K.«

»Bei der alten Twixie, was?«, sagte der Mann. »Ihre neuen Modelle erzielen ja phantastische Ergebnisse, wie man so hört!«

»O ja, absolut«, gab sie zurück. In diesem Moment setzte sich der Wagen ruckelnd in Bewegung, und ihr Nachbar drehte sich von der Aussicht fasziniert zum Fenster.

Katherine hatte erwartet, dass die Einschienenbahn sich so ähnlich anfühlen würde wie ein Aufzug, aber die Geschwindigkeit und die spiralförmige Trasse erzeugten einen ganz anderen Sog. Im ersten Moment musste sie sich schwer konzentrieren, die Übelkeit zurückzudrängen. Die anderen Ingenieure schienen nichts zu merken. »Was glaubt ihr, worüber der Oberbürgermeister sprechen wird?«, fragte einer.

»Bestimmt über MEDUSA«, sagte ein anderer. »Ich habe gehört, sie bereiten einen Test vor.«

»Na, hoffentlich funktioniert es«, sagte eine Frau direkt vor Katherine. »Schließlich hat Valentine das Gerät gefunden, und der ist nur Historiker. Auf die ist kein Verlass.«

»Aber der Oberbürgermeister baut auf ihn«, sagte jemand. »Gib nicht zu viel auf sein Gildenzeichen. Er ist treu wie ein Hund, solange er nur genug Geld kriegt und so tun darf, als sei sein Töchterlein eine echte High Londoner Lady.«

Rundherum ging es, höher und höher, vorbei an Büros und Werkstätten voller geschäftiger Ingenieure, wie in einem riesigen Insektenbau. Auf Ebene fünf hielt der Wagen, und Katherine stieg wutschäumend aus und zwängte sich zu Bevis durch, bevor sie alle gemeinsam über kühle weiße Flure und durch Vorhänge aus durchsichtigem Kunststoff weitergingen. Von irgendwo vernahm sie Stimmengewirr, und nach weiteren Durchgängen und Biegungen gelangten sie in einen riesigen Hörsaal. Bevis führte sie zu einem Platz in der Nähe eines der Ausgänge. Sie sah sich nach Aufseher Nimmo um, konnte aber in dem Meer aus weißen Mänteln und kahlen oder unter Kapuzen verborgenen Schädeln keine Gesichter erkennen. Und der Saal füllte sich immer noch weiter.

»Schau!«, zischte Bevis und stupste sie an. »Das ist Dr. Twix, von der ich dir erzählt habe!« Er zeigte auf eine Frau von kleiner, tonnenförmiger Statur, die gerade in der ersten Reihe Platz nahm und angeregt mit ihren Sitznachbarn plauderte. »Alle Gildenoberen sind da! Twix, Chubb, Garstang … und da ist Dr. Vambrace, der Leiter des Sicherheitsdienstes!«

Katherine begann, sich zu fürchten. Hätte man sie an der Tür enttarnt, hätte sie es vielleicht noch als dummen Streich darstellen können, aber nun war sie in das innerste Heiligtum der Ingenieure vorgedrungen, und man spürte deutlich, dass etwas Großes in der Luft lag. Die Ingenieure würden es nie wagen, Thaddeus Valentines Tochter auch nur ein Haar zu krümmen, aber sie mochte gar nicht daran denken, wie es Bevis ergehen würde, falls sie aufflogen.

Endlich wurden die Türen geschlossen und die Lichter gedimmt. Eine erwartungsvolle Stille kehrte ein, in der nur das wispernde Rascheln von fünfhundert sich erhebenden Ingenieuren zu hören war.

Katherine und Bevis sprangen ebenfalls auf und spähten über die Schultern ihrer Vorderleute zur Bühne. Magnus Crome stand an einem metallenen Rednerpult und ließ seinen kalten Blick über das Publikum schweifen. Einen Moment lang schien er Katherine direkt ins Gesicht zu sehen, und sie musste sich in Erinnerung rufen, dass er sie mit der Kapuze, der Brille und dem aufgestellten Mantelkragen unmöglich erkennen konnte.

»Bitte setzen Sie sich«, sagte Crome und wartete, bis alle wieder Platz genommen hatten, bevor er weitersprach. »Meine Freunde, das ist ein glorreicher Tag für unsere Gilde.«

Durch den Saal ging ein aufgeregtes Raunen, das auch Katherine ansteckte. Crome mahnte mit erhobener Hand um Ruhe.

Hoch oben an der Decke des Saals surrte ein Projektor los und warf über Cromes Kopf ein Bild an die Wand. Es zeigte die Skizze einer riesigen komplizierten Maschine.

»MEDUSA!«, verkündete Crome, und in einer Art Echo seufzten die Ingenieure im Chor: »MEDUSA!«

»Wie einige von Ihnen bereits wissen«, fuhr er fort, »handelt es sich bei MEDUSA um eine experimentelle Energiewaffe aus dem Sechzig-Minuten-Krieg. Wir wussten schon länger von ihrer Existenz – genauer gesagt, seit Valentine bei seiner Expedition nach Amerika vor zwanzig Jahren diese Dokumente gefunden hat.«

Verblichene, mit krakeliger Handschrift versehene Zeichnungen flackerten über die Leinwand. *Das hat Vater mir gar nicht erzählt!*, dachte Katherine.

»Natürlich reichten diese lückenhaften Entwürfe nicht aus, um MEDUSA zu rekonstruieren«, sagte Crome gerade. »Aber vor sieben Jahren sind wir, wiederum dank Valentine, in den Besitz eines bemerkenswerten Stücks Old-Tech gelangt, das auf einem vergessenen Militärgelände in der amerikanischen Wüste gefunden wurde. Es ist der vielleicht besterhaltene antike Computerkern, der je entdeckt worden ist, und noch mehr als das: Es ist das Gehirn von MEDUSA, der künstlichen Intelligenz, die jene außerordentliche Maschine damals steuerte. Dank der harten Arbeit von Dr. Splay und seinen Kollegen in Abteilung B ist es uns nun endlich gelungen, sie wieder funktionstüchtig zu machen. Liebe Gildenmitglieder, die Tage, in denen London vor anderen hungrigen Städten fliehen und sich verstecken musste, sind endgültig vorbei! Nun, da uns MEDUSA zur Verfügung steht, können wir jeden Fressfeind in Sekundenbruchteilen in Asche verwandeln!«

Die Ingenieure applaudierten begeistert, und Bevis Pod stupste Katherine an, sie solle mitklatschen, aber ihre Hände schienen an den metallenen Armlehnen ihres Platzes festgefroren zu sein. Der Schock machte sie ganz benommen. Sie erinnerte sich an alles, was sie über den Sechzig-Minuten-Krieg gelernt hatte; wie die schrecklichen Donnerwaffen der Damaligen die statischen Städte hinweggefegt und Erde und Himmel vergiftet hatten. Niemals hätte Vater den Ingenieuren geholfen, ein so entsetzliches Ding zu bauen!

»Und wir müssen auch nicht länger solchem Kleinvieh wie Salthook nachjagen«, fuhr Crome fort. »Noch eine Woche, dann ist London in Reichweite von Batmunkh Gompa, dem Schildwall, hinter dem sich seit tausend Jahren die Antitraktionistenliga verschanzt, die den Lauf der Geschichte aufhalten will. MEDUSA wird ihn mit einem einzigen Schlag zerstören. Die Lande dahinter, mit all ihren riesigen statischen Städten, ihren Äckern und Wäldern und ihren unerschlossenen Reichtümern an Mineralien, werden Londons neue Jagdgründe sein!«

Mittlerweile hörte man ihn kaum noch; der Jubel der Ingenieure brandete über ihn hinweg und brach sich an der Rückwand des Saals, die nun langsam beiseiteglitt. Dahinter kam ein hohes Fenster zum Vorschein, das auf die St.-Pauls-Kathedrale und die Türme des Gildenhauses hinausging.

»Doch zuerst«, brüllte Crome, »gibt es Dringenderes zu erledigen. Ich hatte zwar gehofft, wir könnten die MEDUSA geheim halten, bis wir den Schildwall erreichen, aber wir sehen uns gezwungen, ihre Macht bereits jetzt zu demonstrieren. In eben diesen Minuten bereitet Dr. Splays Team einen Testschuss der neuen Waffe vor.«

Selbst wenn Katherine mehr hätte hören wollen, hätte sie kein Wort verstanden, denn Cromes Zuhörer begannen, aufgeregt miteinander zu diskutieren. Einige wenige Ingenieure, vermutlich jene, die mit dem MEDUSA-Projekt befasst waren, eilten zu den Ausgängen. Katherine sprang auf und bahnte sich einen Weg zur Tür. Ehe sie sichs versah, stand sie in einem sterilen Gang und wusste nicht weiter.

»Kate?« Hinter ihr erschien Bevis Pod. »Wo willst du hin? Es ist aufgefallen, dass du rausgegangen bist! Einige Sicherheitsleute der Gilde haben uns beobachtet ...«

»Wir müssen hier raus«, flüsterte Katherine. »Wo ist der Ausgang?«

»Ich weiß es nicht«, gestand der Junge. »Auf dieser Ebene war ich noch nie. Wir müssen wohl irgendwie zu der Einschienenbahn zurück ...« Als Katherine ihn bei der Hand nehmen wollte, schüttelte er sie ab. »Nein! Das würde auffallen. Ingenieure fassen einander nicht an.«

Sie hasteten durch die röhrenförmigen Gänge, und Katherine sagte: »Crome hat gelogen! Mein Vater war vor sieben Jahren gar nicht in Amerika. Er hat nur eine kleine Expedition zu den Inseln des Westlichen Ozeans gemacht. Und er hat mir nie erzählt, dass er etwas Wichtiges gefunden hat. Wenn er MEDUSA wirklich gefunden hätte, wüsste ich das. Mit Waffen aus der alten Welt würde er sowieso nichts zu tun haben wollen.«

»Aber warum sollte der Oberbürgermeister lügen?«, fragte Bevis, der sich insgeheim freute, dass seine Gilde den Schlüssel zu einem weiteren Geheimnis der Damaligen gefunden hatte. »Und außerdem hat er ja gar nicht gesagt, dass dein Vater extra wegen der Waffe nach Amerika gefahren ist, er sagte nur, sie wäre in seinen Besitz gelangt. Vielleicht hat er sie einem Plunderer abgekauft oder so. Ich frage mich, was Crome mit dieser Machtdemonstration gemeint hat ...«

Er blieb stehen. Sie hatten das Ende des Gangs erreicht, standen aber nicht vor der Einschienenbahn, sondern vor drei Türen. Zwei waren verschlossen, die dritte führte auf einen schmalen Balkon an der Fassade des Ingenieuriums hoch über dem Paternoster Square.

»Und was jetzt?«, hörte sich Katherine mit vor Angst hoher, dünner Stimme fragen, und Bevis erwiderte ebenso nervös: »Keine Ahnung.«

Sie trat auf den Balkon hinaus, um durchzuatmen. Der Mond war aufgegangen, versteckte sich aber hinter einem Wolkenschleier, aus dem ein kühler Nieselregen fiel. Sie setzte ihre Brille ab und hielt ihr Gesicht in den Regen, froh darüber, der Hitze und dem Chemiegeruch entronnen zu sein. Ihre Gedanken kreisten um Vater. Hatte er wirklich MEDUSA gefunden? Bevis hatte recht; Crome hatte keinen Grund zu lügen. Armer Vater! Gerade musste er irgendwo in der Luft sein, über den schneebedeckten Gipfeln von Shan Guo. Wenn sie ihn nur irgendwie warnen könnte, was sie mit seiner Entdeckung zu tun gedachten!

Über den in Halbdunkel gehüllten Platz drang ein leises, mechanisches Rumpeln. Sie sah auf die nassen Deckplatten hinunter, konnte aber nicht erkennen, woher das Geräusch kam. Da fiel ihr Blick auf St. Pauls. Sie schnappte nach Luft. »Bevis! Schau!«

Langsam, wie eine riesige erblühende Knospe, öffnete sich die Kuppel der alten Kathedrale.

22

SHRIKE

War der Stalker gerade erst angekommen, oder hatte er sich im Hintergrund gehalten und ihr Gezänk beobachtet, dunkel und still zwischen den Felsbrocken am Hang, als wäre er selbst ein Stein? Er tat einen Schritt vorwärts, und das feuchte Gras schwelte unter seinem Fuß. »SIE GEHÖREN MIR.«

Die Piraten fuhren herum. Maggs' Maschinengewehr durchsiebte die Luft mit Leuchtspurmunition, Mungos Großkaliber schlug schwarze Löcher in Shrikes Rüstung, und selbst Ames feuerte mit seinem Revolver auf den Maschinenmenschen. Kurz schwankte Shrike im Kugelhagel. Dann setzte er sich langsam in Bewegung, wie ein Spaziergänger bei starkem Gegenwind. Funkensprühend prallten die Projektile von ihm ab und zerfetzten seinen Mantel. Aus den Einschusslöchern von Mungos Waffe troff eine Flüssigkeit, vielleicht war es Blut, vielleicht Öl. Er streckte die Arme aus und verlor erst eine, dann zwei eiserne Klauen. Als er bei Maggs anlangte, gab sie noch ein gurgelndes Geräusch von sich, bevor sie rückwärtsflog und unter Farnen verschwand. Ames ließ seine Waffe fallen und wollte wegrennen, aber auf einmal war Shrike hinter ihm, und Ames blieb jäh stehen und glotzte auf eine Reihe roter Spitzen, die aus seiner Brust hervorsprossen.

Mungos Feuerwaffe war leer. Er warf sie weg und zog sein Schwert, doch bevor er ausholen konnte, hatte Shrike ihn an den Haaren gepackt, seinen Kopf zurückgerissen und ihm mit einer einzigen Bewegung den Hals durchtrennt.

»Tom«, sagte Hester. *»Lauf!«*

Shrike schleuderte den Kopf beiseite und marschierte weiter, und Tom lief los. Er wollte es gar nicht, er wusste, dass es keinen Sinn hatte und dass er Hester beistehen sollte, aber seine Beine sahen das anders: Sein ganzer Körper wollte nur weg von dem grässlichen untoten Ding, das da auf ihn zukam. Da gab der Boden unter ihm nach; er fiel in den kalten Schlamm, rutschte weiter und prallte an einen Felsbrocken, der am Rand eben jenes Sumpflochs aufragte, das Chrysler Peavey verschluckt hatte.

Er blickte sich um. Der Stalker stand zwischen den Leichen. Weit über ihm am Himmel schwebte Airhaven, das nacheinander seine Motoren testete, und die Lichter der Stadt spiegelten sich kalt auf seinem silbrigen Schädel.

Hester stand ihm zugewandt und bot ihm tapfer die Stirn. Tom dachte: *Sie versucht, mich zu retten! Sie schindet Zeit, damit ich weglaufen kann! Aber ich kann doch nicht zulassen, dass er sie tötet, das kann ich einfach nicht!*

Er setzte sich über die unzähligen Stimmen seines Körpers hinweg, die ihn immer noch anschrien, er solle fliehen, und schlich langsam wieder Richtung Felshang.

»HESTER SHAW«, hörte er Shrike sagen. Die Stimme leierte und knackte wie ein beschädigtes Tonband. Dampf zischte aus den Löchern in der Brust des Stalkers, schwarzes Sekret tropfte aus ihm heraus und schäumte in seinen Mundwinkeln.

»Wirst du mich töten?«, fragte das Mädchen.

Shrike nickte einmal mit seinem großen Kopf. »VORÜBERGEHEND.«

»Was soll das heißen?«

Der lange Mund zog sich lächelnd in die Breite. »WIR SIND VON DER GLEICHEN ART, DU UND ICH. ICH WUSSTE ES VON DEM TAG AN, ALS ICH DICH AN DER KÜSTE FAND. NACHDEM DU MICH VERLASSEN HAST, WAR DIE EINSAMKEIT ...«

»Ich musste gehen, Shrike«, flüsterte sie. »Ich war kein Teil deiner Sammlung.«

»ICH HATTE DICH SEHR GERN.«

Mit dem stimmt was nicht, dachte Tom, der sich Stück für Stück anpirschte. Dass Stalker *Gefühle* hatten, war nicht vorgesehen. Er erinnerte sich, was er über die wahnsinnig gewordenen Wiedererweckten gelernt hatte. War das Seetang, was da von den Schläuchen an seinem Kopf hing? Waren seine Hirnwindungen verrostet? In seiner Brust, hinter den Einschusslöchern, zuckten Funken …

»HESTER«, knarzte Shrike und knickte schwer auf die Knie, damit ihre Gesichter auf gleicher Höhe waren. »CROME HAT MIR EIN VERSPRECHEN GEGEBEN. SEINE INGENIEURE SIND HINTER DAS GEHEIMNIS MEINER KONSTRUKTION GEKOMMEN.«

Tom lief ein Schauer über den Rücken.

»ICH WERDE DEINE LEICHE NACH LONDON ZURÜCKBRINGEN«, sagte Shrike zu dem Mädchen. »CROME WIRD DICH ALS MASCHINENMENSCH WIEDERERWECKEN. DEIN FLEISCH WIRD DURCH STAHL ERSETZT, DEINE NERVEN DURCH KABEL, DEINE GEDANKEN DURCH STROM. DU WIRST SCHÖN SEIN! DU WIRST MEINE GEFÄHRTIN SEIN FÜR ALLE ZEIT.«

»Shrike«, schnaubte Hester. »*Mich* würde Crome doch niemals wiedererwecken.«

»WARUM NICHT? IN DEINEM NEUEN KÖRPER WIRD DICH NIEMAND

WIEDERERKENNEN. DU WIRST KEINE ERINNERUNGEN UND KEINE GEFÜHLE HABEN, DU WIRST IHM NICHT MEHR GEFÄHRLICH SEIN. ABER ICH WERDE DEIN GEDÄCHTNIS SEIN, MEINE TOCHTER. GEMEINSAM WERDEN WIR VALENTINE JAGEN UND STELLEN.«

Hester lachte; ein sonderbares, wahnsinniges, schreckliches Lachen, das Tom durch Mark und Bein ging. Er erreichte die Stelle, an der Mungos Leiche lag. Die Faust des Piraten war immer noch fest um das Schwert geschlossen, und Tom begann, seine Finger vom Griff zu lösen. Aus dem Augenwinkel sah er, dass Hester einen Schritt auf den Stalker zutrat. Sie legte den Kopf in den Nacken und bot ihm ihren Hals dar. »Na gut«, sagte sie. »Aber lass Tom gehen.«

»ER MUSS STERBEN«, beharrte Shrike. »DAS IST TEIL MEINER ABMACHUNG MIT CROME. WENN DU IN DEINEM NEUEN KÖRPER AUFWACHST, WIRST DU DICH NICHT AN IHN ERINNERN.«

»Bitte nicht, Shrike, nein«, flehte Hester. »Sag Crome, er ist entwischt oder ertrunken oder irgendwo in den Außenlanden umgekommen, und du konntest ihn nicht mit zurückbringen. Bitte.«

Tom umklammerte das Schwert, dessen Griff noch feucht war von Mungos Schweiß. Jetzt, da es so weit war, hatte er solche Angst, dass er kaum atmen konnte, geschweige denn aufstehen und den Stalker angreifen. *Ich kann das nicht!*, dachte er. *Ich bin ein Historiker, kein Krieger!* Aber er durfte Hester nicht im Stich lassen, nicht wenn sie ihr Leben gab, um seins zu retten. Er war nah genug, um die Angst in ihrem Blick und das scharfe Funkeln von Shrikes Klauen zu erkennen, als er nach ihr griff.

»NUN GUT«, sagte der Stalker und strich sanft mit den Spitzen seiner Klingen über Hesters Gesicht. »DER JUNGE KANN

AM LEBEN BLEIBEN.« Seine Hand holte zum Schlag aus. Hester schloss ihr Auge.

»Shrike!«, brüllte Tom, stieß sich vom Boden ab und stürzte mit steif ausgestrecktem Schwert vorwärts. Er spürte, wie das grüne Licht der künstlichen Augen ihn erfasste, als Shrike zischend zu ihm herumfuhr. Ein eiserner Arm schwang vor und schleuderte ihn rückwärts. Er spürte einen stechenden Schmerz in der Brust und war im ersten Moment sicher, dass er entzweigerissen worden war, doch ihn hatte nur der Unterarm des Stalkers erwischt, nicht die klingenbewehrte Hand. So krachte er mit dem ganzen Körper auf die feuchte Erde, rollte stöhnend zur Seite und rechnete fest damit, Shrike auf sich zuspringen zu sehen und dann nichts, aus, Ende.

Doch Shrike lag am Boden, und Hester beugte sich über ihn. Die Augen des Stalkers flackerten, in seinem Inneren blitzte etwas auf und knallte, und ein Rauchfaden schlängelte sich in die Höhe. Der Schwertgriff ragte aus einem klaffenden Riss in der Brust und sprühte blaue Funken.

»Ach, Shrike!«, flüsterte Hester.

Fürsorglich fuhr Shrike seine Klauen ein, damit sie seine Hand nehmen konnte. Durch sein erlöschendes Bewusstsein flackerten unerwartete Erinnerungen, und er wusste plötzlich, wer er gewesen war, bevor sie ihn auf den Seziertisch gelegt hatten, um einen Stalker aus ihm zu machen. Er wollte es Hester sagen und hob seinen großen Eisenschädel, doch bevor er die Worte herausbrachte, ereilte ihn sein Tod, und der war diesmal nicht leichter als der letzte.

Der mächtige eiserne Kadaver rührte sich nicht mehr, und der Rauch verwehte im Wind. Weiter unten im Tal heulten Sirenen, und Tom sah einen durch die Schießerei alarmierten Reitertrupp von der Karawanserei in ihre Richtung aufbrechen. Die Männer trugen Fackeln und Jagdbogen, kamen also sicher nicht in friedlicher Absicht. Er versuchte, auf die Füße zu kommen, doch der Schmerz in seiner Brust war so heftig, dass er beinahe ohnmächtig wurde.

Hester hörte ihn stöhnen und fuhr zu ihm herum. »Wieso hast du das getan?«, schrie sie.

Eine Ohrfeige hätte Tom nicht mehr überraschen können. »Er wollte dich töten!«, protestierte er.

»Er wollte mich zu einem Stalker machen!«, rief Hester und umarmte Shrike. »Hast du nicht gehört, was er gesagt hat? Er wollte mir alles erfüllen, was ich mir immer gewünscht habe: keine Erinnerungen, keine Gefühle. Stell dir Valentines Gesicht vor, wenn ich so vor ihm erschienen wäre! *Warum* musst du dich immer einmischen?«

»Er hätte dich in ein Monster verwandelt!« Tom hörte seine Stimme anschwellen, als all sein Schmerz und seine Angst in Zorn umschlugen.

»Ich bin doch schon ein Monster!«, kreischte sie.

»Nein, bist du nicht!« Tom gelang es, sich auf die Knie hochzustemmen. »Du bist meine Freundin!«, schrie er.

»Ich hasse dich! Ich hasse dich!«, brüllte Hester gleichzeitig.

»Und ich mag dich, ob es dir passt oder nicht!«, brüllte Tom zurück. »Glaubst du, du bist die Einzige, die Mutter und Vater verloren hat? Ich bin genauso wütend und verloren wie du, aber deswegen laufe ich doch nicht herum und will Leute umbringen und mich in einen Stalker verwandeln lassen! Du bist bloß ein rücksichtsloses, selbstmitleidiges …«

Doch der Rest ging in einem verblüfften Schluchzer unter, denn auf einmal konnte er die Siedlung im Tal, Airhaven und die heranstürmenden Reiter so klar und deutlich sehen, als wäre es hellichter Tag. Er sah die Sterne verblassen; er sah Hesters mitten in einem Schrei erstarrtes Gesicht und die Spucke, die ihr in den Mundwinkeln stand; er sah seinen eigenen Schatten auf dem blutdurchtränkten Gras tanzen.

Über den Felsenkämmen erhellte ein unirdisches Licht den Nachthimmel, als wäre in den Außenlanden, irgendwo oben im Norden, eine neue Sonne aufgegangen.

23

MEDUSA

Wie hypnotisiert sah Katherine zu, als die Kuppel von St. Pauls entlang schwarzer Nahtstellen aufklappte und die Bauteile sich wie Blütenblätter auseinanderfalteten. Im Innern ragte ein Mast auf, an dem etwas langsam in die Höhe fuhr und sich dabei ebenfalls öffnete, eine Orchidee aus kaltem weißem Metall. Das Grollen einer gewaltigen Hydraulik hallte über den Platz und ließ das Ingenieurium in seinen Grundfesten erzittern.

»MEDUSA!«, flüsterte Bevis Pod, der hinter ihr in der offenen Tür stand. »Also waren das gar keine Reparaturarbeiten in der Kathedrale! Sie haben dort MEDUSA nachgebaut!«

»He, ihr da!«

Sie drehten sich um. Ein Ingenieur stand hinter ihnen. »Was macht ihr da?«, schnauzte er. »Dieser Balkon ist Mitarbeitern der Abteilung L vorbehalten, und …«

Er brach ab und starrte Katherine an. Bevis sah sie ebenfalls an, und seine dunklen Augen weiteten sich vor Schreck. Im ersten Moment begriff sie nicht, was er hatte. Dann ging ihr ein Licht auf. Der Regen! Sie hatte nicht an das Gildenzeichen gedacht, das er ihr so sorgsam zwischen die Brauen gepinselt hatte, und nun rann ihr die Farbe in dünnen roten Rinnsalen über das Gesicht.

»Was in Quirkes Namen …«, begann der Ingenieur.

»Kate, lauf!«, rief Bevis und stieß ihn beiseite. Katherine rannte los und hörte den Mann wütend aufschreien, als er zu Boden ging. Dann war Bevis an ihrer Seite, packte ihre Hand und spurtete mit ihr im Zickzack durch leere Flure, bis sie in ein Treppenhaus gelangten. Einen Absatz hinunter und noch einen, hinter ihnen brüllten Stimmen durcheinander, und plötzlich schrillte ein Alarm los. Am Fuß der Treppe stürzten sie in ein kleines Foyer im rückwärtigen Bereich des Ingenieuriums. Große Türen aus Glas führten auf das Oberdeck, und davor standen zwei Gildenmitglieder Wache.

»Ein Eindringling!«, keuchte Bevis und zeigte zur Treppe. »Im dritten Stock! Ich glaube, er ist bewaffnet!«

Die Wächter waren bereits von der Alarmsirene aufgeschreckt worden. Sie wechselten fassungslose Blicke, dann zog einer seine Luftpistole aus dem Gürtel und hetzte die Treppe hinauf.

Bevis und Katherine nutzten ihre Chance und rannten weiter. »Meine Kollegin ist verletzt«, erklärte Bevis dem anderen Wachmann und zeigte auf Katherines rot verschmiertes Gesicht. »Ich bringe sie auf die Krankenstation!« Die Tür schwang auf und entließ sie in die willkommene Dunkelheit.

So schnell sie konnten, liefen sie in den Schatten der Kathedrale, blieben dort stehen und lauschten. Katherine hörte das dumpfe Wummern von Maschinen und ein näheres, lauteres Wummern – ihr Herz, das ihr bis zum Hals schlug. Irgendwo brüllte ein Mann Befehle, und schwere Stiefel polterten in ihre Richtung. »Beefeater!«, wimmerte Katherine. »Die werden unsere Ausweise sehen wollen! Und mir die Kapuze abnehmen! O Bevis, ich hätte dich nie bitten dürfen, mich da reinzuschmuggeln! Lauf weg! Lass mich zurück!«

Bevis sah sie an und schüttelte den Kopf. Er hatte seine Gilde hintergangen und alles riskiert, um ihr zu helfen. Da würde er sie doch jetzt nicht im Stich lassen.

»Clio, hilf!«, hauchte Katherine und spähte ratlos über den Paternoster Square. Auf der Vortreppe des Gildenhauses stand mit einem Stapel von Umschlägen und Aktenmappen in den Armen der alte Chudleigh Pomeroy und starrte in die Höhe. Noch nie in ihrem Leben war sie so glücklich gewesen, ein bekanntes Gesicht zu sehen. Sie zog Bevis Pod mit sich über den Platz und rief gedämpft: »Mr Pomeroy!«

Er blinzelte sie fragend an und japste vor Verblüffung auf, als Katherine die Kapuze abzog und er ihr Gesicht und das verschwitzte Haar sah. »Miss Valentine! Was in Quirkes Namen geht hier vor sich? Schauen Sie nur, was diese vermaledeiten Wichtigtuer mit St. Pauls angerichtet haben!«

Sie blickte auf. Die stählerne Orchidee hatte sich vollständig geöffnet und warf einen tiefen Schatten auf den Platz unter sich. Nur war es keine Orchidee, sondern ein mit einer Schutzhaube bewehrtes, flammendes Etwas, das dem Kopf einer gigantischen Kobra glich, und es schwenkte herum, bis es auf Panzerstadt Bayreuth gerichtet war.

»MEDUSA!«, sagte sie.

»Wer?«, fragte Chudleigh Pomeroy.

Eine Schabensirene heulte. »Helfen Sie uns, bitte!«, flehte Katherine den fülligen Historiker an. »Sie sind hinter uns her! Ich weiß nicht, was sie mit Bevis machen, wenn sie ihn erwischen!«

Pomeroy fragte nicht »Warum?« oder »Was haben Sie denn angestellt?«, sondern fasste Katherine mit der einen und Bevis mit der anderen Hand und brachte sie eilig in die Garage des Gildenhauses, wo seine Schabe bereitstand. Als der Chauffeur ihnen beim Einsteigen half, trabte eine Beefeater-Einheit vor dem Tor vorbei, ohne Pomeroy und seine Begleiter zu beachten. Pomeroy versteckte Katherines Kapuze und Mantel unter seinem Sitz und befahl Bevis Pod, sich flach auf den Boden zu legen. Dann quetschte er sich neben Katherine auf die Rückbank und sagte: »Überlassen Sie das Reden mir«, während die Schabe auf den Paternoster Square hinausschnurrte.

Vor der Aufzugstation war eine Menschenmenge zusammengelaufen, die staunend zu dem Ding hinaufstarrte, das da aus St. Pauls hervorgesprossen war. Beefeater hielten die Schabe an, und ein junger Ingenieur spähte durch die Scheibe. Pomeroy öffnete eine Klappe in der Glastikabdeckung und fragte: »Gibt es ein Problem?«

»Ein Einbruch im Ingenieurium. Antitraktionistische Terroristen …«

»Ha, dann sparen Sie sich die Mühe«, lachte Pomeroy. »Ich habe den ganzen Abend in meinem Büro im Gildenhaus gearbeitet, und Miss Valentine war so freundlich, mir bei einigen Unterlagen zur Hand zu gehen.«

»Tut mir leid, Sir, ich muss Ihre Schabe trotzdem durchsuchen.«

»Ist das Ihr Ernst?«, rief Pomeroy. »Sehen wir etwa wie Terroristen aus? Haben Sie nichts Besseres zu tun, wo London schon morgen von einer widerwärtigen Konurbation gefressen werden könnte? Ich werde beim Rat in aller Form Beschwerde einlegen! So eine Unverschämtheit!«

Der Mann wirkte verunsichert, nickte dann und trat beiseite, so dass Pomeroys Chauffeur die Schabe in einen der wartenden Frachtaufzüge lenken konnte. Als die Türen sich hinter ihnen schlossen, seufzte Pomeroy vor Erleichterung laut auf. »Diese verdammten Ingenieure. Nichts gegen Sie, Gehilfe!«

»Schon gut«, kam es dumpf von unten.

»Danke!«, flüsterte Katherine. »Oh, vielen Dank, dass Sie uns geholfen haben!«

»Keine Ursache«, gluckste Pomeroy. »Ich bin immer froh, wenn ich Crome und seine Schranzen irgendwie ärgern kann. Tausende Jahre alt, diese Kathedrale, und die gehen einfach hin und verwandeln sie in ein … in was auch immer das für ein Ding ist, ohne auch nur um Erlaubnis zu fragen!« Er warf Katherine einen nervösen Blick zu und sah, dass sie gar nicht richtig zuhörte. Behutsam fragte er: »Aber was haben Sie denn getan, um solchen Aufruhr zu verursachen, Miss Valentine? Sie müssen es mir nicht erzählen, wenn Sie nicht wollen, aber wenn Sie und Ihr Freund in Schwierigkeiten sind und ein alter Kauz wie ich irgendetwas tun kann …«

Katherine spürte Tränen der Hilflosigkeit in ihren Augen brennen. »Bitte«, flüsterte sie, »könnten Sie uns einfach nach Hause fahren?«

»Natürlich.«

Sie schwiegen verlegen, während die Schabe durch die Straßen von Deck eins Richtung Park fuhr. In der Dunkelheit liefen überall Leute umher und zeigten überrascht auf die Kathedrale. Dazwischen trabten immer wieder Wachleute der Ingenieure an der Spitze ganzer Beefeater-Trupps vorbei. Als die Schabe vor dem Clio House hielt, stieg Pomeroy aus, um Katherine zur Tür zu bringen. Sie flüsterte Bevis einen innigen Abschiedsgruß zu und folgte ihm. »Könnten Sie den Gehilfen Pod zu einer Aufzugstation bringen?«, fragte sie. »Er muss zurück in den Bauchraum.«

Pomeroy machte ein besorgtes Gesicht. »Ich weiß nicht, Miss Valentine«, seufzte er. »Sie haben ja gesehen, was die Ingenieure für ein Aufhebens machen. So wie ich sie kenne, werden sie längst alle Fabriken und Schlafsäle hermetisch abgeriegelt und mit Personenkontrollen begonnen haben. Vielleicht haben sie bereits entdeckt, dass er verschwunden ist und zwei Mäntel und Kapuzen fehlen ...«

»Sie meinen, er kann nicht zurück?« Katherine wurde ganz anders bei dem Gedanken, was sie dem armen Bevis angetan hatte. »Nie mehr?«

Pomeroy nickte.

»Dann behalte ich ihn hier bei mir im Clio House!«, beschloss sie.

»Er ist keine entlaufene Katze, meine Liebe.«

»Aber wenn Vater nach Hause kommt, kann er doch alles wieder in Ordnung bringen, nicht wahr? Er wird dem Oberbürgermeister erklären, dass es nichts mit Bevis zu tun hatte ...«

»Das wäre möglich«, stimmte Pomeroy zu. »Ihr Vater hat enge Kontakte zur Ingenieursgilde. Entschieden zu enge, finden manche. Aber ich glaube nicht, dass Ihr Freund im Clio House gut aufgehoben ist. Ich werde ihn mit runter ins Museum nehmen. Da ist genug Platz, und die Ingenieure müssen uns um Erlaubnis bitten, bevor sie nach ihm suchen können.«

»Würden Sie das wirklich tun?«, fragte Katherine. Sie hatte diesen Schlamassel verursacht, und ihr war nicht wohl dabei, einen weiteren Unbeteiligten mit hineinzuziehen. Andererseits, dachte sie, wäre es ja nur für ein paar Tage, bis

Vater wiederkam. »Oh, danke!«, sagte sie selig und stellte sich auf die Zehenspitzen, um Pomeroy auf die Wange zu küssen. »Vielen Dank!«

Pomeroy wurde rot, lächelte und setzte zum Sprechen an – doch obwohl sein Mund sich bewegte, konnte Katherine kein Wort hören. Ihr Kopf wurde von einem seltsamen Geräusch erfüllt, einer Art schrillem Pfeifen, das lauter und lauter wurde und zu einem Dröhnen anschwoll. Es kam von irgendwo über ihnen.

»Schauen Sie!«, rief der Historiker und zeigte nach oben.

Vor lauter Angst hatte sie MEDUSA ganz vergessen. Als sie jetzt zum Oberdeck hochschaute, sah sie lila Blitze aus dem Kobrakopf über der Kathedrale züngeln. Die Härchen auf ihren Armen und am Nacken sträubten sich, und als sie nach Pomeroys Hand griff, sprühten Funken zwischen ihren Fingerspitzen und seiner Robe. »Mr Pomeroy!«, schrie sie. »Was passiert da?«

»Bei Quirke!«, rief Pomeroy aus. »Was haben diese Narren bloß getan?«

Geisterhafte Lichtkugeln lösten sich aus der flammenden Maschine und schwebten wie Himmelslaternen auf den Circle Park herab. Blitze zuckten um die Türme des Gildenhauses. Das brausende Dröhnen wurde immer lauter und höher, bis Katherine, die sich fest die Ohren zuhielt, es keinen Moment länger auszuhalten glaubte. Dann brach urplötzlich ein Strahl weißglühender Energie aus dem Kobrakopf und schoss nordwärts, eine fauchende, speiende Neunschwänzige Katze, die auf Panzerstadt Bayreuth zupeitschte. Die Nacht riss entzwei und floh in die hintersten Winkel des Himmels. Eine Sekunde lang sah Katherine, wie die Decks der fernen Konurbation Feuer fingen – und dann war sie weg. Pulsierende Helligkeit spross von der Erde empor, erst blendend weiß, dann rot, eine Feuersäule, die stumm in den Himmel loderte, und über den flammenbeschienenen Schnee kam die Schallwelle angerollt, ein ferner, lange nachhallender Knall, als wäre irgendwo in den Tiefen der Erde eine gewaltige Tür zugeschlagen.

Der Strahl erlosch, und Circle Park lag in völliger Finsternis. In der Stille hörte Katherine Hund wie wild heulen.

»Bei Quirke!«, flüsterte Pomeroy. »All diese armen Seelen …«

»Nein!«, hörte sich Katherine sagen. »Nein, nein, nein!« Sie rannte über die Wiese und starrte auf den Lichterkranz aus Blitzen über der fernen Trümmerwolke. Aus dem Circle Park und von allen Aussichtsterrassen erklangen Rufe, und zunächst glaubte sie, die Leute schrien vor Entsetzen auf – doch nein: Es war donnernder, tosender Jubel.

TEIL 2

24

EINE AGENTIN DER LIGA

Das sonderbare Licht im Norden war erloschen, und die Echos des mächtigen Donnerschlags verhallten zwischen den Felswänden des einstigen Vulkans. Nachdem die Männer der Schwarzen Insel ihre scheuenden Pferde beruhigt hatten, fegten sie unter dem Trommelwirbel galoppierender Hufe und dem nach reißender Seide klingenden Rauschen ihrer Fackeln um das Sumpfloch herum auf sie zu.

Tom hob die Hände und rief: »Wir sind Freunde! Keine Piraten! Reisende! Aus London!« Doch die Reiter schenkten ihm kein Gehör, nicht einmal die wenigen, die ihn verstanden. Den ganzen Tag lang hatten sie Überlebende des gesunkenen Vororts gejagt und gesehen, wie Peaveys Piraten in den Fischerdörfern an der Westküste gewütet hatten, und nun brüllten sie sich in ihrer Sprache etwas zu und hoben noch im Sattel ihre Bogen. Vor Toms Füßen bohrte sich ein grau gefiederter Pfeil in die Erde, und er zuckte zurück. »Wir sind Freunde!«, schrie er noch einmal.

Der Mann an der Spitze zog sein Schwert, doch jemand anderes stob an ihm vorbei, brüllte etwas in der einheimischen Sprache und wiederholte es dann auf Anglisch. »Ich will sie lebend!«

Es war Anna Fang. Sie zügelte ihr Pferd, schwang sich aus dem Sattel und rannte auf Tom und Hester zu. Im Licht der

Fackeln flatterte ihr Mantel wie eine rote Fahne. Sie trug ein Schwert in einer langen Scheide auf dem Rücken, und auf ihrer Brust bemerkte Tom ein bronzenes Abzeichen: ein geborstenes Rad, das Symbol der Antitraktionisten.

»Tom! Hester!« Sie umarmte sie nacheinander und lächelte ihr herzlichstes Lächeln. »Ich dachte, ihr wärt tot! Am Morgen nach dem Kampf in Airhaven habe ich Lindstrom und Yasmina auf die Suche nach euch geschickt. Sie haben das Wrack eures Ballons in den Marschen gefunden und sagten, ihr wärt bestimmt mausetot. Ich wollte eure armen Leichen bergen, aber die *Jenny* war beschädigt, und ich habe mitgeholfen, die Stadt hierherzulotsen, damit sie repariert werden kann ... Aber wir haben Gebete für euch gesprochen und den Göttern des Himmels Bestattungsopfer dargebracht. Meint ihr, wir könnten die zurückfordern?«

Tom blieb stumm. Seine Brust tat so weh, dass er kaum atmen konnte. Außerdem bestätigte ihm das Abzeichen der Aeronautin, dass Peaveys Geschichte stimmte: Sie war eine Agentin der Liga. Von ihrer freundlichen Art und dem hellen Lachen wollte er sich nicht noch einmal einlullen lassen.

Über die Schulter rief sie den wartenden Reitern etwas zu, und zwei sprangen von ihren Ponys und führten sie herbei, während sie Shrikes Kadaver bestaunten. »Ich muss euch eine Weile allein lassen«, erklärte sie. »Ich fahre mit der *Jenny* nach Norden, um nachzusehen, was für ein Teufelswerk da den Himmel erhellt hat. Die Inselbewohner werden sich um euch kümmern. Könnt ihr reiten?«

Tom hatte noch nie ein Pferd gesehen, geschweige denn auf einem gesessen, aber er war so schockiert und benommen vor Schmerz, dass er zu protestieren vergaß, als sie ihn in den Sattel eines zotteligen kleinen Ponys wuchteten und es ins Tal hinunterführten. Er drehte sich nach Hester um, die auf dem zweiten Pony saß. Sie funkelte ihn wütend an, doch dann schloss sich ein Ring von Reitern um sie, und er verlor sie in den engen, überfüllten Straßen der Karawanserei aus den Augen. Dort hatten sich ganze Familien vor ihren Häusern versammelt und starrten in den nördlichen Himmel, und zwischen den Gebäuden wirbelten Staub und Müll auf, weil Airhaven über ihnen wieder seine Propeller testete.

Sie kamen zu einem kleinen Steinhaus, wo ihm jemand einen Stuhl brachte und ein Mann in schwarzer Robe und mit einem großen weißen Turban seine schmerzende Brust untersuchte. »Gebrochen!«, sagte er fröhlich. »Ich bin Ibrahim Nazghul, Arzt. Vier deiner Rippen sind zertrümmert!«

Tom nickte geistesabwesend, aber ihm dämmerte allmählich, welches Glück er hatte, am Leben zu sein, und wie froh er sein konnte, dass diese Leute nicht die antitraktionistischen Barbaren waren, mit denen er gerechnet hatte. Dr. Nazghul bandagierte ihm die Brust, und seine Frau brachte eine dampfende Schüssel Hammeleintopf und fütterte Tom mit einem Löffel. Laternenschein schwappte in die Winkel des Zimmers, und in der Tür standen die Kinder des Arztes und starrten Tom aus großen, dunklen Augen an.

»Du bist ein Held!«, erklärte der Arzt. »Sie haben gesagt, du hast mit einem eisernen Dschinn gekämpft, der uns alle getötet hätte.«

Tom blinzelte schläfrig. Die schmutzige kleine Schlacht am Ufer des Sumpfes hatte er fast vergessen; die Einzelheiten verschwammen bereits, wie ein Traum. *Ich habe Shrike getötet*, dachte er. *Na ja, streng genommen war er schon tot, aber er war trotzdem noch ein Mensch. Er hatte Hoffnungen, Pläne und Träume, und ich habe sie alle zunichtegemacht.* Er kam sich nicht wie ein Held vor, sondern wie ein Mörder, und die Schuldgefühle und die Scham nahm er mit in seine Träume, als ihm über der Eintopfschüssel der Kopf auf die Brust sank und er in den Schlaf glitt.

Dann war er in einem anderen Zimmer, in einem weichen Bett. Draußen vor dem Fenster leuchtete ein stürmischer Himmel, und ein Fleck Sonnenlicht blinkte an der gekalkten Wand.

»Wie fühlst du dich, du Stalker-Killer?«, fragte jemand. Miss Fang stand über ihm und betrachtete ihn mit dem sanften Lächeln eines Engels auf einem alten Gemälde.

»Alles tut weh«, sagte Tom.

»Meinst du, du bist reisetauglich? Die *Jenny Haniver* wartet, und ich würde gern vor Sonnenuntergang los. Essen kannst du, wenn wir in der Luft sind. Ich habe Zimtschnecken gebacken, mit echten Schnecken.«

»Wo ist Hester?«, fragte Tom schläfrig.

»Oh, die kommt auch mit.«

Er setzte sich auf und stöhnte bei dem stechenden Schmerz in seiner Brust und der Erinnerung an die jüngsten Ereignisse laut auf. »Mit *Ihnen* geh ich nirgendwohin«, sagte er.

Die Aeronautin lachte, als hielte sie das für einen Scherz. Als sie merkte, dass es ihm ernst war, setzte sie sich mit besorgter Miene auf die Bettkante. »Tom? Bist du wegen irgendetwas sauer auf mich?«

»Sie arbeiten für die Liga!«, sagte er zornig. »Sie sind eine Spionin, nicht besser als Valentine! Sie haben uns nur geholfen, weil Sie gehofft haben, wir würden Ihnen etwas über Londons Pläne verraten!«

Miss Fangs Lächeln erstarb. »Tom«, sagte sie sanft, »ich habe euch geholfen, weil ich euch mag. Und wenn du miterlebt hättest, wie sich deine Familie an Bord einer brutalen Stadt als Sklaven zu Tode geschuftet hat, hättest du dich da nicht auch entschlossen, der Liga in ihrem Kampf gegen den Städtedarwinismus zu helfen?«

Sie streckte die Hand aus, um ihm das verstrubbelte Haar aus der Stirn zu streichen, und Tom erinnerte sich an etwas, das er vergessen hatte, an eine Zeit, als er klein und sehr krank gewesen war und seine Mutter so an seinem Bett gesessen hatte. Aber das Abzeichen der Liga prangte weiterhin an Miss Fangs Brust, und der Schmerz über Valentines Verrat saß tief: Er würde sich nicht noch einmal von Lächeln und Güte täuschen lassen. »Sie töten Menschen!«, sagte er und stieß ihre Hand weg. »Sie haben Marseille versenkt!«

»Hätte ich das nicht getan, hätte es die Hundert Inseln angegriffen und sehr viel mehr Menschen getötet oder versklavt, als ich mit meiner kleinen Bombe ertränkt habe.«

»Und Sie haben die … die Rosine von Dingsbums erwürgt!«

»Die Sultanin von Pulau Pinang?« Das Lächeln flackerte wieder auf. »Die habe ich nicht erwürgt! Was für eine niederträchtige Unterstellung! Ich habe ihr das Genick gebrochen. Sie hat amphibische Floßstädte an ihrer Insel auftanken lassen, deswegen musste sie beseitigt werden.«

Tom begriff nicht, was es da zu lächeln gab. Ihm fielen die schlaffen Körper von Wreylands Männern im Lufthafen von Stayns wieder ein, von denen Miss Fang behauptet hatte, sie seien nur bewusstlos.

»Ich bin vielleicht nicht besser als Valentine«, fuhr sie fort, »aber etwas unterscheidet uns doch. Valentine hat versucht, dich zu töten, und ich will, dass du lebst. Also, kommst du jetzt mit?«

»Wohin?«, fragte Tom misstrauisch.

»Nach Shan Guo«, erwiderte sie. »Ich wette, das Licht am Himmel gestern Abend hat etwas mit dem Ding zu tun, das Valentine Hesters Mutter gestohlen hat. Und ich habe in Erfahrung gebracht, dass London zum Schildwall unterwegs ist.«

Tom staunte. Hatte der Oberbürgermeister etwa tatsächlich einen Weg gefunden, den Grenzwall der Liga zu durchbrechen? Wenn es stimmte, war das die beste Nachricht seit Jahren! Aber Shan Guo war das Herz der Antitraktionistenliga, also wirklich der allerletzte Ort, an den ein anständiger Londoner reisen sollte. »Ich werde nichts tun, was Ihnen dabei helfen könnte, London zu schaden«, erklärte er. »Es ist immer noch meine Heimat.«

»Natürlich«, gab sie zurück. »Aber wenn der Wall angegriffen wird, sollten die Leute, die dahinterleben, doch wenigstens die Chance haben, sich in Sicherheit zu bringen, meinst du nicht? Ich werde sie vor der Gefahr warnen, und ich will, dass Hester mitkommt und ihre Version der Geschichte erzählt. Und Hester kommt nur mit, wenn du auch mitfährst.«

Tom lachte und stellte fest, dass es weh tat. »Das glaube ich kaum!«, sagte er. »Hester hasst mich!«

»Quatsch«, kicherte Miss Fang. »Sie mag dich sehr. Sonst hätte sie mir ja wohl nicht die halbe Nacht lang erzählt, wie tapfer du gegen Shrike gekämpft hast!«

»Wirklich?« Tom wurde rot und verspürte auf einmal Stolz. An Hester Shaw und ihre wechselnden Launen würde er sich wahrscheinlich nie gewöhnen. Trotzdem: In dieser großen, verwirrenden Welt war sie die Einzige, mit der ihn so etwas wie Freundschaft verband, und er würde nie vergessen, wie sie Shrike um sein Leben angefleht hatte. Wo auch immer sie hinging, er würde sie begleiten, und wenn es das barbarische Kernland der Liga war. Selbst nach Shan Guo.

»Na gut«, sagte er. »Ich komme mit.«

25

DIE HISTORIKER

Regen geht auf London nieder, steter Regen aus einem niedrigen, blutunterlaufenen Himmel, schwer genug, um den Schnee wegzuspülen und die Erde unter den Ketten der Stadt in zähen gelben Schlamm zu verwandeln, aber machtlos gegen die Flammen von Panzerstadt Bayreuth, die weit im Nordwesten noch immer lodern wie der Scheiterhaufen eines Titanen.

Auf dem windumtosten Dach des Ingenieuriums steht Magnus Crome und betrachtet die Rauchsäule, die in den Himmel steigt. Eine Gehilfin hält einen Schirm über ihn, und hinter ihr warten sechs große reglose Gestalten in einer schwarzen Variante der Gildenmäntel. Die Terroristen, die gestern in das Ingenieurium eingedrungen sind, laufen immer noch frei herum, daher hat man die Sicherheitsvorkehrungen verschärft: Von nun an wird der Oberbürgermeister auf Schritt und Tritt von seinen neuen Leibwächtern begleitet, der ersten Baureihe von Stalkern aus Dr. Twix' Labor.

Ein Inspektionsschiff der Gilde kreist über dem Dach und setzt zur Landung an. Dr. Vambrace, der Leiter des Sicherheitsdienstes der Ingenieure, steigt aus und eilt mit flatternden Mantelschößen zu dem wartenden Oberbürgermeister.

»Und?«, fragt Crome begierig. »Was haben Sie gesehen? Konnten Sie landen?«

Vambrace schüttelt den Kopf. »Das Wrack brennt noch an vielen Stellen. Aber wir sind so tief gegangen, wie wir es wagen konnten, und haben Aufnahmen gemacht. Die oberen Decks sind geschmolzen und auf die unteren gestürzt, und es sieht ganz danach aus, als wären die Heizkessel und Treibstofftanks beim ersten Kontakt mit unserem Energiestrahl explodiert.«

Crome nickt. »Gab es Überlebende?«

»Einige wenige Lebenszeichen zwischen den Decks, aber sonst …« Die großen Augen des Sicherheitsbeauftragten sehen hinter seiner dicken Brille aus wie zwei Quallen in einem Aquarium. Seine Abteilung ist ganz wild darauf, neue und innovative Tötungsmethoden zu entwickeln, und er gerät immer noch völlig aus dem Häuschen bei dem Gedanken an die ausgedörrten, verkohlten Leichen auf den Straßen und Plätzen von Panzerstadt Bayreuth, viele davon noch aufrecht stehend, unter dem Blick der MEDUSA zu Klinkerstatuen gebrannt.

»Haben Sie denn vor, kehrtzumachen und das Wrack zu verwerten, Herr Oberbürgermeister?«, fragt er nach einer kurzen Pause. »In ein, zwei Tagen werden die Brände erloschen sein.«

»Ich denk gar nicht dran«, blafft Crome. »Wir müssen den Kurs auf den Schildwall beibehalten.«

»Das wird den Leuten nicht gefallen«, warnt Vambrace. »Sie haben ihren Sieg gehabt, jetzt wollen sie die Beute. Das Metall und die Ersatzteile, die so eine Konurbation …«

»Ich habe London nicht bis hierher gejagt, um Metallschrott und Ersatzteile zu sammeln«, unterbricht ihn Crome. Er stellt sich an das Geländer am Rand des Dachs und späht nach Osten. Am Horizont kann er bereits die weißen Gipfel hoher Berge erkennen, wie eine Reihe perlweißer Zähne. »Wir dürfen unser Tempo nicht drosseln. Noch ein paar Tage, dann sind wir in Reichweite des Schildwalls. Um dieses Großereignis zu würdigen, habe ich einen öffentlichen Feiertag und einen Empfang im Gildenhaus angeordnet. Stellen Sie sich das vor, Vambrace! Ganz neue Jagdgründe tun sich uns auf!«

»Aber jetzt weiß die Liga, dass wir kommen«, gibt Vambrace zu bedenken. »Sie wird versuchen, uns aufzuhalten.«

Cromes Augen blicken kalt in die Zukunft. »Valentine hat seine Anweisungen«, sagt er. »Er wird sich um die Liga kümmern.«

Und so rollte London weiter nach Osten, während der Rauch der toten Konurbation den Himmel hinter ihnen verdunkelte und Katherine durch die nassen Abfälle der nächtlichen Freudenfeiern zur Aufzugstation stapfte. Lampions wehten über die rüttelnden Deckplatten, und Männer in der roten Uniform der Recyclingabteilung schoben Tonnen vor sich her und sammelten weggeworfene Partyhüte und durchweichte Banner auf, deren Aufschriften noch schwach lesbar waren: *Wir ♥ Magnus Crome* und *Lang lebe London.* Hund jagte hinter einer Luftschlange her, doch Katherine pfiff ihn scharf zurück. Für ausgelassene Spiele war jetzt nicht der richtige Moment.

Wenigstens gab es im Museum keine Banner und keine Luftschlangen. Auf neue Erfindungen der Ingenieure hatte die Historikergilde schon immer verhaltener reagiert als das übrige London, und MEDUSA bildete da keine Ausnahme. In den staubigen Schatten der Ausstellungsräume herrschte eine respektvolle Stille, wie sich das für den Morgen nach dem Tod einer ganzen Stadt gehörte. Der Straßenlärm von draußen wirkte gedämpft, als hingen dicke, weiche Vorhänge im Dämmerlicht zwischen den Vitrinen. Die Ruhe half Katherine, sich zu sammeln, und auf dem Weg in Chudleigh Pomeroys Büro wurde ihr klar, was sie zu tun hatte.

Sie hatte Mr Pomeroy noch nicht erzählt, was sie im Ingenieurium erfahren hatte, aber er hatte am Vorabend ja erlebt, wie verstört sie gewesen war. Er schien sich nicht zu wundern, sie und Hund vor seiner Tür stehen zu sehen.

»Mr Pomeroy«, flüsterte sie. »Ich muss mit Ihnen sprechen. Ist Bevis hier? Geht es ihm gut?«

»Natürlich«, sagte er sofort. »Kommen Sie herein!«

In dem kleinen teakholzgetäfelten Büro wartete Bevis Pod schon auf sie. Er trug eine geborgte Historikerrobe, und in dem schwachen gelben Schein der Museumslampen wirkte sein bleicher Schädel zerbrechlich wie eine Eierschale. Sie wollte zu ihm rennen, ihn in die Arme nehmen und sich dafür entschuldigen, was sie ihm aufgebürdet hatte, aber um ihn herum saß dicht an dicht ein Dutzend Historiker, einige sogar auf Stuhllehnen und auf Pomeroys Schreibtisch. Alle sahen schuldbewusst zu Katherine auf, und sie bekam plötzlich schreckliche Angst, dass Pomeroy sie verraten haben könnte.

»Keine Sorge«, sagte Pomeroy freundlich. »Da Pod ein Gast des Museums ist, hielt ich es für geraten, ihn meinen Historikerkollegen vorzustellen. Keiner von uns ist dem Oberbürgermeister wohlgesonnen. Wir sind übereingekommen, dass Gehilfe Pod bleiben kann, solange es nötig ist.«

Die Historiker rückten beiseite, damit sie sich neben Bevis setzen konnte. »Wie geht es dir?«, fragte sie ihn und war erleichtert, als er ein nervöses Lächeln zustande brachte. »Ganz gut«, flüsterte er. »Es ist komisch hier. Überall Holz und lauter altes Zeugs. Aber die Historiker sind sehr nett.«

Katherine blickte in die Runde. Viele kannte sie vom Sehen: Dr. Arkengarth, Dr. Karuna, Professor Pewtertide, die junge Miss Potts, Norman Nancarrow aus der Kunstabteilung und Miss Plym, die in ihr Taschentuch schniefte.

»Wir haben gerade über die Zerstörung von Panzerstadt Bayreuth gesprochen«, sagte Pomeroy und drückte ihr einen Becher heißen Kakao in die Hand. »Über dieses grässliche MEDUSA-Gerät.«

»Alle anderen scheinen es großartig zu finden«, sagte Katherine bitter. »Ich habe sie bis spät in die Nacht lachen und johlen gehört. Ich weiß, sie sind erleichtert, dass wir nicht gefressen worden sind, aber ... Also, ich finde nicht, dass man sich darüber freuen kann, eine andere Stadt in die Luft gesprengt zu haben.«

»Es ist eine Katastrophe!«, pflichtete ihr der alte Dr. Arkengarth bei und rang seine knochigen Hände. »Die Erschütterungen von diesem abscheulichen Apparat haben meine Keramiken schwer beschädigt!«

»Ach, zum Kuckuck mit deiner Keramik, Arkengarth«, schnauzte Pomeroy, der Katherines Bestürzung bemerkte. »Was ist mit Panzerstadt Bayreuth? Restlos niedergebrannt!«

»Das kommt von dieser unseligen Besessenheit der Ingenieure von antiker Technologie!«, sagte Professor Pewtertide. »Jahrtausende an Geschichte, aus der man lernen könnte, und sie interessieren sich nur für ein paar alte Maschinen!«

»Was haben die Damaligen mit ihren Geräten denn jemals erreicht?«, jammerte Arkengarth. »Ihre Welt verwüstet und sich dann selbst in die Luft gejagt, mehr nicht!«

Die anderen nickten bekümmert.

»In Panzerstadt Bayreuth gab es ein großartiges Museum«, sagte Dr. Karuna.

»Ich glaube, sie hatten einige wunderbare Gemälde«, fiel Nancarrow ein.

»Einzigartige Kunstschreinerei-Arbeiten aus dem 30. J-J-Jahrhundert!«, heulte Miss Plym auf und brach an Arkengarths spitzer Schulter in Tränen aus.

»Sie müssen die arme Moira entschuldigen, Miss Valentine«, flüsterte Pomeroy. »Sie hat heute Morgen eine schlimme Nachricht erhalten. Crome hat angeordnet, unsere Möbelsammlung zu Kleinholz für die Heizkessel zu verarbeiten. Alles wegen dieses Himmelfahrtskommandos nach Osten, verstehen Sie, da wird der Treibstoff knapp.«

Möbel oder Keramik waren Katherine in Anbetracht der Lage zwar herzlich egal, aber sie war froh, dass sie nicht als Einzige in London entsetzt darüber war, was der Oberbürgermeister entfesselt hatte. Sie holte tief Luft und erklärte in einem einzigen Wortschwall, was sie und Bevis im Ingenieurium über die MEDUSA und den nächsten Schritt in Cromes großem Plan gehört hatten: den Sturm auf den Schildwall.

»Aber das ist ja furchtbar!«, flüsterten die Historiker, als sie geendet hatte.

»Shan Guo ist eine großartige und sehr alte Kultur, Antitraktionisten hin oder her. Batmunkh Gompa darf nicht in die Luft gesprengt werden …!«

»Denken Sie an all die Tempel!«

»Die Töpferwaren!«

»Gebetsmühlen …«

»Seidenmalerei …«

»M-M-Möbel!«

»Denken Sie an die *Menschen*!«, sagte Katherine zornig. »Wir müssen etwas tun!«

»Ja! Ja!«, stimmten sie zu und sahen sie dann alle kleinlaut an. Nach zwanzig Jahren unter Cromes Führung hatten sie keine Ahnung, wie sie sich der Ingenieursgilde entgegenstellen sollten.

»Aber was können wir denn tun?«, fragte Pomeroy schließlich.

»Sagen Sie den Leuten, was hier wirklich vor sich geht!«, drängte Katherine. »Sie sind der stellvertretende Oberste Historiker. Berufen Sie eine Versammlung des Gildenrats ein! Machen Sie den anderen klar, dass wir auf einem Irrweg sind!«

Pomeroy schüttelte den Kopf. »Die werden nicht auf mich hören, Miss Valentine. Erinnern Sie sich an den Jubel gestern Nacht.«

»Aber das war doch nur, weil Panzerstadt Bayreuth uns fressen wollte! Wenn sie erfahren, dass Crome vorhat, eine weitere Stadt unter Beschuss zu nehmen …«

»Werden sie nur noch lauter jubeln«, seufzte Pomeroy.

»Er hat ohnehin Verbündete in allen anderen Gilden«, bemerkte Dr. Karuna. »Alle großen alten Gildenoberen sind fort; tot oder emeritiert oder auf seinen Befehl hin verhaftet. Sogar unsere eigenen Lehrlinge sind ebenso vernarrt in Old-Tech wie die Ingenieure, vor allem seit Crome uns Valentine, seine rechte Hand, als Obersten Historiker vor die Nase gesetzt hat … Oh, das war nicht böse gemeint, Miss Katherine …«

»Vater ist nicht Cromes rechte Hand«, sagte Katherine ärgerlich. »Ganz sicher nicht! Wenn er wüsste, was Crome vorhat, hätte er ihm niemals geholfen. Wahrscheinlich ist er deshalb auf diese Erkundungsmission geschickt worden; man wollte ihn aus dem Weg haben. Wenn er zurückkommt und davon erfährt, wird er etwas dagegen tun. Wissen Sie, er war derjenige, der MEDUSA gefunden hat. Er wäre entsetzt, wenn er hören würde, wie viele Menschen damit getötet worden sind. Er wird es wiedergutmachen wollen, ganz bestimmt!«

Sie sprach in einem solchen Brustton der Überzeugung, dass einige der Historiker ihr glaubten, selbst Dr. Karuna, die bei der Beförderung übergangen worden war, als Crome Valentine an die Spitze ihrer Gilde berufen hatte. Bevis Pod hing ihr regelrecht an den Lippen, und seine Augen leuchteten, so stark wurde ein Gefühl in ihm, das er nicht einmal benennen konnte; bei seiner Ausbildung in den Laboren hatte er nichts darüber gelernt. Es jagte ihm einen Schauer über den Rücken.

Pomeroy ergriff als Erster das Wort. »Ihr Wort in Quirkes Ohr, Miss Valentine«, sagt er. »Denn er ist der Einzige, der hoffen kann, den Oberbürgermeister zur Rede zu stellen. Wir müssen seine Rückkehr abwarten.«

»Aber …«

»In der Zwischenzeit werden wir wie vereinbart Mr Pod hier im Museum Schutz gewähren. Er kann oben in der alten Verkehrsausstellung schlafen und Dr. Nancarrow beim Katalogisieren der Kunstsammlung helfen, und wenn die Ingenieure hier nach ihm herumschnüffeln wollen, finden wir ein Versteck für ihn. Das ist kein großer Schlag gegen Crome, ich weiß. Aber verstehen Sie bitte, Miss Valentine: Wir sind alt und verängstigt. Wir können wirklich nichts weiter tun.«

26

BATMUNKH GOMPA

Die Welt änderte sich. Das war natürlich nichts Neues; das Erste, was man als Historikergehilfe lernte, war, dass die Welt sich unaufhörlich änderte. Aber diesmal konnte man den Wandel regelrecht mit ansehen. Von der Pilotenkanzel der *Jenny Haniver* beobachtete Tom, wie kleine Städte über die weiten Ebenen der östlichen Jagdgründe rasten, so weit und so schnell ihre Ketten oder Räder sie von der unheimlichen Erscheinung am Nordhimmel forttragen konnten. In ihrer Panik versuchten sie nicht einmal, einander zu fressen.

»MEDUSA!«, hörte er Miss Fang vor sich hin flüstern, als sie die rot umzüngelte Rauchwolke in der Ferne betrachtete.

»Was *ist* denn nun MEDUSA?«, fragte Hester. »Sie wissen etwas darüber, oder? Über das Ding, wegen dem meine Eltern umgebracht worden sind?«

»Leider nicht«, antwortete die Aeronautin. »So leid es mir tut. Ich habe den Namen nur einmal gehört. Vor sechs Jahren hat es ein anderer Agent der Liga nach London hineingeschafft, indem er sich als Besatzungsmitglied eines Luftschiffs mit Ankerlizenz ausgab. Dort hat er wohl etwas gehört, das ihn sehr beschäftigt hat, aber wir haben nie erfahren, was es war. Die Liga hat nur eine einzige Nachricht von ihm erhalten, nur drei Wörter: *Vorsicht vor MEDUSA*. Die Ingenieure haben ihn erwischt und getötet.«

»Woher wissen Sie das?«, fragte Tom.

»Weil sie uns seinen Kopf zurückgeschickt haben«, sagte Miss Fang.

Am Abend setzte die *Jenny Haniver* auf einer der fliehenden Kleinstädte auf, einem achtbaren Vierdecker namens Peripatetiapolis, der nach Süden rollte, um sich in den Bergen jenseits des Kasachischen Meers zu verkriechen. Im Lufthafen erfuhren sie mehr darüber, was mit Panzerstadt Bayreuth passiert war.

»Ich habe es gesehen!«, sagte ein Aeronaut. »Ich war hundert Meilen weit weg, aber ich habe es trotzdem gesehen. Eine Feuerzunge, die aus Londons Oberdeck hervorgeschossen ist und allem in ihrer Reichweite den Tod gebracht hat!«

»London hat irgendein Ding aus dem Sechzig-Minuten-Krieg ausgegraben«, berichtete ein freischaffender Archäologe. »Gegen Ende war das alte amerikanische Imperium wahnsinnig geworden. Ich habe Geschichten über entsetzliche Waffen gehört: Quantenenergie-Strahlen, die ihre Kraft von außerhalb des bekannten Universums beziehen!«

»Wer wird jetzt noch Widerstand leisten, wenn Magnus Crome die Macht hat, jede missliebige Stadt niederzubrennen?«, fragte ein Händler aus Peripatetiapolis völlig außer sich. »›Kommt her und lasst euch auffressen‹, wird London uns befehlen, und wir werden gehorchen müssen. Das ist das Ende der Zivilisation, wie wir sie kennen! Schon wieder!«

Aber ein Gutes hatte die Sache doch: Die Einwohner von Peripatetiapolis waren plötzlich gern bereit, Toms Londoner Geld anzunehmen. Aus einer Eingebung heraus kaufte er Hester einen roten Seidenschal, um ihr das Tuch zu ersetzen, das sie an jenem fernen Abend bei der Verfolgungsjagd durch den Bauchraum verloren hatte.

»Für *mich*?«, fragte sie ungläubig, als er ihr den Schal überreichte. Sie konnte sich nicht erinnern, jemals etwas geschenkt bekommen zu haben. Seit ihrem Aufbruch von der Schwarzen Insel hatte sie kaum ein Wort mit ihm gewechselt, weil sie sich wegen ihres Wutausbruchs schämte, aber jetzt sagte sie: »Danke. Und ich sollte dir wohl auch danken, dass du mir das Leben gerettet hast. Obwohl ich wirklich nicht weiß, warum du dir überhaupt die Mühe machst.«

»Ich wusste, dass du nicht wirklich als Stalker enden wolltest«, sagte Tom.

»Doch, wollte ich«, sagte sie. »Das hätte alles so viel einfacher gemacht. Aber du hast das Richtige getan.« Verlegen wich sie seinem Blick aus und schaute auf den Schal in ihren Händen hinunter. »Ich versuche ja, nett zu sein«, sagte sie. »Mir hat noch nie jemand das Gefühl gegeben, dass er mich *mag*, so wie du jetzt. Also versuche ich zu sein, wie du mich gern hättest. Fröhlich. Freundlich. Aber dann sehe ich wieder irgendwo mein Spiegelbild oder denke an *ihn*, und an tausend andere schreckliche Dinge, und dann will ich dich anschreien und dir weh tun. Es tut mir so leid.«

»Das macht nichts«, sagte Tom peinlich berührt. »Ich weiß. Das ist schon okay.« Er nahm den Schal und schlang ihn ihr behutsam um den Hals, aber wie er erwartet hatte, zog sie ihn sofort hoch über Mund und Nase. Das machte ihn seltsam traurig: Er hatte sich an dieses Gesicht gewöhnt und würde ihr schiefes Lächeln vermissen.

Noch vor Sonnenaufgang hoben sie wieder ab und überquerten eine schroffe Hügelkette, die wie zerknittertes Packpapier aussah. Den ganzen Tag blieb das Land unter ihnen gebirgig, und bald ging Tom auf, dass dies das Ende der Jagdgründe war. Als es Abend wurde, fuhr die *Jenny Haniver* über Landschaften hinweg, die für die meisten Städte viel zu unwegsam waren. Er sah dichte Kiefern- und Rhododendronwälder, in denen hie und da ein kleines statisches Dorf auf seinem Fleckchen Ackerland hockte, und einmal eine weiße Siedlung hoch oben auf einem Berg, von der ringsum Straßen abgingen wie die Speichen eines Rades; echte Straßen mit hinauf- und hinunterfahrenden Wagen und bunt flatternden Gebetsfahnen an den Kreuzungen. Er schaute dem Treiben zu, bis sie außer Sichtweite waren. Im Geschichtsunterricht hatte er gelernt, dass es solche Außenland-Straßen gab, aber er hätte nie gedacht, dass er tatsächlich mal eine sehen würde.

Am nächsten Tag gab Anna Fang ihren Passagieren kleine Kugeln aus einer rötlichen Paste zum Kauen. »Zerriebene Betelnuss«, erklärte sie, »gemischt mit getrockneten Blättern aus Nuevo Maya. Das hilft in diesen Höhenlagen. Aber gewöhnt euch nicht zu sehr an das Zeug, sonst werden eure Zähne so rot wie meine.« Die körnige Paste prickelte in Toms Mund, aber sie ließ das leichte Übelkeits- und Schwindelgefühl verschwinden, das er immer deutlicher gespürt hatte, je höher das Luftschiff stieg, und betäubte auch etwas die Schmerzen von seinem Rippenbruch.

Mittlerweile flimmerte der winzige Schatten der *Jenny* über hohe, schneebedeckte Gipfel, und dahinter ragten noch höhere Berge auf, deren weiße Spitzen wie eine Fata Morgana über den Wolken hingen. Jenseits davon erstreckte sich eine noch höhere Kette, wiederum überragt von weiteren gewaltigen Gipfeln. In der Hoffnung, einen Blick auf den alten Chomolungma zu erhaschen, den Mount Everest der Damaligen, kniff Tom die Augen zusammen und spähte nach Süden, doch über dem Himalaja braute sich ein Unwetter zusammen und verschleierte ihn mit Wolken.

Weiter und weiter ging die Fahrt, durch eine schwarzweiße Welt aus Schnee, Gletschern und dem nackten Gestein junger Berge, und manchmal mussten Tom oder Hester die Bordinstrumente überwachen, während Anna Fang auf dem Sitz neben ihnen döste, weil sie sich nicht traute, die Kanzel zu verlassen. Und immer noch stiegen sie, bis sie schließlich knapp über die Ausläufer des großen Zhan Shan hinwegfuhren, des höchsten der neuen Berge, dessen schneebedeckte Krone in die unendliche Kälte des Firmaments hinaufragte. Dahinter lagen niedrigere Gipfel, weiß und lieblich anzusehen, und das ein oder andere grüne Tal, in dem große Tierherden vom Brummen der Schiffsmotoren aufgeschreckt wurden und auseinanderstoben. Das waren die Himmlischen Berge, die sich nach Norden und Osten erstreckten und in weiter Ferne in Steppe, Taiga und schimmernde, unpassierbare Sümpfe übergingen.

»Das ist Shan Guo von den vielen Pferden«, sagte Anna Fang zu Tom und Hester. »Ich hatte gehofft, mich hier zur Ruhe zu setzen, wenn meine Arbeit für die Liga getan ist. Jetzt wird es womöglich von London verschlungen. Unsere Festungen werden von MEDUSA in Schutt und Asche gelegt werden, unsere Siedlungen gefressen, die grünen Hügel aufgebrochen und ihrer Mineralien beraubt und die Pferde ausgelöscht, wie überall sonst auf der Welt auch.«

So übel fand Tom diese Vorstellung gar nicht, denn es war ja nur natürlich, dass Traktionsstädte sich irgendwann in alle

Welt ausbreiten mussten. Nichtsdestotrotz mochte er Miss Fang, auch wenn sie eine Spionin und Antitraktionistin war, und so sagte er, um sie zu trösten: »Egal, wie mächtig MEDUSA ist, London wird Jahre brauchen, bis es sich durch diese gewaltigen Berge gebissen hat.«

»Das muss es gar nicht«, antwortete sie. »Schau.«

Er sah in die Richtung, in die sie zeigte, und entdeckte eine Bresche in der Bergkette vor ihnen, einen breiten Pass, durch den eine Stadt hätte kriechen können – nur erstreckte sich dazwischen, so breit, dass er auf den ersten Blick wie ein weiterer Ausläufer des Gebirges wirkte, der Schildwall.

Er war wie eine Wand aus schwärzester Nacht, aus riesigen Blöcken von Vulkangestein erbaut und mit den rostigen Deckplatten der Städte verstärkt, die einen Angriff gewagt hatten und von den Hunderten von Raketenbatterien an der Westseite zerstört worden waren. Auf seinem verschneiten Grat, mehr als tausend Meter über der Talsohle, knatterte und rauschte das Banner mit dem geborstenen Rad im Wind, und die Sonne glitzerte auf gepanzerten Geschützstellungen und den Stahlhelmen der Soldaten der Liga.

»Wäre er doch nur so stark, wie er aussieht«, seufzte die Aeronautin, als sie die *Jenny Haniver* in einem langen, weiten Bogen auf die Höhe des Walls brachte. Eine kleine Flugmaschine, kaum mehr als ein motorisierter Drachen, kam zu ihnen heraufgebraust, und Anna Fang wechselte über Funk einige Worte mit dem Piloten. Er umkreiste die *Jenny* einmal und surrte dann vor ihr her, um die Neuankömmlinge über den Grat des Schildwalls zu führen. Tom sah auf breite Zinnen und die zu ihnen hinaufstarrenden Soldaten hinunter, gelbe, braune, schwarze, weiße Gesichter aus sämtlichen Teilen der Erde, in denen sich sesshafte Barbaren noch immer gegen den Städtedarwinismus zur Wehr setzten. Dann waren sie weg; die *Jenny* tauchte an der geschützten Ostseite des Walls in die Tiefe, und Tom sah, dass der Wall eine Stadt war, eine vertikale Stadt mit Hunderten von Terrassen, Balkonen und Fenstern, die in den schwarzen Stein geschlagen waren, Stockwerk um Stockwerk voller Geschäfte, Kasernen und Häuser, zwischen denen Ballons und bunte Drachen wie Blütenblätter auf und ab schwebten.

»Batmunkh Gompa«, verkündete Miss Fang. »Die Stadt der Ewigen Stärke. Wobei die Leute, die sie so nennen, natürlich noch nichts von MEDUSA gehört haben.«

Es war wunderschön. Tom, dem man immer beigebracht hatte, dass statische Siedlungen schäbige, verwahrloste, rückständige Käffer waren, stand staunend am Fenster, und Hester kam zu ihm und drückte ihr mit dem Schal geschütztes Gesicht an die Scheibe. »Oh! Das sieht ja aus wie die Klippen auf Oak Island, wo die Meeresvögel nisten!«, rief sie beinahe mädchenhaft aufgeregt. »Schau! Schau!« Unten am Fuß des Walls glitzerte ein azurblauer, mit den Segeln zahlloser Jollen gesprenkelter See. »Tom, wir gehen schwimmen, ich bringe es dir bei!«

Auf halber Höhe des Walls dockte die *Jenny Haniver* zwischen anderen Handelsschiffen an einer Anlegeterrasse an, und Miss Fang führte Tom und Hester zu einem wartenden Ballon, der sie an Parks und Teeläden vorbei zum Palast des Gouverneurs hinaufbrachte, dem alten Kloster, nach dem Batmunkh Gompa benannt war. Die Klosteranlage, ein weiß getünchtes Bauwerk mit unzähligen Fenstern, war am Ende des Schildwalls in den steilen Berghang gehauen. Zu der Landeplattform unterhalb der Palastgärten stiegen noch weitere im Sonnenlicht gleißende Ballons auf, und in einem der Körbe entdeckte Tom Kapitän Khora, der ihnen zuwinkte.

Sie trafen sich auf der Landeplattform. Der junge Aeronaut legte kurz vor ihnen an und kam herübergerannt, um Miss Fang zu umarmen und ihren Freunden aus der schaukelnden Gondel zu helfen. Er war schon am Morgen nach Shrikes Angriff aus Airhaven hierhergekommen und wirkte verblüfft und glücklich, Tom und Hester lebend wiederzusehen. Zu Anna Fang gewandt sagte er: »Der Gouverneur und seine Offiziere sind gespannt auf deinen Bericht, Feng Hua. Uns sind schreckliche Gerüchte über London zu Ohren gekommen ...«

Es tat gut, in dieser seltsamen neuen Stadt ein bekanntes Gesicht zu sehen, und Tom hielt sich dicht neben Khora, als der die Neuankömmlinge die lange Treppe zum Palasteingang hinaufführte. Er erinnerte sich, dass an einer der unteren Plattformen eine schnittige Achebe 2100 vertäut gewesen war, und fragte: »War das dein Luftschiff am Anlegeplatz, das mit den lederbezogenen Auslegern?«

Khora lachte vergnügt. »Diese alte Nussschale? Nein, den Göttern sei Dank! Meine *Mokele Mbembe* ist ein Kriegsschiff der Nördlichen Luftflotte, Tom. Jedes Mitglied der Liga steuert ein Schiff zu der Flotte bei, und die sind alle dort oben untergebracht.« Er blieb stehen und zeigte auf ein riesiges Flügeltor aus schimmernder Bronze knapp unter dem Grat des Schildwalls. »Im Adlernest.«

»Irgendwann nehmen wir dich mal dorthin mit, Tom«, versprach Miss Fang, während sie an den Mönchskriegern vorbeigingen, die den Eingang bewachten, und in ein Labyrinth aus kühlen Steinfluren eintauchten. »Die mächtigen Zerstörer der Liga gehören zu den Wundern der Lüfte!

Doch zuerst muss Gouverneur Khan Hesters Geschichte hören.«

Gouverneur Ermene Khan war ein alter Mann mit einem langen, traurigen Schafsgesicht. Er bat sie zu Tee und Honigkuchen in seine Privatgemächer, durch deren runde Fenster man auf den See Batmunkh Nor hinuntersah, der in einem Flickenteppich aus Ackerland glitzerte. Seit tausend Jahren bemannte die Khan-Dynastie nun schon den Schildwall, und dass all seine Geschütze und Raketen mit einem Mal nutzlos sein sollten, schien den Gouverneur zu verwirren. »An Batmunkh Gompa kommt keine Stadt vorbei«, sagte er immer wieder, während seine Offiziere in den Saal strömten, um den Rat der Aeronautin zu hören. »Meine liebe Feng Hua, wenn London es wagt, sich uns zu nähern, werden wir es zerstören. Sobald es in Reichweite ist – bumm!«

»Aber das habe ich Ihnen doch gerade zu erklären versucht!«, rief Miss Fang ungeduldig. »London muss gar nicht in Reichweite Ihrer Geschütze kommen. Crome wird seine Stadt hundert Meilen entfernt parken und Ihren kostbaren Wall in Schutt und Asche schießen! Sie haben Hesters Geschichte doch gehört. Ich glaube, dass die Maschine, die Valentine ihrer Mutter gestohlen hat, das Fragment einer alten Waffe war – und die Vernichtung von Panzerstadt Bayreuth beweist, dass es der Ingenieursgilde gelungen ist, sie wieder funktionstüchtig zu machen.«

»Ja, ja«, sagte ein Artillerieoffizier, »das behaupten Sie. Aber können wir wirklich glauben, dass Crome etwas reaktiviert hat, das seit dem Sechzig-Minuten-Krieg verschüttet war? Vielleicht war es nur ein verrückter Zufall, dass

Panzerstadt Bayreuth so plötzlich in Flammen aufgegangen ist.«

»Ja!« Dankbar klammerte sich Gouverneur Khan an diese Idee. »Ein Meteorit oder ein unentdecktes Gasleck …« Er strich sich über den langen Bart, was Tom an einen der zerstreuten alten Historiker im London Museum erinnerte. »Vielleicht kommt Cromes Stadt ja auch gar nicht hierher … Vielleicht hat er eine andere Beute im Visier?«

Doch die anderen Offiziere waren eher bereit, dem Bericht der Aeronautin Glauben zu schenken. »Er ist definitiv hierher unterwegs«, sagte eine Aeronautin aus Kerala, nicht viel älter als Tom. »Ich bin vorgestern mit einem Kundschafterschiff nach Westen geflogen«, erklärte sie und warf Miss Fang einen bewundernden Blick zu. »Die Barbarenstadt war weniger als fünfhundert Meilen von uns entfernt und bewegte sich sehr schnell auf uns zu. Schon morgen Abend könnte MEDUSA in Reichweite sein.«

»Und in den Bergen ist ein schwarzes Luftschiff gesichtet worden«, vermeldete Kapitän Khora. »Die Schiffe, die wir ausgesandt haben, um es abzufangen, sind nicht zurückgekommen. Ich vermute, dass es Valentines *13th Floor Elevator* war, die unsere Städte ausspionieren sollte, damit London sie verschlingen kann.«

Valentine! Bei der Vorstellung, dass der Oberste Historiker vollkommen unbehelligt Shan Guo in Augenschein nahm, empfand Tom eine sonderbare Mischung aus Stolz und Angst. Neben ihm verkrampfte sich Hester, als der Name des Forschers fiel. Er schaute zu ihr, aber sie starrte an ihm vorbei durch die offenen Fenster, als rechnete sie halb damit, die *13th Floor Elevator* irgendwo an den Bergen vorbeifliegen zu sehen.

»Am Schildwall kommt keine Stadt vorbei«, sagte Gouverneur Khan. Sonderlich überzeugt klang er nicht mehr.

»Sie müssen die Luftflotte ausschicken, Gouverneur Khan«, beharrte Miss Fang und beugte sich auf ihrem Stuhl vor. »Bombardieren Sie London, bevor MEDUSA in Reichweite kommt. Das ist unsere einzige Chance.«

»Nein!«, schrie Tom und sprang so jäh auf, dass sein Stuhl nach hinten umkrachte. Er traute seinen Ohren nicht. »Sie haben gesagt, Sie kämen her, um die Leute zu warnen! Sie dürfen London nicht angreifen! Was ist mit all den Unschuldigen!« Er dachte an Katherine und sah vor sich, wie Torpedos der Liga in das Clio House und das Museum einschlugen. »Sie haben es versprochen!«, sagte er kläglich.

»Feng Hua macht Wilden wie dir keine Versprechen«, schnauzte das Mädchen aus Kerala, aber Miss Fang brachte sie mit einer Handbewegung zum Schweigen. »Wir werden auf den Bauchraum und die Ketten zielen, Tom«, sagte sie. »Und auf das Oberdeck, wo MEDUSA untergebracht ist. Wir wollen keine Unschuldigen treffen, aber was sollen wir denn sonst tun, wenn uns eine Barbarenstadt bedroht?«

»London ist keine Barbarenstadt!«, schrie Tom. »Die Barbaren seid ihr! Warum sollte London Batmunkh Gompa nicht fressen, wenn es Bedarf hat? Wenn euch das nicht passt, hättet ihr eure Städte längst motorisieren sollen, wie sich das für zivilisierte Leute gehört!«

Einige Offiziere der Liga brüllten ihn zornig nieder, und das Mädchen aus Kerala hatte ihr Schwert gezogen, doch Miss Fang beruhigte sie mit einigen wenigen Worten und wandte sich mit ihrem geduldigen Lächeln an Tom. »Vielleicht solltest du uns jetzt allein lassen, Thomas«, sagte sie fest. »Ich hole dich dann später.«

In Toms Augen brannten kindische Tränen. Diese Leute taten ihm ja leid, natürlich taten sie ihm leid. Er konnte sehen, dass sie keine Wilden waren, und er glaubte auch nicht mehr ernsthaft daran, dass sie es verdienten, gefressen zu werden. Aber untätig dabeisitzen, während sie einen Angriff auf seine Heimatstadt planten, konnte er auch nicht.

Er hoffte, dass wenigstens Hester zu ihm halten würde, aber als er sich zu ihr umdrehte, war sie ganz in Gedanken versunken. Unter dem roten Schal fuhren ihre Finger unentwegt ihre Narben nach. Sie kam sich schlecht und dumm vor. Schlecht, weil sie in der *Jenny Haniver* mit Tom glücklich gewesen war – und es falsch war, glücklich zu sein, während Valentine ungestraft herumlief. Dumm, weil sie nach der Sache mit dem Schal zu hoffen gewagt hatte, dass Tom sie wirklich gern hatte, und der Gedanke an Valentine rief ihr in Erinnerung, dass *niemand* sie gernhaben könnte, nicht so, nie im Leben. Als sie merkte, dass er sie ansah, sagte sie nur: »Von mir aus können sie jeden in London töten, solange Valentine für mich übrig bleibt.«

Tom drehte ihr den Rücken zu und stürmte aus dem Saal, und als die Tür hinter ihm zuglitt, hörte er das Mädchen aus Kerala zischen: »Barbar!«

Allein schleppte er sich zu der Plattform hinunter, an der die Taxi-Ballons warteten, und setzte sich dort auf eine Steinbank. Er war wütend und fühlte sich betrogen, und jetzt fielen ihm lauter Dinge ein, die er zu Miss Fang hätte sagen sollen, wenn er nur rechtzeitig darauf gekommen wäre. Unter ihm erstreckten sich die Dächer und Terrassen von Batmunkh Gompa bis in die Schatten der weiß bedeckten Berge, und unwillkürlich dachte er darüber nach, wie es sein mochte, hier zu leben und beim Aufwachen Tag für

Tag denselben Ausblick vor sich zu haben. Sehnten sich die Bewohner des Schildwalls denn nicht nach Bewegung und einem Umgebungswechsel? Wie sie wohl träumten, ohne von dem Grollen und Zittern großer Motoren in den Schlaf gelullt zu werden? *Liebten* sie diese Stadt? Und auf einmal fand er es entsetzlich traurig, dass dieser ganze lebendige, farbenfrohe, geschichtsträchtige Ort bald von London zerstört werden sollte.

Er wollte noch mehr davon sehen. Kurz entschlossen ging er zum nächstbesten Taxi-Ballon und gab dem Fahrer zu verstehen, dass er Miss Fangs Gast sei und in die Stadt hinunterwolle. Mit einem breiten Lächeln begann der Mann, seine Gondel mit Steinen aus einem in der Nähe bereitliegenden Haufen zu beschweren, und alsbald sank Tom wieder an den vielen Stockwerken der Stadt vorbei in die Tiefe, bis er an einer Art Knotenpunkt ausstieg, einem großen Platz mit Dutzenden von Taxis, von dem Treppen in verschiedenste Richtungen den Schildwall entlangführten, hinauf zum Adlernest und hinab zu den Läden und Märkten der unteren Stockwerke.

Die Gerüchte über MEDUSA hatten sich wie ein Lauffeuer in Batmunkh Gompa verbreitet. Viele Häuser und Geschäfte waren schon verrammelt und ihre Besitzer in weiter südlich gelegene Städte geflohen. Doch auf den unteren Stockwerken herrschte immer noch dichtes Gedränge, und als die Sonne hinter dem Wall versank, schlenderte Tom durch überfüllte Basare und kletterte steile Treppen hinauf und hinab. An den Straßenecken hatten Wahrsager ihre Stände, und vor den Schreinen für die Himmelsgötter häufte sich die bröselige graue Asche von Räucherstäbchen. Auf dem zentralen Platz führten grimmig dreinblickende uigurische Akrobaten Kunststücke auf, und wohin er auch sah, entdeckte er Soldaten und Luftschiffer der Liga: blonde Riesen aus Spitzbergen, blauschwarze Krieger vom Mondgebirge, die kleinen dunkelhäutigen Menschen aus den statischen Siedlungen der Anden und Leute aus den Dschungel-Hochburgen in Laos und Annam, deren Haut die Farbe von Feuerschein hatte.

Er versuchte, nicht daran zu denken, dass einige dieser jungen Männer und Frauen womöglich bald Raketen auf London abfeuern würden, und genoss das bunte Treiben und das unverständliche Sprachengewirr. Manchmal hörte er jemanden »Tom!« oder »Tomasz!« oder »Tao-mah!« rufen und seinen Freunden etwas zutuscheln, während er auf ihn zeigte. Die Geschichte von seinem Kampf mit Shrike hatte sich in den Bergen von Handelsposten zu Handelsposten herumgesprochen und war ihm nach Batmunkh Gompa vorausgeeilt. Tom beachtete die Leute nicht weiter. Es kam ihm so vor, als redeten sie über einen ganz anderen Thomas, einen, der mutig und stark war, der genau wusste, was er zu tun hatte, und von keinerlei Zweifeln geplagt wurde.

Gerade überlegte er, ob er wieder zum Gouverneurspalast fahren und Hester suchen sollte, als ihm eine hochgewachsene Gestalt auffiel, die ganz in der Nähe eine Treppe hinaufhastete. Der Mann war mit einer zerschlissenen roten Kutte bekleidet, die Kapuze tief ins Gesicht gezogen, hatte einen Stab in der Hand und trug ein Bündel über der Schulter. Tom hatte schon Dutzende solcher Wandermönche in Batmunkh Gompa gesehen: heilige Männer, die den Berggöttern dienten und über die Gebirgspässe von Stadt zu Stadt pilgerten. (Oben an der Anlegeterrasse hatte Anna Fang einem von ihnen die Füße geküsst und ihm sechs Bronzemünzen gegeben, damit er die *Jenny Haniver* segnete.) Aber dieser Mann war anders; er hatte etwas an sich, das Toms Aufmerksamkeit auf sich zog und nicht mehr losließ.

Er heftete sich an seine Fersen und folgte der roten Kutte durch den Gewürzmarkt mit seinen zahllosen wundersamen Düften und durch die enge Gasse der Weber, wo vor den Läden Hunderte Körbe wie Hängenester von niedrigen Stangen baumelten und ihm über den Kopf strichen, als er darunter durchging. Woran erinnerten ihn die Bewegungen des Mannes und die langfingrige braune Hand um den Stab denn nur?

Und dann, unter einer Laterne auf dem Hauptplatz, hielt ein Straßenmädchen den Mönch an, um ihn um einen Segen zu bitten, und Tom erhaschte einen Blick auf das bärtige Gesicht unter der Kapuze. Diese Falkennase und diese Seefahreraugen kannte er, und er wusste, dass sich unter dem Amulett, das zwischen den schwarzen Brauen hing, das wohlvertraute Gildenzeichen eines Londoner Historikers verbarg.

Es war Valentine!

27

DR. ARKENGARTH ERINNERT SICH

In jenen letzten Tagen, als London auf die Berge zubrauste, verbrachte Katherine viel Zeit im Museum. Im Schutz seines schummerigen Labyrinths hörte sie weder das Jaulen der Sägen, die die letzten verbliebenen Bäume im Circle Park fällten, um sie zu verfeuern, noch den Jubel der lärmenden Massen, die sich tagtäglich vor den öffentlichen Mattscheiben versammelten und nach und nach alle Einzelheiten von Cromes Plan enthüllt bekamen. Für eine Weile konnte sie dort sogar die Sicherheitsleute der Ingenieursgilde vergessen, die jetzt allgegenwärtig waren; nicht nur die üblichen Muskelprotze in Weiß, sondern auch ein sonderbarer neuer Schlag in schwarzen Mänteln und Kapuzen, schweigsam und steif in ihren Bewegungen, mit einem schwachen grünen Schimmer hinter den getönten Visieren: Dr. Twix' Wiedererweckte.

Aber wenn sie ehrlich war, lag es nicht nur an der Ruhe und dem Frieden im Museum, dass sie immer wieder dorthin zurückkehrte. Dort traf sie Bevis, der sich in der alten Verkehrsausstellung unter verstaubten Segelfliegermodellen und anderen von der Decke hängenden Flugmaschinen mit geliehenem Bettzeug ein Lager auf dem Boden bereitet hatte. Je weiter die Stadt nach Osten vordrang, desto größer wurde ihr Bedürfnis nach seiner Gesellschaft. Ihr gefiel, dass er ihr Geheimnis war. Ihr gefielen seine weiche Stimme und das seltsame Lachen, das immer klang, als müsste er erst noch ausprobieren, ob es zu ihm passte, weil er unten im Bauchraum so selten Anlass zum Lachen gehabt hatte. Ihr gefiel die Art, wie er sie ansah – wie oft seine dunklen Augen zu ihrem Gesicht und vor allem zu ihrem Haar wanderten. »Ich habe noch nie jemanden gekannt, der Haare hat«, gestand er ihr eines Tages. »In der Gilde geben sie uns zu Beginn der Lehre ein chemisches Mittel, damit unsere Haare nie mehr nachwachsen.«

Katherine dachte an seinen bleichen, glatten Schädel. Der gefiel ihr auch. Hieß das etwa, dass sie sich verliebte? Fühlte es sich so an? Nicht wie etwas Großes, Aufregendes, das man gleich erkannte, sondern wie etwas Schleichendes, Langsames, das einen in Wellen erfasste, bis man irgendwann aufwachte und feststellte, dass man in jemanden so Unwahrscheinlichen verknallt war wie einen Ingenieursgehilfen?

Sie wünschte, ihr Vater wäre hier, damit sie ihn fragen könnte.

Nachmittags zog sich Bevis eine Historikerrobe über, verbarg seinen kahlen Schädel unter einer Mütze und ging hinunter zu Dr. Nancarrow. Er half ihm dabei, den riesigen Bestand an Gemälden und Zeichnungen neu zu katalogisieren und abzufotografieren, falls der Oberbürgermeister beschloss, die Kunstsammlung ebenfalls verfeuern zu lassen. Währenddessen streifte Katherine mit Hund durch das Museum und hielt nach Objekten Ausschau, die ihr Vater ausgegraben hatte. Waschmaschinen, Computerbauteile, der verrostete Brustkorb eines Stalkers – alle waren mit einem Schild versehen, auf dem stand: *»Entdeckt von Mr T. Valen-*

tine, Archäologe«. Sie sah lebhaft vor sich, wie er diese Dinge behutsam aus der Erde hob, in der sie verborgen gewesen waren, wie er sie säuberte und für den Transport nach London in Stoff einschlug. *So muss er es auch mit dem MEDUSA-Fragment gemacht haben, als er es entdeckt hat*, dachte sie. Sie flüsterte Gebete an Clio, die, da war sie ganz sicher, in diesen geschichtsträchtigen Sälen zugegen war. *London braucht ihn! Ich brauche ihn! Bitte bringe ihn heil zurück, und bitte bald!*

Aber es war Hund, nicht Clio, der sie an jenem Abend in die Naturkundeabteilung führte. Er hatte am anderen Ende des Korridors eine Vitrine mit ausgestopften Tieren entdeckt und schlich mit stierem Blick und tief in der Kehle brodelndem Knurren darauf zu. Der alte Dr. Arkengarth, der gerade Feierabend gemacht hatte und auf dem Nachhauseweg durch die Abteilung kam, wich erschrocken zurück, aber Kate versicherte ihm: »Keine Angst, Dr. Arkengarth! Der tut nichts!« Als sie neben Hund in die Hocke ging, sah sie zu den Haien und Delphinen hinauf, die über ihr schaukelten, und dann zu dem mächtigen Leib des Wals, der abgenommen und an die rückwärtige Wand gelehnt worden war, bevor die Erschütterungen ihn aus der Aufhängung rissen.

»Beeindruckend, nicht wahr?«, fragte Arkengarth, der kaum eine Gelegenheit ausließ, einen Vortrag zu beginnen. »Ein Blauwal. In der ersten Hälfte des 21. Jahrhunderts durch die Jagd ausgerottet. Vielleicht auch im 20., da sind sich die Quellen uneins. Wir würden nicht einmal wissen, wie er ausgesehen hat, wenn Mrs Shaw nicht diese versteinerten Knochen gefunden hätte …«

Katherine hatte gerade über etwas anderes nachgedacht, doch beim Namen »Shaw« horchte sie auf. In der Vitrine, auf die Arkengarth zeigte, waren einige bräunliche Knochen arrangiert, und an einem Wirbel lehnte ein Schildchen mit der Aufschrift: *»Knochen eines Blauwals. Entdeckt von Mrs P. Shaw, freie Archäologin«*.

Pandora Shaw, dachte Katherine. Ihr fiel der Eintrag im Museumskatalog wieder ein. *Nicht Hester. Natürlich nicht.* Aber um zu verhindern, dass Dr. Arkengarth noch weiter ausholte, fragte sie: »Haben Sie sie gekannt? Pandora Shaw?«

»Mrs Shaw? O ja«, nickte der alte Mann. »Eine wunderbare Frau. Sie war eine Archäologin aus den Außenlanden, eine Freundin Ihres Vaters. Damals hieß sie natürlich noch Rae …«

»Pandora Rae?« Den Namen kannte Katherine. »Dann war sie Vaters Assistentin auf seiner Reise nach Amerika! Ich habe ihr Foto in seinem Buch gesehen!«

»Das ist richtig«, sagte Arkengarth, leicht ungehalten über die Unterbrechung. »Wie gesagt, sie war Archäologin. Zwar auf Old-Tech spezialisiert, aber sie hat uns auch andere Dinge gebracht, die sie gefunden hat, diese Walknochen zum Beispiel. Später hat sie dann einen Burschen namens Shaw geheiratet und ist auf eine mickrige kleine Insel im Westlichen Ozean gezogen. Das arme Ding. Eine Tragödie. Schlimm. Schlimm.«

»Sie ist gestorben, nicht wahr?«, fragte Katherine.

»Sie wurde ermordet!« Arkengarth wackelte theatralisch mit den Augenbrauen. »Vor sechs oder sieben Jahren. Wir haben über einen anderen Archäologen davon gehört. In ihrem eigenen Haus, und ihr Mann auch. Eine schreckliche Sache. Ach, du liebes bisschen, geht es Ihnen nicht gut? Sie sehen ja aus, als hätten Sie ein Gespenst gesehen!«

Nein, Katherine ging es nicht gut. In ihrem Kopf fügten sich auf einmal alle Puzzleteile zusammen. *Pandora Shaw wurde ermordet, vor sieben Jahren, zur selben Zeit, als Vater die Maschine nach London gebracht hat … die Aeronautin, die Archäologin Pandora, die mit ihm in Amerika war, als er die Entwürfe für MEDUSA fand. Und jetzt trachtet ihm ein Mädchen namens Shaw nach dem Leben …*

Die Worte blieben ihr im Hals stecken, aber schließlich brachte sie doch heraus: »Hatte sie eine Tochter?«

»Ja, wenn mich nicht alles täuscht …« Der alte Mann grübelte. »Ja, ich erinnere mich, dass Mrs Shaw einmal ein Foto dabeihatte, als sie mir einige Keramikarbeiten für meine Abteilung brachte. Exquisite Stücke. Eine verzierte Vase aus dem Zeitalter des Elektrischen Weltreichs, die schönste ihrer Art in unserer Sammlung …«

»Erinnern Sie sich noch, wie sie hieß?«

»Ah, ja, lassen Sie mich überlegen … EW27190, glaube ich.«

»Nicht die Vase! Das kleine Mädchen!«

Katherines ungeduldiger Ausruf hallte durch den Saal und die angrenzenden Flure, und Dr. Arkengarth wirkte erst verdattert und dann gekränkt. »Ich bitte Sie, Miss Valentine, das ist doch kein Grund, laut zu werden! Warum sollte ich mich an den Namen der Kleinen erinnern? Das ist fünfzehn, sechzehn Jahre her, und ich habe Babys noch nie leiden können. Nervtötende Geschöpfe, laufen an beiden Enden aus und haben keinerlei Respekt vor Töpferwaren. Aber ich glaube, sie hieß Hattie oder Holly oder …«

»Hester!«, schluchzte Katherine. Sie fuhr herum und rannte, gefolgt von Hund, rannte und rannte, ohne zu wissen, wohin oder warum, denn vor der entsetzlichen Wahrheit konnte sie nicht fliehen. Sie wusste jetzt, wie Vater an das Herzstück von MEDUSA gekommen war und warum er nie darüber gesprochen hatte. Endlich wusste sie, warum die arme Hester Shaw ihn hatte töten wollen.

28

EIN FREMDER IN DEN HIMMLISCHEN BERGEN

Valentine zeichnete über dem gesenkten Kopf des Mädchens ein feines, raffiniertes Muster in die Luft, und sie lächelte beseelt, ohne zu ahnen, dass sie gerade von dem ärgsten Feind der Liga gesegnet wurde.

Tom hatte sich hinter einem der Himmelsgöttin geweihten Schrein versteckt. Seine Augen hatten auf Anhieb registriert, wer der rot gewandete Mönch war, doch erst jetzt kam die Erkenntnis auch in seinem Gehirn an, wo es auf einmal Klick machte. Kapitän Khora hatte gesagt, dass die *13th Floor Elevator* im Gebirge gesichtet worden war. Sie musste Valentine an den Steilhängen hinter Batmunkh Gompa abgesetzt haben, und er hatte das restliche Stück zu Fuß zurückgelegt, um sich wie ein Dieb in die Stadt zu stehlen. Aber warum? Welche geheime Mission führte ihn hierher?

Tom war hin- und hergerissen. Einerseits machte es ihm natürlich Angst, dem Mann, der ihn hatte ermorden wollen, so nah zu sein, doch andererseits bewunderte er Valentines Schneid. Wie tollkühn musste man sein, sich in die Höhle des Löwen zu schleichen, die Hochburg von Londons größten Feinden! Solche Abenteuer hatte Valentine in den Büchern beschrieben, die Tom mit einer Taschenlampe unter der Decke immer und immer wieder verschlungen hatte, nachdem die Lichter im Schlafsaal der Gehilfen dritter Klasse schon längst gelöscht waren.

Valentine beendete die Segnung und setzte seinen Weg fort. Kurz verlor Tom ihn im Gedränge aus den Augen, doch dann entdeckte er die rote Kutte auf der breiten Haupttreppe, die nach oben führte. Er folgte in sicherem Abstand, vorbei an Bettlern, Wachen und Essensverkäufern, die nicht ahnten, dass der Mann in Rot kein verrückter Heiliger, sondern ein Spion war. Da Valentine nun mit gesenktem Kopf die Treppe hinaufeilte, wagte Tom sich bis auf zwanzig, dreißig Stufen an ihn heran. Aber er wusste immer noch nicht, was er tun sollte. Eigentlich müsste er Hester sagen, dass der Mörder ihrer Eltern hier war. Sollte er sie suchen gehen? Es ihr erzählen? Andererseits war Valentine wohl in wichtiger Mission für London unterwegs. Vielleicht sammelte er Informationen über die Stadt, damit die Ingenieure genau wussten, wohin sie MEDUSA zu richten hatten. Wenn Hester ihn umbrachte, hätte Tom seine ganze Stadt verraten …

Er hastete die Treppe hinauf und verdrängte die Schmerzen in seinem Brustkorb. Überall leuchteten eine Vielzahl von Lampen und Laternen auf den Terrassen von Batmunkh Gompa, und die Hüllen der auf und ab schwebenden Taxi-Ballons schimmerten von innen wie eigenartige Meereswesen in einem Korallenriff. Und allmählich wurde Tom klar, was er zu tun hatte. Was auch immer Valentine im Schilde führte, es durfte nicht gelingen. London war kein Deut besser als Tunbridge Wheels, und diese Stadt hier war alt und schön. Er würde nicht zulassen, dass sie zerstört wurde!

»Das ist Valentine!«, brüllte er und sprang die Stufen hinauf, um die Passanten vor der Gefahr zu warnen. Aber sie starrten ihn nur verständnislos an, und als er den Mann in Rot endlich eingeholt hatte und seine Kapuze herunterriss, blinzelte ihm das runde, verblüffte Gesicht eines Pilgermönchs entgegen.

Er sah sich hektisch um und begriff, dass er der falschen roten Kutte nachgelaufen war. Valentine hatte vom Platz aus eine andere Treppe genommen. Tom hetzte die Stufen wieder hinunter. Da entdeckte er, schon fast außer Sichtweite, ein rotes Pünktchen, das im Laternenschein zu den höher gelegenen Stadtteilen aufstieg – und weiter zum Stützpunkt der Luftflotte. »Das ist Valentine!«, schrie Tom wild gestikulierend, doch keiner der Umstehenden sprach Anglisch; manche hielten ihn für verrückt, andere befürchteten, der Beschuss durch MEDUSA stünde unmittelbar bevor. Eine Welle der Panik breitete sich auf dem Platz aus, und gleich darauf wurden auf den unteren Terrassen mit ihren Ladenzeilen und vollbesetzten Gasthäusern die ersten Warngongs geschlagen.

Toms erster Gedanke war, Hester zu finden, aber er hatte keine Ahnung, wo er sie suchen sollte. Dann rannte er zu einem Taxi-Ballon und rief der Fahrerin zu: »Folgen Sie diesem Mönch!«, doch die Frau schüttelte nur lächelnd den Kopf, weil sie kein Wort verstanden hatte. »Feng Hua!«, brüllte Tom, dem wieder einfiel, wie Anna Fang hier genannt wurde, und die Taxifahrerin nickte und begann, Gewichte abzuwerfen. Als der Ballon aufstieg, versuchte Tom, sich zu beruhigen. Er würde Miss Fang suchen. Miss Fang würde wissen, was zu tun war. Er dachte daran, wie sie ihm bei der Fahrt über die Berge die *Jenny* anvertraut hatte, und schämte sich plötzlich, dass er bei der Besprechung mit dem Gouverneur so aus der Haut gefahren war.

Er hatte erwartet, dass das Taxi ihn zum Gouverneurspalast bringen würde, doch es hielt stattdessen an der Terrasse, wo die *Jenny Haniver* vor Anker lag. Die Fahrerin zeigte auf ein Gasthaus, das wie ein Mehlschwalbennest an der Unterseite der höher gelegenen Terrasse hing. »Feng Hua!«, sagte sie hilfsbereit. »Feng Hua!«

Einen panischen Moment lang dachte Tom, dass sie ihn zu einem Lokal gebracht hatte, das »Windblume« hieß, doch dann entdeckte er auf einem der vielen Balkone des Hauses den blutroten Mantel der Aeronautin. Er warf der Fahrerin alles Geld hin, das er noch übrig hatte, rief »Behalten Sie den Rest!« und sprintete los, während die Frau ratlos auf die unbekannten Konterfeis von Quirke und Crome starrte.

Miss Fang saß mit Kapitän Khora und der grimmigen jungen Pilotin aus Kerala, die so feindselig auf Toms Ausbruch im Gouverneurssaal reagiert hatte, an einem Balkontisch. Sie tranken Tee und waren in ein Gespräch vertieft, aber als Tom auf den Balkon platzte, sprangen sie alle auf. »Wo ist Hester?«, fragte er.

»Unten am Anlegeplatz und brütet mal wieder vor sich hin«, sagte Miss Fang. »Warum?«

»Valentine!«, keuchte er. »Er ist hier! Als Mönch verkleidet!«

Die Musiker im Lokal hörten auf zu spielen, und aus den unteren Stockwerken kamen die Schläge der Alarmgongs heraufgeweht.

»Valentine, hier?«, schnaubte das Mädchen aus Kerala. »Das ist eine Lüge! Der Barbar will uns nur Angst einjagen!«

»Sei still, Sathya!« Miss Fang packte Tom am Arm. »Ist er allein?«

Atemlos berichtete Tom, was er gesehen hatte. Sie zischte durch die zusammengepressten Zähne. »Er hat es auf unsere Luftflotte abgesehen! Er will uns handlungsunfähig machen!«

»Ein einzelner Mann kann doch keine ganze Flotte zerstören!«, wandte Khora ein und lächelte bei der Vorstellung.

»Du hattest es noch nie mit Valentine zu tun!«, sagte die Aeronautin. Sie schien sich regelrecht auf ein Duell mit Londons Topagenten zu freuen. »Sathya, du verständigst die Wache. Sag ihnen, das Adlernest wird angegriffen.« Sie wandte sich an Tom. »Danke, dass du uns gewarnt hast«, sagte sie sanft, als verstünde sie sehr gut, welche Gewissensqualen ihm diese Entscheidung bereitet hatte.

»Ich muss Hester Bescheid sagen!«, protestierte er.

»Auf keinen Fall!«, wehrte sie ab. »Sie würde nur in ihren eigenen Tod rennen oder Valentine töten, und ich will ihn lebend haben, damit wir ihn verhören können. Du bleibst hier, bis es vorbei ist.« Ein letztes grimmiges Lächeln, und weg war sie, mit Khora im Gefolge die Treppe hinunter und zwischen den panischen Gästen hindurch. Sie sah finster, gefährlich und wunderschön aus, und Tom spürte die gleiche innige Zuneigung in sich auflodern, die Khora, das Mädchen aus Kerala und die ganze Liga für sie empfinden mussten.

Doch dann dachte er an Hester und was sie sagen würde, wenn sie erfuhr, dass er Valentine gesehen und ihr nichts erzählt hatte. »Bei Quirke!«, rief er jäh aus. »Ich muss zu ihr!« Sathya starrte ihn stumm an. Ihre grimmige Miene wirkte mit einem Mal nur noch verängstigt und sehr jung, und als er zur Treppe rannte, schrie er ihr zu: »Du hast doch gehört, was Miss Fang gesagt hat! Schlag Alarm!«

Wieder raus auf die dunklen Stiegen, runter zu der Anlegeplattform, wo die *Jenny Haniver* vor Anker hing. »Hester! Hester!«, brüllte er, und da war sie, kam im Licht der Landescheinwerfer auf ihn zu und zog dabei den roten Schal über ihr Gesicht. Er erzählte ihr alles, und sie nahm die Nachricht mit der kalten, ausdruckslosen Miene entgegen, die er erwartet hatte. Dann rannte sie los, und Tom folgte ihr die nicht enden wollenden Treppen hinauf.

Der Wall erzeugte sein eigenes Wetter. Als Tom und Hester fast ganz oben angelangt waren, wurde die Luft dünn und bitterkalt, und große, tanzende Schneeflocken streiften ihre Gesichter wie Schmetterlingsflügel. Auf einer breiten Landeplattform sahen sie Laternen flackern: Ein leerer Gastanker hob vom Adlernest ab. Dann schoss plötzlich eine gewaltige Feuerwalze aus den Toren des Hangars hervor, und noch eine, und noch eine, als wären dort Drachen und nicht Luftschiffe untergebracht. Der Rumpf des Tankers wurde von den Flammen erfasst und explodierte, und während das Wrack in die Tiefe stürzte, blühten ringsum weiße Fallschirme auf. Hester blieb kurz stehen und schaute sich nach Tom um. Ihre Augen blitzten. »Er hat es getan! Wir kommen zu spät! Er hat die Flotte vernichtet!«

Sie rannten weiter. Toms Rippen schmerzten bei jedem Schritt, und die kalte Luft schnitt ihm in die Kehle, aber er blieb so dicht hinter Hester, wie er konnte. Knirschend stapften sie über den Schnee auf einem schmalen Steg zu der Plattform vor dem Adlernest. Die bronzenen Tore standen offen, und eine Schar Männer strömte heraus, die sich zum Schutz vor der Gluthitze im Innern Tücher vors Gesicht hielten. Manche schleiften Verwundete mit sich, und in der Nähe des Haupttors sah Tom zwei Männer der Bodenmannschaft, die sich um Khora kümmerten.

Der Aeronaut sah hoch, als Tom und Hester auf ihn zurannten. »Valentine!«, stöhnte er. »Er hat behauptet, dass er unsere Luftschiffe segnen will, und die Wachen haben ihn tatsächlich durchgelassen. Als Anna und ich ankamen, verteilte er gerade seinen Sprengstoff. O Tom, wir hätten nie und nimmer damit gerechnet, dass jemand so etwas tun würde, nicht einmal ein Barbar! Darauf waren wir nicht vorbereitet! Unsere ganze Luftflotte … Meine arme *Mokele Mbembe* …« Er brach ab und hustete Blut. Valentines Schwert hatte ihm die Lunge durchbohrt.

»Wo ist Miss Fang?«, fragte Tom.

Khora schüttelte den Kopf: Er wusste es nicht. Hester stürzte sich bereits in die flirrende Hitze der Hangars, ohne auf die Rufe der Männer zu achten, die sie davon abhalten wollten. Tom rannte ihr nach.

Es war, als liefe man in einen Backofen hinein. Tom erkannte schemenhaft eine gewaltige Höhle, von der kleinere Höhlen abgingen: die Hangars, in denen die Kriegsschiffe der Liga lagen. Valentine musste schnell von einem Schiff zum nächsten gelaufen sein und dort Phosphorbomben platziert haben. Nun waren in der weißen Glut nur noch ihre verbeulten Gerippe zu erkennen. »Hester!«, schrie Tom, doch seine Stimme ging im Tosen der Flammen unter. Ein Stück voraus entdeckte er sie wieder: Sie war in einen kleinen Tunnel eingebogen, der tiefer in den Wall hineinführte. *Da gehe ich auf keinen Fall rein!*, dachte er. *Wenn sie unbedingt in eine Sackgasse laufen und geröstet werden will, bitte!* Aber als er sich umdrehte, um sich draußen auf der Plattform in Sicherheit zu bringen, fing die Munition in den Gondeln der brennenden Luftschiffe Feuer, und auf einmal brach ein Inferno aus Raketen und Projektilen los, die an die

Steinwände krachten und kreuz und quer durch die Halle schossen. Der Tunnel war näher als der Haupteingang, und so rettete Tom sich mit Stoßgebeten an alle Götter, die ihm einfielen, in den schmalen Gang.

Aus dem Luftzug, der ihm entgegenwehte, schloss er, dass der Gang quer durch den Wall zu einer der Geschützstellungen an der Westseite führte. »Hester?«, rief er. Nur Echos antworteten ihm, die von dem Brüllen des Feuers im Hangar verschluckt wurden. Tom rannte weiter. Vor einer Gabelung im Tunnel lag eine gekrümmte Gestalt; ein junger Aeronaut, den Valentine mit dem Schwert niedergestreckt hatte. Tom atmete erleichtert auf, dass es nicht Hester oder Miss Fang war, und bekam sofort ein schlechtes Gewissen, denn der arme Mann war tot.

Er starrte in die beiden Gänge, in die der Tunnel sich teilte. Welchen sollte er nehmen? »Hester?«, rief er nervös. Echos. Ein versprengtes Geschoss aus dem Hangar pfiff dicht an seinem Kopf vorbei und streifte funkensprühend das Mauerwerk. Blitzschnell entschied er sich für die rechte Abzweigung.

Gleich darauf hörte er noch ein anderes Geräusch, näher und klarer als das dumpfe Grollen der Flammen: das Klirren von Stahl auf Stahl. Tom hetzte eine glitschige Treppe hinunter, sah Licht vor sich und rannte darauf zu. Aus einer eisernen Feuerschale warfen Flammen ihren flackernden Schein auf die uralten Wehranlagen, die Leichen der Artilleristen und die gleißenden Schwerter von Valentine und Miss Fang, die sich in verbissenem Zweikampf über den zertretenen Schnee hin und her trieben.

Tom kauerte sich im Schatten des Tunnelausgangs auf den Boden, hielt sich die schmerzenden Rippen und sah atemlos zu. Valentine war ehrfurchtgebietend. Er hatte sich die Mönchskutte vom Leib gerissen und trug darunter ein weißes Hemd, eine schwarze Hose und hohe schwarze Stiefel. Er focht und parierte und duckte sich mit formvollendeter Eleganz, doch Tom sah sofort, dass Anna Fang ihm in nichts nachstand. Sie hielt ihr Langschwert mit beiden Händen und trieb ihn zurück zu der Raketenbatterie und den Leichen der Soldaten, die er erschlagen hatte. Blitzschnell kam sie jedem seiner Hiebe zuvor, täuschte an und holte aus, sprang in die Luft, um einem niedrigen Rückhandstoß auszuweichen, bis sie ihm endlich das Schwert aus der Hand schlug. Er fiel auf die Knie, um danach zu greifen, aber sie hatte ihm schon die Klinge an den Hals gelegt, und Tom sah ein dunkles Rinnsal Blut in sein Hemd laufen.

»Bravo!«, sagte er und lächelte so, wie es Tom von jenem Abend im Bauchraum in Erinnerung hatte: ein freundliches, amüsiertes, uneingeschränkt ehrliches Lächeln. »Bravo, Feng Hua!«

»Schweig!«, zischte sie. »Das ist kein Spiel.«

Valentine lachte. »Im Gegenteil, meine teure Windblume, es ist das beste Spiel von allen, und meine Mannschaft hat die Nase vorn. Hast du nicht gesehen, dass eure Luftflotte in Flammen steht? Ihr hättet wirklich besser darauf aufpassen sollen. Ihr habt euch zu sicher gefühlt, weil die Liga seit tausend Jahren schaltet und waltet, wie sie will. Aber die Welt verändert sich …«

Er spielt auf Zeit, dachte Tom. Er verstand nur nicht, warum. In die Enge getrieben, allein in schwindelnder Höhe, unbewaffnet und ohne jede Aussicht auf Entkommen – was versprach sich Valentine davon? Er überlegte, ob er das Schwert vom Boden aufheben und sich neben Miss Fang stellen sollte, bis Verstärkung eintraf, doch selbst in der Niederlage strahlte Valentine noch eine solche Macht und Bedrohung aus, dass er sich nicht zu zeigen wagte. Er lauschte, ob endlich Soldaten durch den Tunnel herbeigeeilt kämen, und fragte sich, wo Hester abgeblieben war. Er hörte nichts als das ferne Dröhnen der Gongs und Feuerglocken von der anderen Seite des Walls und Valentines aufreizend spöttische Stimme.

»Du solltest nach London kommen und für uns arbeiten, meine Liebe. Schließlich wird der Wall schon morgen um diese Zeit in Schutt und Asche liegen. Dann brauchst du einen neuen Arbeitgeber. Deine Liga ist am Ende.«

Plötzlich brach Licht von oben über sie herein; der grelle Strahl eines Suchscheinwerfers, der von einem Luftschiff aus über den Schnee fegte. Anna Fang taumelte geblendet zurück, und Valentine sprang auf, schnappte sich sein Schwert, riss sie zu sich heran und bohrte ihr die Klinge in die Kehle. Einen Augenblick lang schwankten die zwei eng umschlungen wie betrunkene Tänzer am Ende eines Fests, nah genug an Toms Versteck, dass er die helle Schwertspitze an Miss Fangs Nacken hervortreten sah und ihr verzweifeltes, ersticktes Flüstern hörte: »Hester Shaw wird dich finden. Sie wird dich finden und …« Dann drehte Valentine sein Schwert mit einem Ruck heraus, ließ seine Gegnerin fallen und schwang sich in dem gleißenden Scheinwerferlicht auf die Zinnen, während die *13th Floor Elevator* zu ihm herabsank.

29

NACH HAUSE

Das schwarze Luftschiff hatte sich geräuschlos vom Wind in die Höhe tragen lassen, während die Verteidiger von Batmunkh Gompa von den Feuern und Explosionen abgelenkt waren. Jetzt röhrten seine Motoren los, wirbelten die sanft fallenden Schneeflocken auf und übertönten Toms Entsetzensschrei.

Geschmeidig wie ein Turner spazierte Valentine über das Rohr eines Raketenwerfers und sprang. Einen Moment lang segelte er mit ausgebreiteten Armen ins Nichts, dann bekam er die Strickleiter zu fassen, die Pewsey und Gench herabgelassen hatten, und kletterte hinauf in die Gondel.

Tom stürzte vorwärts, doch plötzlich erlosch der Suchscheinwerfer, und er blieb in völliger Dunkelheit zurück. Von höher gelegenen Geschützstellungen sausten Raketen funkensprühend durch die Nacht und zerplatzten am Rumpf der *Elevator*. Eine durchschlug ein Fenster der Gondel, aber das schwarze Luftschiff hatte schon Fahrt aufgenommen und entfernte sich vom Wall. Der Luftschraubenstrahl traf Tom voll ins Gesicht, als er sich neben Anna Fang kniete und sie in der schwachen Hoffnung, sie würde wieder zu sich kommen, an der Schulter fasste.

»Das ist nicht fair!«, schluchzte er. »Er hat gewartet, bis Sie geblendet waren! Sie hatten ihn besiegt!« Die Aeronautin sagte nichts, sondern stierte nur dümmlich erstaunt in die Ferne, die Augen stumpf wie trockene Kieselsteine.

Tom setzte sich in den Schnee, der sich allmählich rot färbte, und versuchte nachzudenken. Er musste schleunigst aus Batmunkh Gompa weg, bevor London den Wall erreichte, aber allein die Vorstellung, wieder weiterzuziehen, erschöpfte ihn. Er hatte es satt, kreuz und quer durch die Welt gejagt zu werden. Als er daran dachte, dass Valentine gerade einem heldenhaften Empfang entgegenflog, stieg heiße Wut in ihm auf. Valentine war an allem schuld! Valentine hatte Hesters und sein Leben zerstört und viele weitere auf dem Gewissen. Valentine hatte der Ingenieursgilde MEDUSA beschafft. Hester hatte recht: Wäre es ihr doch nur gelungen, ihn zu töten, als sie die Gelegenheit dazu gehabt hatte …

Nicht weit entfernt hörte Tom ein dumpfes Poltern, hob den Kopf und sah ein schwarzes Knäuel aus Armen und Beinen wie eine von der Decke gefallene große Spinne im Schnee landen. Es war Hester, die die falsche Abzweigung genommen hatte und in einem Beobachtungsbunker weiter oben herausgekommen war. Nachdem sie zehn Meter an der schneeglatten Mauer hinuntergeklettert war, hatte sie sich das letzte Stück einfach fallen lassen. Ihr Blick ruhte kurz auf der gefallenen Aeronautin, dann wandte sie sich ab, ging zu den Zinnen und starrte in die Dunkelheit und das Schneegestöber. »Das hätte ich sein sollen«, hörte Tom sie sagen. »Ich hätte wenigstens dafür gesorgt, dass ich ihn mit mir in den Tod reiße.«

Tom betrachtete sie. Vor Trauer und Wut war ihm ganz klamm und übel und zittrig zumute, und er wusste jetzt, wie Hester sich fühlte, wie sie sich immer gefühlt hatte, seit dem Tag, an dem Valentine ihre Eltern ermordet hatte. Es war ein schreckliches Gefühl, und ihm fiel nur ein einziges Heilmittel dagegen ein.

Er tastete unter den Kragen von Anna Fangs Mantel, fand den Schlüssel und löste ihn von seinem Lederband. Dann stand er auf, ging zu Hester hinüber und nahm sie in die Arme. Sie war so starr und steif wie eine Statue, aber weil er sich an irgendetwas festhalten musste, umarmte er sie trotzdem. In der vergeblichen Hoffnung, die *13th Floor Elevator* zu erwischen, schossen die Artilleristen über ihnen immer noch aus allen Rohren. Tom hielt sein Gesicht ganz nah an Hesters Ohr und brüllte über den Lärm hinweg: »Komm, wir fahren nach Hause!«

Verblüfft und verärgert drehte sie sich zu ihm um. »Hast du sie nicht mehr alle?«

»Verstehst du denn nicht?«, rief er und lachte über die verrückte Idee, die in ihm aufkeimte. »Jemand muss ihn dafür büßen lassen! Du hattest recht, ich hätte dich in London nicht aufhalten dürfen, aber ich bin froh, dass ich es getan habe, weil die Polizei im Bauchraum dich erschossen hätte, und dann wären wir uns nie begegnet. Jetzt kann ich dir helfen, ihn zu erwischen, und danach fliehen wir. Wir fahren zurück nach London! Jetzt! Wir beide!«

»Du bist verrückt«, sagte Hester, aber sie kam trotzdem mit und half ihm, den Rückweg durch den Schildwall zu finden, während Soldaten an ihnen vorbeirannten, verängstigt, rußverschmiert und viel zu spät.

Der Nachthimmel über Batmunkh Gompa hing voller Rauch und versengter Stofffetzen. In den Hangars wüteten immer noch Feuer, aber über die Straßen im Tal zogen schon lange Reihen von Lichtern: die Laternen der Flüchtlinge, die aus den Bergen strömten wie Wasser aus einem geborstenen Damm. Mit dem Tod der Luftflotte war auch der Schildwall nicht mehr sicher, und seine Bewohner flohen, so schnell ihre Füße, Maulesel, Ochsenkarren und Frachtballons sie trugen.

Von der unteren Anlegeplattform stiegen bereits die ersten Schiffe in den rauchverhangenen Himmel und drehten nach Süden ab. Sathya, das Mädchen aus Kerala, versuchte schluchzend, einige panische Soldaten zu mobilisieren. »Haltet eure Stellungen! Die Südliche Luftflotte wird uns zu Hilfe kommen! In weniger als einer Woche können die Schiffe hier sein!« Aber jeder wusste, dass es Batmunkh Gompa dann nicht mehr geben und dass London nach Süden in das Kernland der Liga vorstoßen würde. »Haltet eure Stellungen!«, bettelte sie, aber ringsumher hob ein Luftschiff nach dem anderen ab.

Die *Jenny Haniver* hing stumm und dunkel an ihrem Ankerplatz. Der Schlüssel, den Tom Anna Fang abgenommen hatte, glitt mühelos in das Schloss der Einstiegsluke, und schon stand Tom in der Pilotenkanzel und starrte auf die Bordinstrumente. Es waren weit mehr, als er in Erinnerung gehabt hatte.

»Bist du sicher, dass du das hinkriegst?«, fragte Hester leise.

»Klar«, sagte Tom. Probehalber legte er ein paar Schalter um. Die Luke klappte auf, die Kabinenbeleuchtung sprang an, die Kaffeemaschine gab ein Geräusch von sich, als würde ein wohlerzogener Hund sich räuspern, und ein kleines aufblasbares Rettungsboot fiel von der Decke und begrub ihn unter sich.

»Ganz sicher?«, fragte sie und half ihm hoch.

Tom nickte. »Als Kind habe ich Modellschiffe gebaut.

Das Grundprinzip ist schon mal klar. Und als wir über den Bergen waren, hat Miss Fang mir die Steuerung erklärt … Ich wünschte nur, sie hätte die Instrumente alle auf Anglisch beschriftet.«

Er dachte einen Moment nach, dann betätigte er einen anderen Hebel, und diesmal erwachten die Motoren grollend zum Leben. Draußen auf der Plattform rissen die Leute erschrocken die Augen auf, und manche machten beschwörende Handzeichen; sie hatten von Feng Huas Tod gehört und glaubten, auf der *Jenny Haniver* ginge ihr ruheloser Geist um. Aber Sathya erkannte Tom und Hester in der Pilotenkanzel und kam auf sie zugerannt.

Aus Angst, sie könnte ihn noch vom Ablegen abhalten, packte Tom den Hebel, der die Triebwerke bewegte. Die Kugellager knirschten, als sie in die Startposition schwenkten. Er lachte, beglückt über die Leichtigkeit, mit der das Luftschiff auf seine Handgriffe reagierte, und lauschte dem vertrauten Knarzen und Zischen der Ventile irgendwo über sich und dem hellen Klang der sich lösenden Ankerklemmen. Von der Plattform winkte und brüllte man ihnen zu, und Sathya zog eine Pistole, aber im letzten Moment stolperte Kapitän Khora auf eins seiner Besatzungsmitglieder gestützt zu ihr hin und nahm ihr die Waffe sanft aus der Hand. Er sah zu Tom hoch und grüßte, um ihm Glück zu wünschen, und der Anblick seiner überraschend rosigen Handinnenseite brannte sich Tom ins Gedächtnis, als das Luftschiff in die Höhe stieg und die Rauchwolke vor dem Adlernest durchstieß. Er warf einen letzten Blick auf Batmunkh Gompa, dann fuhr er die *Jenny* in einem Bogen über den Schildwall und drehte ihre Nase nach Westen.

Es ging nach Hause.

30

EIN HELD KEHRT ZURÜCK

Die Wolken, die Batmunkh Gompa in Schnee gehüllt hatten, zogen gen Westen, wo sie noch mehr Regen auf London niedergehen ließen, und es regnete immer noch, als die *13th Floor Elevator* früh am folgenden Nachmittag nach Hause zurückkehrte. Keine jubelnden Mengen nahmen sie in Empfang. Abgesehen von einigen Arbeitern aus der Recyclingabteilung, die gerade die letzten Bäume fällten, waren die durchweichten Rasenflächen des Circle Park menschenleer. Doch die Ingenieure waren über Valentines Ankunft verständigt worden, und als das mächtige Luftschiff im matten Schein der Landeplatzbeleuchtung zu Boden sank, kamen sie auf das Vorfeld gerannt. Der Regen trommelte auf ihre kahlen Schädel, und die Lichter spiegelten sich in den Wassertropfen auf ihren Mänteln.

Katherine sah vom Schlafzimmerfenster aus zu, wie die Bodenmannschaft das Luftschiff mit Winden hinunterzog und die aufgeregten Ingenieure die Gondel umringten. Jetzt gingen die Luken auf, und Magnus Crome trat vor, dem ein Bediensteter einen weißen Gummiregenschirm über den Kopf hielt. Ihr Vater kam die Laufplanke herunter, selbst aus dieser Entfernung an seiner Größe, dem selbstbewussten Gang und dem sich im Wind bauschenden Allwetterumhang gut zu erkennen.

Bei seinem Anblick platzte Katherine vor Wut und Trauer fast das Herz. Sie erinnerte sich, wie sehr sie sich darauf gefreut hatte, die Erste zu sein, die ihn begrüßte, wenn er wieder an Bord der Stadt kam. Nun war sie nicht einmal sicher, ob sie sich überwinden könnte, überhaupt mit ihm zu sprechen.

Durch die nasse Scheibe sah sie ihn nickend und lachend mit Crome reden. Kurz verschwand er hinter einem Gewimmel weißer Mäntel, und als er wieder auftauchte, hatte er sich vom Oberbürgermeister losgeeist und kam durch den Park auf Clio House zugeeilt. Wahrscheinlich wunderte er sich, dass sie ihn nicht schon an der Anlegestelle erwartet hatte.

Im ersten Moment bekam sie Panik und wollte sich verstecken, aber Hund war bei ihr und gab ihr die Kraft, die sie brauchte. Sie schloss die Schildpatt-Fensterläden und wartete auf Vaters Schritte auf der Treppe, Vaters Klopfen an der Tür.

»Kate?«, drang seine Stimme gedämpft zu ihr herein. »Kate, bist du da? Ich muss dir unbedingt von meinen Abenteuern erzählen! Ich komme direkt aus den verschneiten Bergen von Shan Guo und habe jede Menge Geschichten, mit denen ich dich langweilen kann! Kate? Ist alles in Ordnung?«

Sie öffnete die Tür nur einen Spalt weit. Er stand im tropfenden Umhang draußen auf dem Flur, und als er ihr verweintes, übermüdetes Gesicht sah, erstarb sein Lächeln.

»Kate, alles ist gut! Ich bin wieder da!«

»Ich weiß«, sagte sie. »Und nichts ist gut. Ich wünschte, du wärst in den Bergen verreckt!«

»Was?«

»Ich weiß alles über dich«, sagte sie. »Ich habe herausgefunden, was du Hester Shaw angetan hast.«

Sie ließ ihn ins Zimmer, schloss die Tür und rief Hund barsch zurück, als er freudig auf Vater zusprang. Durch die geschlossenen Fensterläden war es dunkel im Raum, aber sie sah, dass Vater erst den Bücherstapel auf dem Ecktisch und dann sie anblickte. Am Hals trug er einen frischen Wundverband, und sein Hemd war blutbefleckt. Sie wickelte sich eine zerzauste Haarsträhne um den Finger und musste sich schwer zusammennehmen, nicht wieder loszuweinen.

Valentine setzte sich auf das ungemachte Bett. Auf dem Rückweg von Batmunkh Gompa war ihm unablässig Anna Fangs letzte Drohung durch den Kopf gegangen: *Hester Shaw wird dich finden.* Dass ihm nun hier derselbe Name entgegengeschleudert wurde, von Katherine, war wie ein Stich ins Herz.

»Oh, keine Sorge«, sagte Katherine bitter. »Außer mir weiß es niemand. Ich habe den Namen des Mädchens in Erfahrung gebracht, weißt du. Und Dr. Arkengarth hat mir erzählt, dass Pandora Shaw ermordet worden ist. Da hatte ich schon herausgefunden, dass sie vor sieben Jahren gestorben ist, genau zu der Zeit, als du von deiner Expedition zurückgekommen bist und der Oberbürgermeister so zufrieden mit dir war. Also habe ich eins und eins zusammengezählt und …«

Sie zuckte mit den Schultern. Sobald sie alle Hinweise beisammengehabt hatte, war die Spur leicht zu verfolgen gewesen. Sie nahm ein Buch und zeigte es ihm: *Erkundungen des toten Kontinents*, sein Bericht über die Amerikareise. Sie schlug ein Gruppenbild der Expeditionsteilnehmer auf und tippte auf das Gesicht einer Aeronautin, die lächelnd neben ihm stand. »Ich habe den Zusammenhang nicht gleich erkannt«, sagte sie, »weil ihr Nachname sich geändert hatte. Hast du sie selbst getötet? Oder hast du Pewsey und Gench vorgeschickt?«

Zornig, verzweifelt, beschämt ließ Valentine den Kopf hängen. Insgeheim hatte Katherine sich an die absurde Hoffnung geklammert, dass sie sich irrte, dass er es leugnen und ihr Beweise für seine Unschuld vorlegen würde, doch als sie ihn das Haupt senken sah, wusste sie, dass er die Shaws tatsächlich ermordet hatte.

Er sagte: »Versteh doch, Kate, ich habe es für dich getan …«

»Für *mich*?«

Endlich blickte er wieder auf, wich aber ihrem Blick aus. Stattdessen starrte er an ihrem Ellbogen vorbei an die Wand und sagte: »Ich wollte, dass du alles hast in deinem Leben. Ich wollte, dass du als Londoner Lady aufwächst, nicht als Tochter eines Plunderers in den Außenlanden. Ich musste etwas finden, das Crome brauchte.

Pandora war eine alte Weggefährtin, das stimmt. Und ja, sie war dabei, als ich die Entwürfe und Zugriffscodes für MEDUSA fand. Wir hätten nie geglaubt, dass es möglich wäre, das Ding nachzubauen. Später gingen Pandora und ich getrennte Wege; sie war Antitraktionistin und ließ sich mit einem Schollenhocker auf einer kleinen Insel namens Oak Island nieder. Ich wusste nicht, dass sie der Gedanke an MEDUSA nicht losgelassen hatte. Sie ist wohl noch einmal allein nach Amerika gereist und hat einen anderen Zugang zu demselben unterirdischen Komplex freigelegt, zu einem Bereich, den wir bei der ersten Ausgrabung übersehen hatten. Dort fand sie …«

»Ein Computergehirn«, sagte Katherine ungeduldig. »Den Kern von MEDUSA.«

»Ja«, murmelte Valentine. Er staunte, was sie alles wusste. »Sie schrieb mir einen Brief darüber. Ohne die Entwürfe und Codes war das Gerät wertlos, und die waren bei mir in London. Sie schlug vor, wir könnten alles verkaufen und uns den Gewinn teilen. Und ich wusste, wenn ich Crome eine solche Trophäe überreichen könnte, wäre ich ein gemachter Mann, und deine Zukunft wäre gesichert!«

»Also hast du sie dafür umgebracht«, sagte Katherine.

»Weil sie sich weigerte, es Crome zu verkaufen«, sagte ihr Vater. »Wie gesagt, sie war Antitraktionistin. Sie wollte es der Liga anbieten. Ich *musste* sie töten, Kate.«

»Aber was ist mit Hester?«, fragte Katherine benommen. »Warum musstest du sie verletzen?«

»Das wollte ich doch gar nicht«, sagte er bekümmert. »Aber sie ist wach geworden und hat etwas gehört. Sie war ein hübsches Kind. Etwa in deinem Alter, und sie sah dir so ähnlich, ihr hättet Schwestern sein können. Vielleicht wart ihr tatsächlich Schwestern. Pandora und ich standen uns eine Weile sehr nahe.«

»Meine Schwester?«, japste Katherine. »Deine eigene Tochter!«

»Als ich von der Leiche ihrer Mutter aufblickte, sah ich, wie sie mich anstarrte … da musste ich sie zum Schweigen bringen! Ich habe mit dem Schwert nach ihr geschlagen und dachte, sie wäre tot, aber ich brachte es nicht fertig, mich zu vergewissern. Sie ist in einem Boot geflohen, und ich ging fest davon aus, dass sie ertrunken war, bis sie neulich im Bauchraum mit dem Messer auf mich losgestürmt kam.«

»Und Tom …«, sagte Katherine. »Sie hat ihm ihren Namen gesagt, und deswegen musstest du ihn auch töten, damit er den Historikern nichts von ihr erzählt und die Wahrheit ans Licht kommt.«

Valentine sah sie hilflos an. »Begreif doch, Kate. Wenn die Leute erfahren würden, wer sie ist und was ich getan habe, könnte nicht einmal Crome mich schützen. Es wäre aus mit mir, und du würdest ebenfalls verstoßen werden.«

»Aber Crome weiß es, oder?«, fragte Katherine. »Deshalb bist du ihm so treu ergeben. Treu wie ein Hund, solange du nur dein Geld bekommst und so tun darfst, als sei deine Tochter eine echte High Londoner Lady.«

Der Regen prasselte an die Fensterläden, und die Wände rüttelten, während London sich durch den Schneematsch quälte. Hund hatte den Kopf auf die Vorderpfoten gelegt, und sein Blick wanderte zwischen seinem Frauchen und Valentine hin und her. Er hatte sie noch nie streiten sehen, und es behagte ihm gar nicht.

»Ich habe immer zu dir aufgeschaut«, sagte Katherine. »Ich habe dich immer für den besten, tapfersten, klügsten Menschen der Welt gehalten. Aber du bist nichts davon. Du bist nicht einmal besonders schlau, stimmt's? War dir denn nicht klar, wozu Crome das Ding benutzen würde?«

Valentine sah sie scharf an. »Doch, natürlich! In dieser Welt gilt nun mal das Recht der stärkeren Stadt, Kate. Es ist bedauerlich, dass Panzerstadt Bayreuth zerstört werden musste, aber wenn London überleben will, *muss* es den Schildwall durchbrechen. Wir brauchen neue Jagdgründe.«

»Aber dort leben Menschen!«, klagte Katherine.

»Es sind nur Antitraktionisten, Kate, und die Mehrheit wird sich wahrscheinlich schon in Sicherheit gebracht haben.«

»Sie werden uns aufhalten. Sie haben Luftschiffe …«

»Nein. Nicht mehr.« Trotz allem konnte Valentine sich ein stolzes Lächeln nicht verkneifen. »Warum, glaubst du, hat Crome mich nach Osten geschickt? Die Nördliche Luftflotte der Liga ist abgebrannt. Heute Abend wird uns MEDUSA eine Bresche durch den berüchtigten Wall schlagen.« Er stand auf und streckte lächelnd die Hand nach ihr aus, als würde dieser Sieg all seine Verbrechen wiedergutmachen. »Um 21 Uhr wird es so weit sein, hat Crome mir eben gesagt. Davor soll es einen Empfang im Gildenhaus geben, um den Anbruch einer neuen Zeit zu feiern. Mit Wein und Häppchen. Würdest du mit mir hingehen, Kate? Das wäre schön …«

Ihre letzte Hoffnung war gewesen, dass er von Cromes wahnsinnigem Plan nichts gewusst hatte. Nun war auch die zunichte. »Du Irrer!«, schrie sie. »Siehst du denn nicht, dass es *falsch* ist, was er tut? Du musst ihn aufhalten! Du musst seine grässliche Maschine außer Gefecht setzen!«

»Aber dann würde London doch wehrlos mitten in den Jagdgründen zurückbleiben«, protestierte ihr Vater mit matter, flehender Stimme.

»Na und? Dann müssen wir eben weitermachen wie immer, jagen und fressen, und wenn wir auf eine größere Stadt treffen und selbst gefressen werden, dann … dann wäre das immer noch besser, als eine Mörderstadt zu sein!«

Sie konnte es keine Sekunde länger ertragen, mit ihm im selben Raum zu sein. Sie rannte los, und er versuchte nicht, sie aufzuhalten, rief ihr nicht einmal nach, sondern blieb nur bleich und entgeistert stehen. Sie stürmte aus dem Haus und rannte schluchzend im strömenden Regen durch den Park, gefolgt von Hund, bis ganz High London zwischen ihr und

Vater lag. *Ich muss etwas tun*, war alles, was sie denken konnte. *Ich muss MEDUSA stoppen …*

Sie rannte zur Aufzugstation, an Mattscheiben vorüber, die die gute Nachricht von Valentines Rückkehr in die gesamte Stadt hinausplärrten.

31

DER HEIMLICHE LAUSCHER

London nahm Fahrt auf und raste auf das Gebirge zu. Halbsesshafte Siedlungen, die sich seit Jahren auf der Hochebene versteckt hielten, wurden aus ihrem Dämmerschlaf aufgeschreckt und rumpelten davon. Zurück blieben grüne Ackerflächen und einmal sogar ein ganzer Vorort, aber die Stadt ließ das alles links liegen. Inzwischen wusste ganz London über den Plan des Oberbürgermeisters Bescheid. Trotz der Kälte versammelten sich die Menschen auf den vorderen Aussichtsterrassen und spähten durch Fernrohre in Richtung Shan Guo, begierig darauf, den legendären Schildwall endlich mit eigenen Augen zu sehen.

»Bald!«, versicherten sie einander.

»Noch heute Abend!«

»Ganz neue Jagdgründe!«

Die meisten Mitarbeiter des Museums hatten sich mittlerweile an Katherine und Hund gewöhnt, und so schenkte ihr niemand Beachtung, als sie mit dem weißen Wolf im Schlepptau durch die unteren Ausstellungssäle hastete. Einige wenige bemerkten ihre verzweifelte Miene und die Tränen auf ihrem Gesicht, doch ehe sie fragen konnten, was los sei, oder ein Taschentuch hervorgeholt hatten, war sie schon an ihnen vorbei. Halb laufend, halb rennend hetzte sie zu Mr Nancarrows Büro.

Dort empfingen sie der Geruch von Terpentin und das schwache Aroma des Pfeifentabaks, den der Kunsthistoriker rauchte, aber kein Nancarrow und kein Bevis Pod. Sie rannte zurück auf den Flur, wo ein dicker Gehilfe dritter Klasse den Boden wischte. »Mr Nancarrow ist im Lager, Miss«, sagte er schmollend. »Er hat diesen komischen Neuen mitgenommen.«

Als Katherine hereinplatzte, half der komische Neue Mr Nancarrow gerade dabei, ein Gemälde aus den Lagerregalen zu holen. Es war ein riesiges, goldgerahmtes Bild mit dem Titel *»Quirke beaufsichtigt den Wiederaufbau Londons«* von Walmart Strange, und als Bevis das Endc fallen ließ, das er halten sollte, krachte es so laut, dass es in dem staubigen Lagerraum wie eine kleine Explosion klang. »Also wirklich, Pod!«, begann Mr Nancarrow zu schimpfen, aber dann sah auch er Katherines Gesicht und beruhigte sich schnell. »Mir scheint, Sie könnten eine schöne Tasse Tee gebrauchen, Miss Valentine«, murmelte er und verschwand in dem Labyrinth aus Regalen.

»Kate?« Bevis Pod machte ein paar unsichere Schritte auf sie zu. »Was ist los?« Er war es nicht gewohnt, andere zu trösten; zu so etwas wurden Ingenieursgehilfen nicht ausgebildet. Er streckte steif die Arme aus, um sie an den Schultern zu berühren, und war verblüfft, als sie sich ihm an die Brust warf.

»Bevis«, schniefte sie, »jetzt liegt es an uns. Wir müssen etwas tun. Heute Abend.«

»Heute Abend?« Stirnrunzelnd versuchte er, ihren schnellen, zwischen Schluchzern hervorgestoßenen Erklärungen zu folgen. »Du meinst, wir beide ganz allein? Ich dachte, dein Vater würde uns helfen?«

»Er ist nicht mehr mein Vater«, sagte Katherine bitter und merkte im selben Moment, dass das stimmte. Sie klammerte sich an Bevis, so fest sie konnte, als wäre er ein Floß, das sie sicher über diesen Sumpf aus Schmerz und Schuldgefühlen hinwegtragen könnte. »Vater ist Cromes Handlanger. Deswegen muss ich MEDUSA außer Gefecht setzen, verstehst du? Ich muss wiedergutmachen, was er getan hat …«

Nancarrow wieselte mit zwei Zinnbechern Tee herbei. »Ähm! Oh! Ah!«, brummte er peinlich berührt, als er seine jungen Freunde eng umschlungen vor sich sah. »Ich meine … ja. Papierkram, Papierkram. Muss mich sputen. Bin in ein, zwei Stunden wieder da. Machen Sie solange weiter, Pod …«

Im Hinausgehen wäre er fast über den dicken Gehilfen dritter Klasse gestolpert, der genau vor der Tür zum Lagerraum den Boden wischte. »Bei Quirke, Melliphant!«, schnauzte er ihn an. »Müssen Sie immer im Weg herumstehen?«

Ja, Herbert Melliphant musste im Weg herumstehen. Seit seiner Degradierung suchte er händeringend nach einer Gelegenheit, sich wieder zurück in die erste Klasse zu schleimen. Vor ein paar Tagen war ihm dieser Pod ins Auge gefallen: ein Fremder, der mit den alten Gildengenossen auf Du und Du zu stehen schien; der irgendwie mit der Tochter des Obersten Historikers verbandelt war; der sich wie ein Gehilfe kleidete, aber nicht bei den anderen im Schlafsaal schlief oder an ihrem Unterricht teilnahm. Auf den Mattscheiben hatte er gehört, dass die Ingenieursgilde immer noch nach den Eindringlingen suchte, die sich in ihre geheime Versammlung geschlichen hatten, und allmählich hegte er den Verdacht, dass Dr. Vambrace höchst interessiert an Nancarrows kleinem Helfer wäre. Sobald der alte Mann außer Sichtweite war, stellte er Mopp und Eimer beiseite und trat zurück an die Tür.

»… die Antitraktionistenliga kann sich nicht selbst verteidigen«, sagte Katherine gerade. »Deswegen war Vater nämlich so lange weg: Er hat ihre Städte ausspioniert und ihre Luftflotte in Brand gesetzt. Also sind wir jetzt auf uns gestellt.«

»Was ist mit den Historikern?«, fragte Bevis.

Katherine zuckte mit den Schultern. »Die haben zu viel Angst, um uns zu helfen. Aber ich kann es allein schaffen, das weiß ich. Vater hat mich zum Empfang des Oberbürgermeisters eingeladen. Ich werde hingehen. Ich gehe Vater suchen und sage ihm, dass ich ihm verziehen habe, und dann gehen wir zusammen wie eine glückliche kleine Familie auf Cromes Party, aber während alle anderen Crome Honig ums Maul schmieren und Würstchen am Spieß essen, stehle ich mich davon, finde MEDUSA und zerstöre sie. Glaubst du, ein Hammer würde reichen? Ich weiß, wo Dr. Arkengarth die Schlüssel zur Hausmeisterwerkstatt hat. Da muss es doch einen Hammer geben. Oder ein Brecheisen. Wäre ein Brecheisen besser?«

Sie lachte und sah Bevis bei dem übergeschnappten, spröden Geräusch zusammenzucken. Im ersten Moment fürchtete sie, er würde etwas wie »Beruhig dich« sagen oder »Das kann unmöglich funktionieren«. Sie berührte sein Gesicht, seine rotglühenden Ohren, und spürte den Puls in seiner Halsschlagader und die Kontraktion der Muskeln, als er schluckte.

»Eine Bombe«, sagte er.

»Was?«

»MEDUSA muss riesig sein – wahrscheinlich füllt sie die halbe Kathedrale aus. Wenn du sie wirklich zerstören willst, brauchst du Sprengstoff.« Er sah sie bang und aufgeregt an. »Das Reinigungsmittel, das die Hausmeister des Museums benutzen, enthält Stickstoff, und wenn ich das mit Dr. Nancarrows Tinkturen zur Gemälderestaurierung vermenge und einen Zeitzünder baue …«

»Woher weißt du denn so was?«, fragte Katherine schockiert. Auf Bomben wäre sie nie im Leben gekommen.

»Es ist nur Chemie«, sagte Bevis achselzuckend. »Ich hatte mal einen Kurs.«

»Ist das alles, was ihr im Kopf habt?«, flüsterte sie. »Bomben bauen und Dinge in die Luft jagen?«

»Nein, nein!«, antwortete er. »Aber so ist das mit den Naturwissenschaften. Man kann sie für alles einsetzen, was man will. Kate, wenn du das wirklich tun willst, bastele ich dir eine Bombe, die in eine Umhängetasche passt. Wenn du zur MEDUSA vordringen kannst, legst du sie in die Nähe des Computerhirns, aktivierst den Zeitzünder und rennst weg. Eine halbe Stunde später …«

Draußen klebte Melliphants Ohr wie eine bleiche Nacktschnecke an der Tür.

Schneller und schneller und schneller. Es ist, als hätte der Eifer des Oberbürgermeisters auf die Stadt selbst übergegriffen. So begierig wie sein Herz schlagen die Kolben in den Maschinenräumen, so unablässig wie seine Gedanken rattern die Rollen und Ketten dem Wall und dem nächsten Kapitel in Londons ruhmreicher Geschichte entgegen.

Den ganzen Nachmittag hat Valentine im Park nach Katherine gesucht und seine Freunde zu Tode erschreckt, als er auf einmal – ein tropfnasses Gespenst in blutbefleckten Kleidern – vor den Terrassentüren ihrer Speisezimmer stand und stöhnte: *»Ist meine Tochter bei euch? Habt ihr sie gesehen?«* Jetzt geht er rastlos im Salon von Clio House auf und ab; seine Stiefel hinterlassen nasse Spuren auf dem verdreckten Teppich, während er die klamme Kälte des Parks aus seinen Knochen und die Angst aus seinem Gemüt zu vertreiben sucht.

Endlich hört er Schritte über die Kiesauffahrt knirschen, Schritte durch die Eingangshalle trampeln, und Pewsey platzt herein, ebenso durchnässt und trübsinnig wie sein Dienstherr. »Ich hab sie gefunden, Chef! Sie ist im Museum. Der alte Creaber an der Rezeption sagt, dass sie da neuerdings viel Zeit verbringt …«

»Fahr mich sofort hin!«, bellt Valentine.

»Sind Sie sicher, Chef?« Pewsey schaut lieber auf seine Füße als in das fiebrige, verweinte Gesicht seines Herrn. »Ich glaube, es wär besser, wenn Sie sie eine Weile allein lassen. Im Museum kann ihr ja nix passieren, und ich schätze, sie muss erst mal in Ruhe über alles nachdenken. Die kommt schon wieder, wenn sie so weit ist.«

Valentine lässt sich auf einen Stuhl fallen, und der alte Aeronaut tappt auf leisen Sohlen durch den Raum und zündet die Lampen an. Draußen dämmert es schon. »Ich habe Ihr Schwert poliert und Ihre besten Roben im Ankleidezimmer bereitgelegt«, sagt Pewsey behutsam. »Gleich ist doch der Empfang des Oberbürgermeisters, Sir. Den dürfen Sie nicht verpassen.«

Valentine nickt und starrt auf seine Hände, seine langen

Finger. »Warum habe ich bei seinen Machenschaften immer mitgespielt, all die Jahre, Pewsey? Warum habe ich ihm MEDUSA gegeben?«

»Das könnte ich so direkt jetzt nicht sagen, Sir …«

Valentine steht seufzend auf und begibt sich ins Ankleidezimmer. Er wünschte, er hätte Kates Urteilsschärfe. Wie leicht es ihr doch fällt, Richtig und Falsch zu unterscheiden! Er wünschte, er hätte den Mut, sich Crome entgegenzustellen, wie sie es von ihm verlangt. Doch dafür ist es zu spät, zu spät, zu spät.

Crome selbst blickt von seinem Abendessen auf (einem Püree aus Gemüse und Fleischersatz, mit genau der richtigen Menge an Proteinen, Kohlehydraten, Vitaminen und so weiter), mustert den zitternden Historikergehilfen, den Vambrace soeben in sein Büro geschoben hat, und sagt: »Soso, Gehilfe Melliphant, ich höre, Sie haben uns etwas mitzuteilen?«

32

CHUDLEIGH POMEROY ÜBERNIMMT DAS KOMMANDO

Sie stellte fest, dass sie trotz allem Kraft hatte. Vorhin hatte sie sich in einer Ecke zusammenrollen und vor Kummer sterben wollen, aber jetzt ging es wieder. Kate wusste noch, wie sie sich gefühlt hatte, als ihre Mutter starb; völlig betäubt von dem schweren Schlag und vage erstaunt, dass das Leben weiter seinen Lauf nahm. Und diesmal hatte sie wenigstens Hund an ihrer Seite, und Bevis.

»Kate, ich brauche noch eine Schraube, genau so eine, nur länger …«

Sie hatte sich angewöhnt, in Bevis Pod einen lieben, unbeholfenen Kerl zu sehen, der nichts Brauchbares gelernt hatte und um den sie sich kümmern musste, und insgeheim vermutete sie, dass die Historiker ebenso dachten. Aber an diesem Nachmittag ging ihr auf, dass er in Wirklichkeit viel klüger war als sie. Sie sah dabei zu, wie er in einer Ecke der Verkehrsausstellung im Schein einer tragbaren Argonkugel hockte und die richtigen Mengen Reinigungspulver und Restaurationstinktur abmaß. Jetzt baute er aus Kupferdraht und Teilen des Armaturenbretts einer jahrhundertealten Schabe einen so kleinen Zeitzünder, dass er in die Tasche passte, die sie für ihn aufgetrieben hatte.

»Eine Schraube, Kate?«

»Ach ja …« Rasch durchwühlte sie den Haufen von Ersatzteilen auf dem Boden neben ihm und fand, was er suchte. Reichte es ihm. Sah nach, wie spät es war. Acht Uhr. Bald würde sie ins Clio House zurückfahren, ein Lächeln aufsetzen und zu Vater sagen müssen: »Entschuldige, dass ich vorhin so dumm war – kann ich es wiedergutmachen und dich auf die Party des Oberbürgermeisters begleiten?«

»So«, sagte Bevis und hob die Tasche hoch. »Fertig.«

»Das sieht aber nicht wie eine Bombe aus.«

»Soll es ja auch nicht! Schau.« Er öffnete die Tasche und zeigte ihr das Päckchen, den roten Knopf, den sie drücken musste, um die Bombe scharf zu machen, und den mechanischen Zeitzünder. »Allzu viel Sprengkraft hat sie nicht«, gab er zu, »aber wenn du sie nah genug an das Computerhirn legen kannst …«

»Das kriege ich schon hin«, versprach sie und nahm ihm die Tasche ab. »Ich bin Valentines Tochter. Wenn jemand in die Nähe der MEDUSA gelangen kann, dann ich.« Er wirkte betrübt, fand sie. Vielleicht dachte er an all diese großartige Rechenleistung aus der alten Welt, den Traum jedes Ingenieurs, die nun geopfert werden würde. »Ich muss es tun«, sagte sie.

»Ich weiß. Ich wünschte nur, ich könnte mitkommen.«

Sie umarmte ihn, presste ihr Gesicht an seines, ihren Mund auf seinen, und spürte ihn schaudern, als er nervös die Hände hob und immer wieder über ihr Haar streichelte. Hund knurrte leise, vielleicht aus Eifersucht, aus Sorge, dass er Katherines Liebe verlieren und bald vergessen werden könnte, wie die armen alten Plüschspielzeuge auf den Regalen in ihrem Zimmer. »Ach, Bevis«, flüsterte sie, als sie sich zitternd von ihm löste. »Was wird aus uns werden?«

Da hallte Geschrei aus den unteren Stockwerken zu ihnen herauf. Es war zu weit weg, um zu verstehen, was im Treppenhaus gerufen wurde, aber sie wussten beide sofort, dass etwas nicht stimmte. Im Museum wurde nie geschrien.

Hund knurrte lauter. Er rannte zur Tür, und sie folgten ihm leise auf den düsteren Treppenabsatz hinaus. Ein kühler Luftzug schlug ihnen entgegen, als sie über das Geländer in die Tiefe spähten. Unter ihnen verschwand die lange Wendeltreppe mit den bronzen schimmernden Handläufen in der Dunkelheit. Noch mehr Rufe, dann schepperte und krachte es, als wäre etwas zu Boden gefallen. Über einen der unteren Treppenabsätze stocherten Taschenlampenstrahlen, und jetzt erkannten sie die Stimme klar und deutlich: Es war Chudleigh Pomeroy, der polterte: »Das ist ein Skandal! Ein Skandal! Sie betreten unbefugt den Grund und Boden der Historikergilde!«

Einige Sicherheitsleute der Ingenieure kamen auf den weichen Sohlen ihrer Gummistiefel die Treppe heraufgetrappelt. Der Schein der Taschenlampen zuckte über ihre Mäntel und die glänzenden, technisch ausgefeilten Waffen. Oben angelangt hielten sie inne, als sie Hunds Augen blitzen sahen. Er legte die Ohren an, knurrte unentwegt und duckte sich zum Sprung. Gewehrläufe richteten sich auf ihn, und Katherine packte ihn am Halsband und rief: »Er tut Ihnen nichts, er hat nur Angst. Nicht schießen!«

Aber sie schossen trotzdem. Die Gewehre ratterten los, und die Wucht der Kugeln riss Hund von ihr fort und schleuderte ihn gegen die Wand. Ein letztes Aufjaulen, und dann nichts mehr. Der große Körper rutschte lautlos zu Boden. Im tanzenden Lichtschein sah das Blut schwarz aus. Katherine schnappte nach Luft. Ihre Arme und Beine wurden von einem heftigen Zittern erfasst, gegen das sie vollkommen machtlos war. Selbst wenn sie gewollt hätte, hätte sie sich nicht rühren können, aber zur Sicherheit bellte eine barsche Stimme: »Bleiben Sie, wo Sie sind, Miss Valentine.«

»Hund …«, brachte sie wimmernd hervor.

»Bleiben Sie, wo Sie sind. Der Köter ist tot.«

Durch die dünnen Rauchschwaden kam Dr. Vambrace die Treppe herauf. »Sie auch, Pod«, fügte er hinzu, als er den Arm des Jungen in Richtung des Kadavers zucken sah. Er blieb auf der obersten Stufe stehen und lächelte die beiden an. »Wir haben Sie überall gesucht, Gehilfe. Ich hoffe, Sie schämen sich. Und jetzt her mit der Tasche.«

Bevis hielt sie ihm hin, und der hochgewachsene Ingenieur schnappte sie sich und schaute hinein. »Genau wie Melliphant gesagt hat: eine Bombe.«

Als er sich abwandte, traten zwei seiner Männer vor und packten die Gefangenen. »Nein!«, heulte Katherine und versuchte krampfhaft, Bevis' Hand festzuhalten, während sie die Treppe hinuntergeschleift wurden. »Nein!« Ihre Stimme sprang schrill von der Decke zu ihr zurück und hallte durch das Treppenhaus. Katherine kam sich zerbrechlich und hilflos vor, wie ein Kind bei einem Trotzanfall, ein Kind, das bei einem dummen, gemeinen Streich erwischt worden war und sich gegen seine Bestrafung wehrte. Sie trat dem Ingenieur, der sie festhielt, ans Schienbein, aber er war ein Schrank von einem Mann und trug hohe Stiefel, und so zuckte er mit keiner Wimper. »Wohin bringen Sie uns?«

»Sie kommen mit mir aufs Oberdeck, Miss Valentine«, sagte Vambrace. »Sie werden auf der kleinen Feier des Oberbürgermeisters sicher für Gesprächsstoff sorgen. Was Ihren Liebsten hier angeht, der kommt in den Unterbauch.«

Er grinste, als Bevis ein Geräusch von sich gab, einen hilflosen, vergeblich unterdrückten Angstkiekser. »O ja, Gehilfe Pod, im Unterbauch erwarten Sie einige hochinteressante Experimente.«

»Es war nicht seine Schuld!«, protestierte Katherine. Sie spürte, wie alles ihr entglitt. Ihr törichter Plan war nach hinten losgegangen und hatte nicht nur sie, sondern auch Bevis und den armen Hund in den Abgrund gerissen. »Ich habe ihn gezwungen, mir zu helfen!«, kreischte sie. »Bevis hat damit nichts zu tun!« Doch Vambrace war schon weitergegangen, und ihr Bewacher presste ihr eine nach Chemie schmeckende Hand auf den Mund, um ihren Protest abzuwürgen.

Valentines Schabe hält vor dem Gildenhaus, wo die meisten anderen Gildenoberen bereits ihre Fahrzeuge geparkt haben. Gench steigt aus, öffnet die Haube für seinen Herrn und zupft an ihm herum wie eine Mutter, die ihr Kind vor der Schule verabschiedet: streicht ihm das Haar aus dem Gesicht, rückt den Kragen seiner besten schwarzen Robe zurecht, poliert noch einmal den Schwertgriff.

Geistesabwesend sieht Valentine in den Himmel hinauf. Hohe, von der rasch sinkenden Sonne beschienene Federwolken. Der Wind weht immer noch aus Osten und trägt den Geruch von Schnee heran, der Valentines Gedanken kurz von Katherine losreißt und nach Shan Guo schweifen lässt. *Hester Shaw wird dich finden*, hatte die Windblume im Sterben geflüstert. Aber wie konnte sie von Hester wissen? Sie konnte das Mädchen nicht gekannt haben, oder? Oder doch? Ist Hester noch am Leben? Hat sie sich irgendwie nach Batmunkh Gompa durchgeschlagen? Und wartet sie jetzt dort im Gebirge auf London, um zurück an Bord zu klettern und wieder zu versuchen, ihn umzubringen – oder schlimmer noch, seiner Tochter weh zu tun?

Er schiebt Genchs große Hände weg und sagt: »Wenn es euch nichts ausmacht, die Party zu verpassen, Jungs, wäre es vielleicht nicht schlecht, heute Abend noch eine kleine Runde mit der *13th Floor Elevator* zu drehen. Nur für den Fall, dass diese armen lebensmüden Narren von der Liga auf dumme Ideen kommen.«

»Recht haben Sie, Chef!« Die beiden alten Luftschiffer haben sich nicht sonderlich auf den Empfang gefreut – den ganzen Abend nur Kanapees und hochgestochenes Gerede. Nichts könnte sie munterer machen als die Aussicht auf einen ordentlichen Kampf. Gench zwängt sich zu Pewsey in die Schabe und rast so unvermittelt los, dass Ingenieure und Beefeater erschrocken aus dem Weg springen. Valentine rückt seinen Schlips gerade und geht mit schnellen Schritten die Treppe zum Gildenhaus hinauf.

Die Ingenieure führten ihre Gefangenen durch die unteren Ausstellungssäle des Museums in die Haupthalle. Weit und breit war niemand zu sehen. So leer hatte Katherine das Museum noch nie erlebt. Wo waren die Historiker? Sie wusste, dass sie ihr nicht helfen konnten, aber sie wollte die Gewissheit haben, dass jemand mitbekam, was mit ihr geschah. Immer wieder lauschte sie auf das Tappen von Pfoten hinter sich und war jedes Mal kurz überrascht, dass sie Hund nicht hörte. Bevis marschierte neben ihr, starrte aber stumm geradeaus, als sähe er die Kammern des Unterbauchs und die Dinge, die ihm dort widerfahren würden, schon vor sich.

Am oberen Ende der Treppe, die zum Haupteingang hinunterführte, blieben die Ingenieure plötzlich stehen.

Unten in der Eingangshalle, mit dem Rücken zu den großen Glastüren, warteten die Historiker. Während Vambraces Männer im obersten Stock zugange gewesen waren, hatten sie die Vitrinen in der Abteilung für Kriegstechnik geplündert und sich mit antiken Musketen und Piken, rostigen Schwertern und Pickelhauben bewaffnet. Manche hatten Brustharnische über ihre schwarzen Roben gegurtet, andere trugen Schilde. Sie sahen aus wie ein Räuberchor in einem Laienspiel.

»Was hat das zu bedeuten?«, bellte Dr. Vambrace.

Chudleigh Pomeroy trat vor, in den Händen eine Espignole, deren Messingtrichter so breit war wie das Rohr einer Tuba. Erst jetzt bemerkte Katherine, dass weitere Historiker in den Schatten der Nischen rings um die Haupthalle lauerten, hinter Vitrinen hervorlugten oder dampfbetriebene Gewehre durch die Rippen eines Dinosaurierskeletts schoben.

»Meine Herren«, sagte Pomeroy nervös, »Sie befinden sich in einem Gebäude der Historikergilde. Dürfte ich Sie bitten, diese jungen Leute unverzüglich freizugeben.«

»Unverzüglich!«, bestätigte Dr. Karuna und richtete ihre verstaubte Muskete auf das rote Rad zwischen Vambraces Augenbrauen.

Der Ingenieur begann zu lachen. »Ihr alten Narren! Glaubt ihr etwa, ihr könntet uns aufhalten? Nach dem, was ihr euch heute herausgenommen habt, wird eure Gilde aufgelöst werden. Euer alberner Nippes wird in unseren Öfen verheizt, und eure Körper brechen wir in den Mühlen des Schmerzes im Unterbauch. Wir sorgen dafür, dass ihr bald

Geschichte seid, wo euch die Geschichte doch so am Herzen liegt! Wir sind die Ingenieursgilde! Wir sind die Zukunft!«

Einen Herzschlag lang ist es totenstill, bis auf den Nachhall von Vambraces Stimme in der muffigen Luft, das leise Geräusch von Gewehren, die in Anschlag gebracht werden, und arthritischen Fingern an uralten Abzügen. Dann verschwindet die Eingangshalle unter Rauch und zischenden Feuerschweifen, und unter der hohen Kuppel verstärkt sich das Gedonner hundertfach, ein scharfes Prasseln, zerrissen von dem gewaltigen Knall aus Pomeroys Büchse und dem pfeifenden Dröhnen einer hinter dem Kartenbüro versteckten alten Kanone, die einen mächtigen Flammenstrahl abfeuert, als Dr. Nancarrow sein Feuerzeug an das Zündloch hält. Katherine sieht, wie Vambrace und die zwei Männer neben ihm zur Seite geschleudert werden, wie Dr. Arkengarth mit rudernden Armen nach hinten umkippt, sie fühlt ihren Wächter zucken und taumeln, als eine Musketenkugel dumpf auf seinen Gummimantel klatscht und ihn durchbohrt.

Der Mann stürzt zur Seite, und sie fällt auf die Knie und schaut sich nach einer Deckung um. Von Vambrace sind nur die rauchenden Stiefel übrig geblieben, wie in einem Cartoon, was fast zum Lachen wäre, wenn seine Füße nicht noch darin steckten. Die Hälfte seines Trupps hat es erwischt, aber die verbliebenen Männer scharen sich zusammen, und sie sind besser bewaffnet als die Historiker. Sie durchsieben die Eingangshalle mit Munition, dass der Marmorboden Funken schlägt und Dinosaurierknochensplitter durch die Luft stieben. Vitrinen zerspringen in schillerndem Scherbenregen, und die dahinter kauernden Historiker krabbeln schnell zu anderen Verstecken oder fallen zwischen die zerfetzten Artefakte und rühren sich nicht mehr. Über ihnen flackern und bersten die Argonkugeln, bis die Halle vollkommen dunkel ist und im Stroboskop-Flackern des Gewehrfeuers wie ein alter Film ruckelt, während die Ingenieure auf die Türen vorrücken.

Hinter ihnen greift Bevis Pod, von niemandem beachtet, nach einem weggeworfenen Gewehr, legt an und tastet mit seinen langen Fingern über das glänzende Metall nach Sicherungen und Abzug. Katherine beobachtet ihn. Ringsumher heulen Schüsse, wirbeln Marmorsplitter, fliegen Kampf-Wurfscheiben durch die Luft, aber sie kann weder ihren Blick noch ihre Gedanken lange genug von Bevis losreißen, um in Deckung zu gehen. Sie sieht, wie er die Waffe entsichert und abdrückt, und sie sieht die kleinen blauen Löcher, die sie von hinten in die Ingenieursmäntel schlägt. Die Männer reißen die Arme hoch, lassen ihre Waffen fallen, torkeln und gehen zu Boden, und Bevis Pod mustert sie mit ruhiger, ernster Miene durch das Visier, nicht länger Katherines sanfter Bevis, sondern jemand, der kaltblütig töten kann, als hätte der Ingenieur in ihm keine Achtung vor dem menschlichen Leben oder wäre im Unterbauch einfach schon so oft mit dem Tod konfrontiert gewesen, dass er ihn nicht weiter schlimm findet und ungerührt austeilt.

Und als er aufhört zu schießen, ist es sehr still, bis auf das Gummi-Lispeln der zuckenden Leiber und ein schnelles knöchernes Rattern, das Katherine langsam als ihr eigenes Zähneklappern erkennt.

Aus den Nischen der Halle kamen die Historiker hervorgekrochen. Sie waren zahlreicher, als Katherine befürchtet hatte. Im Flackern des Gefechts hatte sie den Eindruck gehabt, dass alle umgemäht worden waren, aber obwohl es etliche Verletzte gab, waren nur zwei von ihnen tot: ein Mann namens Weymouth, mit dem sie noch nie gesprochen hatte, und Dr. Arkengarth. Der alte Direktor der Keramikabteilung lag in der Nähe der Tür und schaute entrüstet drein, als wäre der Tod eine alberne Modeerscheinung, der er nichts abgewinnen konnte.

Bevis Pod kniete am Boden und starrte auf das Gewehr in seinen zitternden Händen. Blauer Rauch ringelte sich aus der Mündung der Waffe und trieb in Spiralen zur Decke hinauf.

Pomeroy kam die Treppe heraufgestapft. Sein Toupet war ihm vom Kopf geflogen, und ein umherfliegender Knochensplitter hatte ihn am Arm verletzt. »Schauen Sie sich das an!«, rief er. »Ich bin wohl der erste Mensch seit Jahrmillionen, der von einem Dinosaurier verwundet worden ist!« Er zwinkerte Katherine, Bevis und den gefallenen Ingenieuren zu. Sie lachten nicht über seinen kleinen Scherz. »Na!«, sagte er. »So was aber auch! Meine Güte! Denen haben wir's gezeigt! Als ich den anderen gesagt habe, was da los ist, waren wir uns alle einig, dass das nun wirklich zu weit geht. Na ja, die meisten von uns. Der Rest ist in der Kantine eingesperrt, zusammen mit allen Gehilfen, bei denen wir nicht sicher sein konnten, ob sie zu Cromes Männern halten. Sie hätten uns sehen sollen, Kate! ›Wir werden nicht zulassen, dass sie Miss Valentine mitnehmen‹, haben wir alle gesagt, und wir haben es nicht zugelassen. Da sieht man's mal wieder. Wenn einen Historiker erst mal die Wut packt, kann so ein dahergelaufener Ingenieur ihm gar nichts!«

»Oder eine Historiker*in*, CP!«, zwitscherte Moira Plym, als sie die Treppe hocheilte und sich neben ihn stellte. »Oh, das kommt davon, wenn man meine Möbel anfasst! Das wird ihnen eine Lehre sein, diesen …« Da klappte das Visier des Helms zu, den sie trug, und schnitt den Rest ab.

Katherine sah ihre Tasche in dem Dreck und Blut auf der Treppe liegen. Abgesehen von einigen unschönen Flecken schien sie unversehrt zu sein. »Ich muss auf das Oberdeck. MEDUSA stoppen. Das ist die einzige Möglichkeit. Ich gehe zur Aufzugstation und …«

»Nein!« Clytie Potts sprang die Stufen von der Eingangshalle herauf. »Zwei Ingenieure, die vor den Türen postiert waren, sind entkommen«, sagte sie. »Sie werden sicher schon Alarm geschlagen haben. Die Aufzüge sind bewacht, und es kann sich nur noch um Minuten handeln, bis weitere Sicherheitsleute hier auftauchen. Und Stalker wahrscheinlich auch.« Sie fing Pomeroys besorgten Blick auf und senkte den Kopf, als sei das alles ihre Schuld. »Tut mir leid, C.P.«

»Schon gut, Miss Potts.« Pomeroy klopfte ihr freundlich auf die Schulter, was sie beinahe umwarf. »Keine Sorge, Katherine. Wir halten diese verdammten Burschen hier auf, und Sie können den Klammen Steig nehmen.«

»Den was?«, fragte Katherine.

»Eins dieser in Vergessenheit geratenen Dinge, von denen nur wir Historiker wissen«, sagte Pomeroy strahlend. »Eine alte Treppe, ein Überbleibsel aus Londons Frühzeit, als man sich auf das Aufzugsystem noch nicht so recht verlassen konnte. Sie führt von Deck drei zum Oberdeck und ist über das Museum zu erreichen. Sind Sie bereit für den Aufstieg?«

War sie nicht, aber sie nickte.

»Ich begleite sie«, sagte Bevis.

»Nein!«

»Lass gut sein, Kate. Ich will es so.« Er hatte schon begonnen, die toten Ingenieure auf einen Mantel ohne allzu viele Löcher zu untersuchen. Als er einen fand, nestelte er hektisch an den Gummiknöpfen. »Wenn die Ingenieure dich da oben allein herumlaufen sehen, wissen sie doch sofort, was passiert ist«, erklärte er. »Aber wenn ich dabei bin, werden sie dich für eine Gefangene halten.«

»Das stimmt, Kate«, sagte Pomeroy mit einem Nicken, während Clytie Potts dem jungen Ingenieur in den Mantel half und mit dem Saum ihrer Robe das Blut abrubbelte, so gut es eben ging. Er schaute auf die Uhr. »Halb neun. Um neun wird MEDUSA abgefeuert, hieß es auf den Mattscheiben. Sie müssten also genug Zeit haben, Ihren Plan auszuführen. Aber jetzt sollten Sie sich schleunigst auf den Weg machen, bevor die Ingenieure Verstärkung schicken.«

33

WEIN, HÄPPCHEN UND DER ANBRUCH EINER NEUEN ZEIT

Die *Jenny Haniver* war voller Erinnerungen an Anna Fang: ihr Mundabdruck auf einer schmutzigen Tasse, die Liegegrube in ihrem ungemachten Bett, das halbgelesene Buch in der Pilotenkanzel, in dem ein Bändchen die Seite 205 markierte. In einem Spind fand Hester eine Truhe mit Geld; nicht nur Bronzemünzen, sondern auch silberne Taels und goldene Sovereigns, mehr Geld, als sie oder Tom in ihrem ganzen Leben gesehen hatten.

»Sie war reich!«, flüsterte sie.

Tom drehte sich auf dem Pilotensitz um und starrte das Geld an. Auf dem langen Flug von Shan Guo hatte er kein einziges Mal bereut, das Luftschiff übernommen zu haben; er hatte das Gefühl, sie borgten sich die *Jenny* nur, um Anna Fangs Mission zu Ende zu bringen. Doch nun, als er Hester Handvoll um Handvoll klingender Münzen aus der Truhe schöpfen sah, kam er sich vor wie ein Dieb.

»Tja«, sagte Hester und ließ das Schloss der Truhe zuschnappen, »da, wo sie jetzt ist, kann sie die nicht gebrauchen. Und wir wohl auch nicht, weil wir ihr bald folgen werden.« Sie schaute zu Tom auf. »Es sei denn, du hast es dir anders überlegt?«

Er schüttelte den Kopf, obwohl seine Wut verraucht

war, während er auf dem Weg nach Westen mit der Steuerung des Luftschiffs und dem wechselhaften Gebirgswetter gekämpft hatte. Allmählich wurde ihm angst und bange. Er erinnerte sich an Katherine und fragte sich, was aus ihr werden würde, wenn ihr Vater tot war. Aber Valentine sollte trotzdem für all das Elend büßen, das er angerichtet hatte. Auf der Suche nach dem Signal von Londons Ortungsbake hörte er alle Funkfrequenzen durch, und Hester wühlte unterdessen in den Schränken, bis sie fand, was sie suchte: eine schwere schwarze Pistole und ein langes, schmales Messer.

Für diesen einmaligen Anlass ist Londons großer Ratssaal mit Lichtern und Bannern geschmückt und in einen Festsaal umgewandelt worden. Die Mitglieder der höheren und niederen Gilden stehen in Grüppchen zwischen den grünen Lederbänken oder sitzen an Tischen auf dem Podium, plaudern angeregt über die neuen Jagdgründe und blicken hin und wieder auf die Uhr. Der Einsatz von MEDUSA rückt näher. Ingenieursgehilfen lavieren zwischen den Feiernden hindurch und verteilen innovative Snacks aus Aufseher Nimmos Abteilung. Die Snacks sind braun und haben einen eigentümlichen Geschmack, aber immerhin sind sie in perfekt geometrische Formen geschnitten.

Valentine zwängt sich durch die Menge, bis er Crome und seine Berater entdeckt, ein von den großen schwarzen Gestalten der Stalker-Leibwächter umringter Keil aus weißem Gummi. Er will den Oberbürgermeister fragen, was aus dem Agenten geworden ist, den er auf Hester Shaw angesetzt hat. Er pflügt auf ihn zu, rempelt gut gepolsterte

Stadträte beiseite und schnappt dabei allerlei Gesprächsfetzen auf.

»Schaut, da ist Valentine, er ist zurück aus Shan Guo!«

»Hat die komplette Luftflotte der Liga in die Luft gejagt, wie man hört!«

»Was für hübsche Häppchen!«

»Valentine!«, ruft der Oberbürgermeister, als er endlich bei ihm anlangt. »Der Mann, auf den wir alle gewartet haben!«

Er klingt beinahe vergnügt. Neben ihm stehen die Genies, die MEDUSA rekonstruiert haben: Dr. Chandra, Dr. Chubb und Dr. Wismer Splay sowie Dr. Twix, die ein affektiertes Lächeln aufsetzt und Valentine mit einem kleinen Knicks zum Erfolg seiner Exkursion nach Shan Guo gratuliert. Hinter ihr stehen die schwarzgekleideten Wächter starr wie Statuen da, und Valentine nickt in ihre Richtung. »Wie ich sehe, haben Sie Verwendung für die alten Stalker-Bauteile gefunden, die ich Ihnen gebracht habe, Crome.«

»O ja«, pflichtet ihm der Oberbürgermeister kühl lächelnd bei. »Eine ganz neue Gattung von Wiedererweckten. In der neuen Welt, die wir bald aufbauen, werden sie unsere Diener und Soldaten sein. Just in diesem Moment sind bereits welche im Museum im Einsatz.«

»Im Museum?«

»Ja.« Mit einem bohrenden Blick lauert Crome auf Valentines Reaktion. »Einige Ihrer Historiker sind Verräter, Valentine. Bewaffnete Verräter.«

»Soll das heißen, dort wird gekämpft? Aber Kate ist auch da unten! Ich muss zu ihr!«

»Unmöglich«, schnauzt der Oberbürgermeister und packt ihn am Arm, als er sich abwenden will. »Deck zwei ist abgeriegelt. Das Museum ist von Stalkern und Sicherheitsleuten umstellt. Aber machen Sie sich keine Sorgen. Sie haben die strikte Anweisung, Ihrer Tochter kein Haar zu krümmen. Man wird sie so schnell wie möglich hierherbringen. Mir liegt ganz besonders daran, dass sie MEDUSA in Aktion erlebt. Und Sie will ich auch hierhaben, Valentine. Bleiben Sie.«

Valentine starrt ihn an, umringt von den versteinerten Gesichtern der anderen Gäste, die auf einmal mucksmäuschenstill sind.

»Ich frage mich, wem Sie eigentlich die Treue halten«, sinniert Crome. »London oder Ihrer Tochter? Bleiben Sie.«

»Bleiben Sie.« Als wäre er ein Hund. Valentines Hand zuckt an seinen Schwertgriff, aber er weiß, dass er es nicht ziehen wird. Denn in Wahrheit hat er Angst, und all seine Abenteuer und Expeditionen waren lediglich der Versuch, vor dieser Wahrheit davonzulaufen: dass er ein Feigling ist.

Er verzieht sein zitterndes Gesicht zu einem Lächeln und verbeugt sich.

»Ihr ergebenster Diener, Herr Oberbürgermeister.«

In der Wand der Naturkundeabteilung befand sich eine Tür, an der Katherine wohl schon Hunderte Male vorbeigekommen war, ohne sie zu bemerken. Als Pomeroy sie aufschloss und öffnete, hörten sie das sonderbare, hohle Heulen von Wind in einem langen Schacht, in das sich das Grollen von Londons Motoren mischte. Pomeroy gab Bevis den Schlüssel und eine Taschenlampe. »Viel Glück, Mr Pod. Kate, viel Glück …«

Von irgendwo hinter ihnen kam ein gewaltiger dumpfer

Knall, der die Scheiben in den Vitrinen klappern ließ. »Sie sind da«, sagte Pomeroy. »Ich muss auf meinen Posten.«

»Kommen Sie doch mit uns!«, flehte Katherine. »In der Menschenmenge auf dem Oberdeck sind Sie bestimmt sicherer!«

»Das ist mein Museum, Miss Valentine«, erinnerte er sie, »und hier bleibe ich. Da oben wäre ich Ihnen nur im Weg.«

Sie umarmte ihn, drückte ihr Gesicht in seine Robe und sog den Geruch nach Mottenkugeln und Pfeifentabak ein. »Ihr armes Museum!«

Pomeroy zuckte mit den Schultern. »Ich glaube nicht, dass die Ingenieure uns unsere Reliquien noch sehr viel länger gelassen hätten. So ergeben wir uns wenigstens nicht kampflos.«

»Und vielleicht gewinnen Sie ja …«

»O ja.« Der alte Historiker gluckste freudlos. »In der Fußballmeisterschaft der Gilden haben wir sie regelmäßig vom Platz gefegt. Da hatten sie natürlich keine Maschinengewehre und keine Stalker zu Hilfe …« Er hob ihr Gesicht an und sah ihr tiefernst in die Augen. »Halten Sie sie auf, Katherine. Streuen Sie Sand ins Getriebe.«

»Ich bemühe mich«, versprach sie.

»Wir sehen uns bald wieder«, sagte Pomeroy fest und schulterte seine Espignole, ehe er sich abwandte. »Sie haben die Gabe Ihres Vaters, Kate: Die Leute hören auf Sie. Schauen Sie nur, wie Sie uns aufgewiegelt haben!«

»Da!«, sagte Tom.

Sie fuhren in großer Höhe durch dünne Wolkenschwaden, und weit vor ihnen tauchte London auf.

»Da!«

Es war größer, als er es in Erinnerung hatte, und viel hässlicher. Komisch – als er noch dort lebte, hatte er alles geglaubt, was die Mattscheiben über die elegante Formführung und die vollkommene Schönheit der Stadt verbreiteten. Jetzt sah er, wie hässlich sie war, nicht besser als jede andere Stadt, nur größer; eine Gewitterfront aus Rauch und rußenden Schloten, eine schwarze Welle, die auf die Berge zurollte, auf ihrem Kamm die weißen Villen High Londons, die wie ein filigranes Schiff auf ihr ritten. Es sah nicht nach einem Zuhause aus.

»Da …«, sagte er noch einmal.

»Ich sehe es«, sagte Hester neben ihm. »Auf dem Oberdeck muss irgendwas los sein. Es ist erleuchtet wie ein Jahrmarkt. Tom, Valentine ist bestimmt auch dort! Wahrscheinlich bereiten sie alles für den Einsatz von MEDUSA vor!«

Tom nickte. Bei der Erwähnung der MEDUSA bekam er ein schlechtes Gewissen. Wenn Miss Fang hier gewesen wäre, hätte sie jetzt einen Plan gehabt, wie sie die uralte Waffe unschädlich machen könnten, aber er hatte keine Ahnung, wie er das anstellen sollte. Das Ganze war zu groß, zu schrecklich, zu unfassbar, um darüber nachzudenken. Er konzentrierte sich lieber darauf, was ihm und Hester wichtig war, und überließ den Rest der Welt sich selbst.

»Er ist da unten«, flüsterte das Mädchen. »Ich kann ihn spüren.«

Tom wollte nicht zu nah heran, falls der Oberbürgermeister Späher postiert oder einen Schirm von Aufklärern ausgesandt hatte. Er zog am Steuerhebel und spürte die mächtige, langsame Bewegung, mit der das Luftschiff reagierte. Es stieg auf, und London verblasste zu einem vorwärtsrasenden

Lichtpünktchen unter der Wolkendecke, als er nach Süden abdrehte und die Stadt zu umkreisen begann.

Sie stiegen aus Dunkelheit in Dunkelheit empor. Bevis Pods Taschenlampe flackerte über eine endlose Abfolge identischer Metallstufen. Ihre großen Schatten glitten an den Wänden des Schachts in die Höhe. Sie sprachen nicht viel, aber jeder lauschte auf das gleichmäßige Atmen des anderen und war froh, nicht allein zu sein. Katherine drehte sich immer wieder um, weil sie Hund hinter sich erwartete.

»Fünfhundert Stufen«, flüsterte Bevis. Er blieb auf einem schmalen Absatz stehen und leuchtete mit der Lampe nach oben. Die Treppen schraubten sich endlos in die Höhe. »Das muss Deck eins sein. Die Hälfte ist geschafft.«

Katherine nickte, zu atemlos, um zu sprechen, und zu angespannt, um sich auszuruhen. Über ihnen musste der Empfang des Oberbürgermeisters schon in vollem Gange sein. Mit immer steiferen Knien stieg sie weiter. Jedes Luftholen war ein kalter, harter Schmerz in ihrer Kehle, und mit jedem Schritt stieß die furchtbar schwere Tasche gegen ihre Hüfte.

Durch die Fenster des Luftschiffs konnte Hester die Außenlande vorüberziehen sehen, gerade mal hundert Fuß unter ihnen, zerfurcht von den gleichen schnurgeraden Gräben, durch die sie und Tom sich in den Tagen nach ihrer ersten Begegnung vorangekämpft hatten. Und da war London, rote Heckscheinwerfer in der Dunkelheit, die sich trübten, als Tom die *Jenny* hinauf in den dichten Giftnebel der Abgase der Stadt lenkte. Er war ein guter Pilot, stellte sie fest. Wie schade es doch war, dass sein Plan nicht aufgehen würde.

Das Bordfunkgerät sprang knisternd an; die Londoner Kai- und Hafenaufsicht verlangte ihre Registriernummer.

Tom sah sie erschrocken an, aber Hester wusste, was sie zu tun hatte. Sie ging zum Funkgerät und hämmerte unregelmäßig auf die Sprechtaste, damit es sich anhörte, als wäre das Kommunikationssystem kaputt. »Luftschiff GE47 aus London«, wiederholte sie die Nummer, die sie vor Wochen aus dem Lautsprecher des Gasthauses in Airhaven gehört hatte. »Wir bringen Shrike zurück ins Ingenieurium.«

Das Funkgerät plärrte etwas, aber sie schaltete es aus. Schwarzer Smog schlug an die Fenster, und Wassertropfen kondensierten an der Scheibe und zerliefen in alle Richtungen, bis lauter zittrige Spuren das Glas überzogen.

»Ich kreise zwanzig Minuten und komme dann wieder runter, um dich abzuholen«, sagte Tom gerade. »Das sollte dir reichen, um Valentine zu finden und …«

»In zwanzig Minuten bin ich tot, Tom«, sagte sie. »Bring dich einfach in Sicherheit. Vergiss mich.«

»Ich fahre eine Runde und komme wieder …«

»Bis dahin bin ich tot.«

»Ich komme trotzdem wieder …«

»Das ist sinnlos, Tom.«

»Ich komme wieder und hole dich ab.«

Sie schaute ihn an und sah Tränen in seinen Augen schimmern. Er weinte. Er weinte um sie, weil sie sich in Gefahr begab und er sie nicht wiedersehen würde, und sie fand es seltsam, dass er sie so gernhatte. Und liebte ihn dafür zurück. Sie sagte: »Tom, ich wünschte …« und: »Tom, wenn ich …« und dergleichen Bruchstücke mehr, die in Schweigen ausliefen, weil nicht einmal sie selbst wusste, was sie eigentlich sagen wollte, außer ihn wissen zu lassen, dass er das Beste war, was ihr je passiert war.

Aus der wirbelnden Finsternis tauchte erst ein, dann ein zweites Licht auf. Sie stiegen ganz nah an Deck drei in die Höhe. Deck zwei zog vorbei, mit einer voll besetzten Aussichtsterrasse, und danach kam der mit Lampions geschmückte Circle Park in Sicht. Tom bediente die Steuerhebel, und die *Jenny* raste in voller Fahrt knapp über die Dächer von Knightsbridge hinweg und zur hinteren Kante des Oberdecks hinauf. Er warf Hester einen raschen Blick zu. Sie wollte ihn umarmen, ihn küssen, irgendetwas, aber dazu war keine Zeit mehr, und so keuchte sie nur: »Tom, lass dich nicht abknallen«, legte den Schalter für die Entriegelung der Luke um, rannte hin und sprang, als das Luftschiff einen schlingernden Bogen über den Rand des Oberdecks beschrieb.

Sie prallte hart auf die Deckplatte und überschlug sich mehrmals. Die *Jenny Haniver* sauste davon, gefolgt von den Funkenschweifen der Raketen, die ein Flugabwehrgeschütz auf dem Ingenieurium abfeuerte. Die Raketen verfehlten ihr Ziel, das Luftschiff wurde von der Dunkelheit verschluckt, und Hester war allein. Hastig verschwand sie in den Schatten.

»Ein einzelnes Luftschiff, Herr Oberbürgermeister.« Der Ingenieur mit dem muschelförmigen Funkgerät am Ohr wirkt nervös. »Es ist abgedreht, aber wir glauben, es könnte ein Enterkommando abgesetzt haben.«

»Antitraktionisten auf dem Oberdeck?« Der Oberbürgermeister nickt, als wäre das eine jener Bagatellen, mit denen er sich tagtäglich auseinandersetzen muss. »Soso. Dr. Twix, das könnte eine gute Gelegenheit sein, Ihre neuen Modelle zu testen.«

»Ausgezeichnet!«, trillert die Frau und lässt vor lauter Aufregung einen Teller mit Kanapees fallen. »Kommt mit, meine Schäfchen! Kommt mit!«

Ihre Stalker drehen sich in einer einzigen synchronen Bewegung um, formieren sich hinter ihr und marschieren durch die entzückt raunende Festgesellschaft zu den Ausgängen.

»Bringen Sie sie mir lebend!«, ruft Crome ihr nach. »Es wäre doch schade, wenn sie das große Spektakel verpassen.«

34

IDEEN FÜR EIN FEUERWERK

Tom wischte sich mit dem Handrücken über die Augen und konzentrierte sich darauf, die *Jenny* von London weg und in die Höhe zu steuern. Er hatte jetzt keine Angst mehr. Es fühlte sich gut an, endlich etwas zu tun, und er genoss es, wie die riesige, großartige Flugmaschine ihm gehorchte. Er wendete sie nach Osten, wo auf dem Gipfel des Zhan Shan das letzte Tageslicht glänzte. Zwanzig Minuten würde er kreisen. Es kam ihm vor, als wäre die Hälfte der Zeit schon um, aber als er auf das Chronometer schaute, stellte er fest, dass noch nicht einmal zwei Minuten vergangen waren, seit Hester in London abgesprungen war und …

Ein pfeilschnelles, leuchtendes Ding krachte mit solcher Wucht in die Gondel, dass Tom aus dem Sitz geschleudert wurde. Er klammerte sich an eine Strebe und musste hilflos mit ansehen, wie Papiere, Armaturen, der Schrein mit seinen Fotografien und Bändern und Miss Fangs halbgelesenes Buch durch ein gezacktes Loch in der Gondelwand gesaugt wurden und wie plumpe Vögel in den Himmel purzelten. Die großen Fenster zerbarsten, und scharf blitzende Scherben schossen durch die ganze Kanzel.

Er reckte den Hals, um durch die leeren Fenster hinauf zum Rumpf zu spähen. Er konnte keine Flammen an der Außenhaut erkennen, aber weiter oben glitt ein großer dunkler Schemen vorüber. Das Mondlicht glänzte auf einem gepanzerten Rumpf. Es war die *13th Floor Elevator*, die an der *Jenny* vorbeirauschte und über den Ausläufern der Gebirge vor Shan Guo eine träge Ehrenrunde vollführte, bevor sie wendete, um ihn endgültig zu erledigen.

Magnus Crome sieht zu, wie seine Gäste auf den Platz strömen und zu dem Lichterspektakel hinaufstarren, das der Kampf über den Wolken ihnen bietet. Er konsultiert seine Armbanduhr. »Dr. Chandra, Dr. Chubb, Dr. Splay, es wird Zeit, MEDUSA zu aktivieren. Valentine, kommen Sie mit. Sie sind doch sicher sehr gespannt darauf, zu sehen, was wir aus Ihrer Maschine gemacht haben.«

»Crome«, sagt der Forscher und verstellt ihm den Weg, »es gibt etwas, das ich Ihnen sagen muss …«

Interessiert hebt der Oberbürgermeister eine Augenbraue.

Valentine zögert. Den ganzen Abend über hat er sich eine Rede zurechtgelegt, in der er genau das sagen will, was Katherine von ihm erwartet. Jetzt, unter dem arktischen Blick des Oberbürgermeisters, gerät er ins Stocken. »Ist es das wert, Crome?«, fragt er schließlich. »Die Zerstörung des Schildwalls wird nicht reichen, um die Liga zu vernichten. Wir werden weitere Festungen vernichten müssen, Tausende Menschenleben. Sind Ihre neuen Jagdgründe das wirklich wert?«

Durch die Umstehenden läuft ein verblüfftes Raunen. Crome erwidert ruhig: »Diese Zweifel kommen Ihnen aber reichlich spät, Valentine. Sie machen sich zu viele Gedanken.

Dr. Twix kann ganze Armeen von Stalkern bauen, mehr als genug, um den Widerstand antitraktionistischer Barbaren zu ersticken.«

Er will sich an Valentine vorbeidrängen, doch der verstellt ihm wieder den Weg. »Denken Sie nach, Crome. Wie lang werden uns die neuen Jagdgründe versorgen? Eintausend Jahre? Zweitausend? Irgendwann wird nirgendwo mehr Beute übrig sein, und dann wird London sesshaft werden müssen. Vielleicht sollten wir uns dem fügen und jetzt aufhören, bevor noch mehr unschuldige Menschen sterben. Nehmen wir MEDUSA und verwenden wir sie für friedliche Zwecke …«

Crome lächelt. »Glauben Sie wirklich, dass ich so kurzsichtig bin?«, fragt er. »Die Ingenieursgilde plant weiter voraus, als Sie ahnen. London wird niemals stehen bleiben. Traktion ist Leben. Wenn wir die letzte fahrende Stadt verschlungen und die letzte statische Siedlung niedergerissen haben, werden wir beginnen zu graben. Wir werden riesige Motoren bauen, angetrieben von der Hitze des Erdkerns, und unseren Planeten aus seiner Umlaufbahn steuern. Wir werden uns Mars, Venus und die Asteroiden einverleiben. Wir werden die Sonne selbst verschlingen und dann über den Rand des Universums hinwegsegeln. In einer Million Jahren wird unsere Stadt noch immer auf Reisen sein, nicht länger auf der Jagd nach essbaren Städten, sondern nach ganz neuen Welten!«

Valentine folgt ihm zur Tür hinaus und über den Platz in Richtung St. Pauls. *Katherine hat recht*, denkt er. *Dem sind wirklich alle Sicherungen durchgebrannt! Warum habe ich ihn nicht aufgehalten, als ich die Gelegenheit dazu hatte?* Über den Wolken gleißen und knallen Raketen, und das Licht eines explodierenden Luftschiffs flackert über die Gesichter der Menschenmenge, die im Chor staunt: »Oooooooooooh!«

Und Hester Shaw kauert am Rand des Decks, während die Wiedererweckten vorüberstaksen und mit ihren grünen Augen die Mauern und Deckplatten abtasten. Die ausgefahrenen Stahlklauen der Stalker zucken.

Der Klamme Steig endete in einer kleinen runden Kammer mit feuchten Wänden, auf die Nummern schabloniert waren, vor einer rostigen Eisentür. Bevis schob den Schlüssel in das Schloss und drehte ihn mit vernehmlichem Quietschen herum. Am Türrahmen erschien ein Lichtspalt, und von draußen hörten sie ein langes, bebendes »Ooooh!«.

»Wir sind in einer Gasse am Paternoster Square«, sagte Bevis. »Warum sind die denn alle so aufgeregt?«

Katherine holte ihre Uhr hervor und hielt sie in den dünnen Lichtstrahl, der von der Tür hereinfiel. »Zehn vor neun«, sagte sie. »Sie warten auf MEDUSA.«

Er umarmte sie ein letztes Mal und flüsterte schnell und schüchtern: »Ich liebe dich!« Dann schubste er sie vor sich her durch die Tür, marschierte hinterdrein und bemühte sich, wie ein Bewacher auszusehen und nicht wie ein Freund. Er fragte sich, ob schon jemals ein Ingenieur gesagt hatte, was er gerade gesagt hatte, oder auch nur dieses Gefühl kannte, das er hatte, wenn er mit Katherine zusammen war.

Tom kroch durch das krängende Wrack der Gondel. Die Lichter waren erloschen, und das Blut, das ihm aus einer Schnittwunde an der Stirn in die Augen strömte, machte ihn fast blind. Der Schmerz von seinen gebrochenen Rippen schickte Wellen der Übelkeit und des Schwindels durch ihn hindurch, und er wollte sich am liebsten nur noch hinlegen, die Augen schließen und wegdämmern. Aber er wusste, dass er diesem Wunsch nicht nachgeben durfte. Er tastete nach dem Bedienfeld für die Raketen und betete zu allen Göttern, von denen er je gehört hatte, dass es funktionierte. Und tatsächlich, als er den rechten Schalter umlegte, fuhr ein Sichtgerät aus der Instrumententafel. Er wischte sich die Augen ab und sah das fahle, kopfüber hängende Gespenst der *13th Floor Elevator* im Fadenkreuz auftauchen und mit jeder Sekunde größer werden.

Er stemmte sich mit seinem ganzen Gewicht auf die Abschusshebel und fühlte das gesamte Deck schwanken, als die Raketen aus ihren Nestern unter der Gondel kreischten. Grelles Licht gleißte auf, als sie ihr Ziel trafen, doch nachdem er die hellen Nachbilder weggeblinzelt hatte und nach draußen spähte, war das schwarze Luftschiff immer noch da, und er erkannte, dass er dem großen gepanzerten Rumpf höchstens eine Delle verpasst hatte und dass er sterben würde.

Immerhin hatte er sich eine kleine Verschnaufpause erkauft, denn die Raketenwerfer an der Steuerbordseite der *Elevator* waren beschädigt, und sie musste erst an ihm vorbeifahren und wenden, um ihre Backbordgeschütze in Stellung zu bringen. Tom versuchte, sich zu beruhigen. Er dachte an Katherine, damit er die Erinnerung an sie mit hinunter ins Sonnenlose Land nehmen könnte, doch er hatte lange nicht mehr von ihr geträumt und wusste gar nicht mehr richtig, wie sie aussah. Das einzige Gesicht, das er sich ins Gedächtnis rufen konnte, war das von Hester, und so dachte er an sie und an die Dinge, die sie zusammen erlebt hatten, und wie es sich angefühlt hatte, sie gestern Abend auf dem Schildwall in den Armen zu halten, den Geruch ihres Haars und die Wärme ihres steifen, knochigen Körpers unter dem zerlumpten Mantel.

Aus einem Winkel seiner Erinnerung stieg das Echo der Raketen der Liga auf, die gegen die *13th Floor Elevator* prasselten, als sie sich von Batmunkh Gompa entfernte: das Donnern der Explosionen und das kleine, helle Klingeln berstender Scheiben.

Die Hülle war gepanzert, aber die Fenster ließen sich zerschlagen.

Er hievte sich wieder hoch zum Bedienfeld und visierte die *Elevator* neu an, so dass er nicht den mächtigen Rumpf im Fadenkreuz auf dem kleinen Bildschirm hatte, sondern ihre Fenster. Die Anzeige neben dem Radar verriet ihm, dass er noch drei Raketen übrig hatte, und die zertrümmerte Gondel bebte und ächzte, als er sie alle drei gleichzeitig abfeuerte.

Für den Bruchteil einer Sekunde sah er Pewsey und Gench aus der Pilotenkanzel mit angstverzerrten Gesichtern zu ihm herstarren. Dann verschwanden sie in blendendem Licht, als die Raketen durch ihre Sichtfenster krachten und die Gondel in Flammen aufging. Ein Geysir aus Feuer züngelte in den Steigschächten zwischen den Gaszellen hinauf und brach oben durch die Außenhülle. Als Tom wieder klar sehen konnte, trudelte das riesige Wrack schon in die Tiefe, und überall brannte es lichterloh, in der zerschossenen Gondel und hinter den Luken der Frachträume, an den Steuerrudern, aus den geborstenen Triebwerken und auch in der Hülle, bis das Luftschiff aussah wie eine gigantische Himmelslaterne, die zu den Lichtern Londons hinabschwebte.

Katherine trat aus der Gasse in eine fliehende Menschenmenge. Überall starrten Leute mit aufgerissenen Augen und offenem Mund in den Himmel, manche noch mit Drinks und Häppchen in den Händen. Sie sah zur Kathedrale hoch. Die Kuppel hatte sich noch nicht geöffnet, daran konnte der Aufruhr also nicht liegen. Und was war dieses Licht, dieser immer greller werdende orangefarbene Schein, der die Argonlampen überstrahlte und die Schatten tanzen ließ?

In dem Moment kam das brennende Wrack eines Luftschiffs vom Himmel gerast und krachte in einem Inferno aus Feuer, Glas und sirrenden Sensen geschwärzten Stahls in das Ingenieurium. Ein komplettes Triebwerk brach ab und rollte über den Platz auf Katherine zu, eine rotglühende, brennenden Treibstoff verspritzende Feuerwalze. Bevis stieß sie zur Seite. Sie sah ihn über sich stehen und den Mund zu einem Schrei aufreißen, und sie sah ein blaues Auge auf dem versengten Gehäuse, das ihn in einem Wirbel aus Armen und Beinen und den flatternden Fetzen seines weißen Mantels fortriss und seinen Schrei in dem Gebrüll zerschmetternden Metalls erstickte, als das Wrackteil gegen die Aufzugstation des Oberdecks prallte.

Ein blaues Auge auf dem Triebwerksgehäuse. Sie wusste, dass das etwas zu bedeuten hatte, aber sie kam einfach nicht darauf, was es war.

Katherine rappelte sich zitternd hoch. Überall auf dem Platz loderten kleine Feuer, und im Ingenieurium wütete ein Brand, der ein gespenstisches Flackern auf das gesamte Oberdeck warf. Sie stolperte zu dem glühenden Triebwerk. Seine riesigen Propellerflügel ragten wie Megalithen aus der Deckplatte. Sie schirmte ihr Gesicht mit der Hand gegen die brüllende Hitze ab und hielt nach Bevis Ausschau.

Er war in die verbogenen Trümmer verkeilt, und seine Gliedmaßen standen in so unmöglichen Winkeln ab, dass Katherine sofort erkannte, wie sinnlos es wäre, auch nur seinen Namen zu rufen. Die Flammen griffen auf ihn über, bis sein Mantel Blasen warf und wie Schmelzkäse zu tropfen begann, und die Hitze, die ihr ins Gesicht schlug, verwandelte ihre Tränen in Dampfwölkchen und trieb sie rückwärts über Wrackstücke, Leichen und Körperteile.

»Miss Katherine?«

Ein blaues Auge auf dem Triebwerksgehäuse. Sie konnte die Umrisse immer noch erkennen. Unter den züngelnden Flammen blätterte die Farbe langsam ab. Vaters Schiff.

»Miss Katherine?«

Sie drehte sich um und sah einen der Männer von der Aufzugstation hinter sich stehen. Er nahm sie mitfühlend am Arm, und während er sie behutsam wegführte, zeigte er auf das größte Teil des Wracks und die Feuersbrunst im Ingenieurium. »Er war nicht da drin, Miss.«

Sie starrte in sein lächelndes Gesicht. Sie begriff nicht. Natürlich war er da drin gewesen! Sie hatte ihn doch gesehen, sein totes, starres Gesicht und die Flammen, die ihn umschlossen. Bevis, der sie hierherbegleitet, der sie geliebt hatte. Was gab es da zu lächeln?

Doch der Mann lächelte unbeirrt weiter. »Er war nicht an

Bord, Miss. Ihr Vater, meine ich. Ich habe ihn vor nicht mal fünf Minuten mit dem Oberbürgermeister in die Kathedrale gehen sehen.«

Sie spürte das unselige Gewicht der Tasche, die ihr von der Schulter hing, und erinnerte sich, dass sie noch etwas zu erledigen hatte.

»Kommen Sie, Miss«, sagte der Mann. »Sie haben einen bösen Schreck bekommen. Setzen Sie sich ein Weilchen hin und trinken Sie eine schöne Tasse Tee …«

»Nein«, sagte sie. »Ich muss zu meinem Vater.«

Sie ließ ihn stehen, wandte sich ab und stolperte im langgezogenen, zitternden Heulen von Sirenen durch eine panische Menschenmenge in verrußten Roben und Abendkleidern zur Kathedrale.

Hester sprintete gerade auf das Gildenhaus zu, als eine Explosion sie in die Luft schleuderte, aus den Schatten riss und in das grelle Licht des Feuerballs tauchte, der durch das Ingenieurium raste. Verblüfft schlidderte sie über das bebende Deck, die Pistole wurde ihr aus der Hand, der Schal vom Gesicht gerissen. Einen Moment herrschte Stille, dann brach der Lärm los: Schreie, Sirenen. Fieberhaft versuchte sie, sich an die Momente unmittelbar vor dem Einschlag zu erinnern und die Bilder irgendwie zu sortieren. Dieses Licht über den Dächern, das brennende Ding, das da vom Himmel auf sie zustürzte, das war ein Luftschiff gewesen. Die *Jenny Haniver.* »Tom«, sprach sie flüsternd in die glutheißen Deckplatten und fühlte sich kleiner und einsamer als je zuvor.

Sie stemmte sich auf alle viere hoch. Ein Stück weiter

war einer der neuen Stalker von dem Wrack erwischt und in zwei Stücke gerissen worden, und seine Beine trampelten ziellos hin und her und stießen überall an. Der Schal, den Tom ihr geschenkt hatte, wehte vorbei. Sie fing ihn auf und knotete ihn sich um den Hals. Als sie sich umdrehte, um nach der verlorenen Pistole zu suchen, stand sie einem weiteren Trupp unversehrt gebliebener Stalker gegenüber, die geschlossen vorrückten. Ihre Klauen waren flammend rote Schlitze in der Dunkelheit, und Feuerschein erhellte ihre langen, toten Gesichter, und mit bitterer Enttäuschung erkannte Hester, dass ihr Ende gekommen war.

Über den schwarzen Dächern des Gildenhauses, hinter dem Rauch und den tanzenden Funken, öffnete sich die Kuppel der Kathedrale.

35

DIE KATHEDRALE

Die zertrümmerte Gondel der *Jenny Haniver* klagte wie eine Flöte, als der Westwind durch sie hindurchpfiff und sie von London forttrug.

Erschöpft hing Tom auf dem Pilotensitz. Glassplitter hatten ihn im Gesicht verletzt und sich in seinen Haaren verfangen. Er ignorierte die wild kreisenden Druckmesser, die anzeigten, dass Wasserstoff aus der beschädigten Hülle strömte. Er versuchte, nicht an Pewsey und Gench zu denken, wie sie in ihrer Gondel verbrannten, aber jedes Mal, wenn er die Augen schloss, sah er ihre schreienden Gesichter vor sich, als wären die schwarzen Ovale ihrer offenen Münder für immer in seine Augäpfel geätzt.

Als er den Kopf hob, sah er weit im Osten London. Etwas passierte mit der Kathedrale, und aus dem Ingenieurium schossen pinkfarbene und grüne Feuerfontänen. Langsam dämmerte ihm, was geschehen war. Es war seine Schuld! Da unten musste es Tote gegeben haben, nicht nur Pewsey und Gench, sondern sehr viele mehr, und wenn er die *13th Floor Elevator* nicht abgeschossen hätte, wären sie noch am Leben. Er wünschte, er hätte die Raketen nie abgefeuert. Es wäre besser, selbst tot zu sein, als hier zu sitzen, das Oberdeck brennen zu sehen und zu wissen, dass alles seine Schuld war.

Dann dachte er: *Hester!*

Er hatte ihr versprochen zurückzukommen. Sie würde da unten zwischen den Flammen warten. Er durfte sie nicht im Stich lassen. Also holte er tief Luft und packte die Steuerhebel. Die Motoren sprangen stotternd an. Schwerfällig drehte die *Jenny Haniver* in den Wind und tuckerte langsam zurück in Richtung Stadt.

Wie eine Schlafwandlerin bewegte sich Katherine über den Paternoster Square, angezogen von der sich verwandelnden Kathedrale. Um sie herum breiteten sich Feuer aus, doch sie bemerkte es kaum. Ihre Augen waren auf das schaurig-schöne Spektakel über ihr geheftet, die weiße Haube, die sich am Nachthimmel entfaltete und nach Osten schwenkte. Katherine verspürte keine Angst mehr. Sie wusste, dass Clio über sie wachte und sie beschützte, damit sie die schrecklichen Dinge, die Vater getan hatte, wiedergutmachen konnte.

Die Wachen an der Kirchentür waren von den Bränden zu abgelenkt, um dem Mädchen große Bedeutung beizumessen. Zuerst wollten sie sie wegschicken, aber als sie darauf beharrte, dass ihr Vater in der Kathedrale sei, und ihren zerknitterten Goldpass vorzeigte, ließen sie sie achselzuckend durch.

Sie war noch nie in der St.-Pauls-Kathedrale gewesen, aber sie kannte Bilder davon. *So* hatte sie darauf nicht ausgesehen.

Die Säulen und die hohen Gewölbedecken waren noch, wo sie hingehörten, doch die Ingenieursgilde hatte die Wände mit weißem Metall verkleidet und Argonlampen in Drahtkäfigen aufgehängt. Dicke Stromkabel schlängelten sich durch das Hauptschiff und versorgten eine Maschine im Herzen des Kirchenraums mit Energie.

Katherine ging langsam weiter. Sie hielt sich in den Schatten der Säulen, in sicherem Abstand zu den Scharen von Ingenieuren, die hin und her wuselten, Anschlüsse überprüften und sich auf Klemmbrettern Notizen machten. Auf dem Podest unter der großen Kuppel war eine sonderbare Apparatur installiert. Unmengen von Tragbalken und Hydraulikvorrichtungen stützten das Gewicht der riesigen Kobra-Haube, die in die Nacht hinaufragte, und den Sockel des Ganzen umgab ein Wald aus hohen Metallspulen, die unter der langsam anschwellenden elektrischen Spannung summten und knisterten. Ingenieure eilten zwischen den Spulen umher oder stiegen auf Metallstufen an dem zentralen Turm auf und ab, und viele weitere drängten sich um ein seitlich davor gelegenes Steuerpult wie Priester vor dem Altar eines Maschinengottes. Zwischen ihnen konnte sie den Oberbürgermeister ausmachen, und neben ihm stand mit düsterer Miene ihr Vater.

Katherine verharrte im Schutz der Säulen. Sie konnte sein Gesicht klar und deutlich sehen. Er sah Crome stirnrunzelnd zu, und sie wusste, dass er viel lieber draußen bei den Rettungsarbeiten helfen würde und nur auf Cromes Befehl hier war. Einen Augenblick lang vergaß sie, dass er ein Mörder war; am liebsten wäre sie zu ihm hingelaufen, um ihn zu umarmen. Aber sie war jetzt in Clios Händen, Teil eines größeren Plans, und sie hatte eine Aufgabe zu erfüllen.

Sie schob sich näher heran und ging hinter einem alten Taufbecken an der untersten Stufe des Podests in Deckung. Von dort konnte sie gut beobachten, was Crome und die anderen machten. Das Steuerpult war ein Gewirr aus Drähten, Netzkabeln und gummierten Rohren, in deren Mitte sich eine nicht einmal fußballgroße Metallkugel befand. Katherine konnte sich denken, was das war. Diese Kugel hatte Pandora Shaw in einem verschütteten Labor des untergegangenen Amerika gefunden und nach Oak Island mitgenommen, wo sie Vater in der Nacht, in der er Pandora ermordete, gestohlen hatte. Die Ingenieure hatten sie gereinigt und notdürftig repariert, indem sie beschädigte Schaltkreise durch Platinen aus zerlegten Stalkerhirnen ersetzten. Jetzt saß Dr. Splay davor und tippte mit fliegenden Fingern auf einer elfenbeinernen Tastatur herum. Auf einer tragbaren Mattscheibe erschienen grün leuchtende Zahlenfolgen. Ein zweiter Monitor zeigte ein krisseliges Bild der Landschaft vor London, mit dem fernen Schildwall im Fadenkreuz.

»Die Akkumulatoren sind geladen«, sagte jemand.

»So, Valentine!«, sagte Crome und legte ihrem Vater eine knochige Hand auf den Arm. »Wir sind bereit, Geschichte zu schreiben.«

»Aber die Brände, Crome ...«

»Feuerwehrmann können Sie später noch spielen«, schnauzte der Oberbürgermeister. »Wir müssen den Schildwall *jetzt* zerstören, bevor MEDUSA durch die Hitze beschädigt wird.«

Splays Finger huschten weiter über die Tastatur, doch alle anderen Geräusche in der Kathedrale erstarben. Die Ingenieure starrten ehrfürchtig auf den Spulenwald, aus dem sonderbare Geisterlichter aufwaberten und mit einem schwachen, insektenartigen Surren hinauf zur offenen Kuppel und in den Himmel schwebten. Katherine kam der Verdacht, dass sie diese Technologie, die ihr Vater für sie ausgegraben hatte, eigentlich gar nicht verstanden; die Ingenieure wirkten genauso überwältigt davon wie sie.

Katherine wusste, dass sie sich genau jetzt ein Herz fassen, ihre Bombe scharf machen und sie auf den alten Computer schleudern sollte. Aber wie hätte sie das tun können? Vater stand genau neben dem Ding, und selbst als sie sich sagte, dass er nicht mehr ihr Vater war, und sein Leben gegen das der Tausenden aufwog, die gleich in Batmunkh Gompa sterben würden, konnte sie sich nicht dazu durchringen, ihm etwas anzutun. Sie hatte versagt. Sie sah zu der Gewölbedecke empor und fragte: *Was verlangst du von mir? Warum hast du mich hergeführt?*

Doch Clio antwortete nicht.

Crome trat an die Tastatur. »Geben Sie MEDUSA die Zielkoordinaten«, befahl er.

Splays Finger klackerten über die Tasten und tippten den Längen- und Breitengrad von Batmunkh Gompa ein.

»Ziel erfasst«, verkündete eine mechanische Stimme aus trichterförmigen Lautsprechern über Splays Pult. *»Entfernung: 130 Meilen und abnehmend. Freigabecode Omega eingeben.«*

Dr. Chubb holte ein Bündel dicker Plastikbogen hervor, die laminierten Fragmente alter Dokumente. Als er die Bogen durchblätterte, waren unter der Plastikfolie schwache Ziffernfolgen zu erkennen, wie in Bernstein gefangene Insekten. Schließlich fand er, was er suchte, und hielt Splay die Seite zum Ablesen hin.

Doch gerade als Splay anfangen wollte, den Code einzutippen, drang erregtes Stimmengewirr vom Haupteingang zu ihnen. Dr. Twix kam durch das Kirchenschiff herbeigeeilt, gefolgt von einigen ihrer Stalker. »Guten Abend«, trällerte sie und winkte ihre Kreaturen zu sich. »Sehen Sie nur, was meine Stalker Ihnen mitgebracht haben, Herr Oberbürgermeister! Eine waschechte Antitraktionistin, genau wie Sie es wollten. Allerdings leider eine recht hässliche.«

»Freigabecode Omega eingeben«, wiederholte Medusa. Die mechanische Stimme hatte sich eigentlich nicht verändert, aber in Katherines Ohren klang sie nun leicht ungeduldig.

»Seien Sie still, Twix!«, bellte Magnus Crome, der auf seine Instrumente stierte, doch alle anderen drehten sich um, als einer der Stalker auf das Podest gestapft kam und dem Oberbürgermeister seine Last vor die Füße warf.

Es war Hester Shaw, die Hände vor dem Körper gefesselt, hilflos, missmutig und noch immer überrascht, dass die Stalker sie nicht auf der Stelle getötet hatten. Beim Anblick ihres entstellten Gesichts erstarrten die Männer auf dem Podest, als hätte ihr Blick sie alle in Stein verwandelt.

Oh, große Clio!, flüsterte Katherine, die zum ersten Mal sah, was Vaters Schwert angerichtet hatte. Und dann schaute sie von Hesters Gesicht zu seinem und erschrak noch mehr. Jeder Ausdruck war aus seinen Zügen gewichen, so dass nur noch eine graue Maske übrig war, weit weniger menschlich und weit grässlicher als die Fratze der jungen Frau. So musste er dreingeblickt haben, als er Pandora Shaw tötete und im Umdrehen Hester bemerkte. Katherine wusste, was als Nächstes geschehen würde, noch ehe sein Schwert singend aus der Scheide fuhr.

»Nein!«, schrie sie, als sie seine Absicht erkannte, aber ihr Mund war ausgedörrt und ihre Stimme nur ein Flüstern. Auf einmal verstand sie, warum die Göttin sie hergeführt hatte, und wusste, wie sie Vaters Verbrechen sühnen konnte. Sie ließ die nutzlose Tasche fallen und rannte die Stufen hoch.

Hester stolperte rückwärts und riss die gefesselten Hände hoch, um Vaters Hieb abzuwehren, und Katherine warf sich vor sie, so dass plötzlich *sie* es war, die vor ihm stand, und sein Schwert glitt mühelos durch sie hindurch, und sie spürte den Griff hart an ihre Rippen prallen.

Die Ingenieure schnappten nach Luft. Dr. Twix winselte gequält. Selbst Crome wirkte erschrocken.

»Freigabecode Omega eingeben«, dröhnte MEDUSA, als wäre rein gar nichts passiert.

Valentine sagte »Nein!« und schüttelte den Kopf, als könnte er gar nicht begreifen, was Katherine hier machte, mit seinem Schwert in ihrer Brust. »Kate, nein!« Er trat zurück und zog die Klinge heraus.

Katherine schaute zu, wie das Schwert aus ihrer Brust glitschte. Lachhaft sah das aus, wie ein dummer Scherz. Es tat überhaupt nicht weh, aber aus einem Loch in ihrem Hemd quoll helles Blut und spritzte auf den Boden. Ihr wurde schwindelig. Hester Shaw wollte sie packen, doch Katherine schüttelte sie ab. »Vater, tu ihr nichts«, sagte sie, tat zwei unsichere Schritte vorwärts und taumelte gegen Dr. Splays Tastatur. Sinnlose grüne Zeichenfolgen fluteten die kleine Mattscheibe, als Katherines Kopf auf die Tasten schlug, und als Vater sie hochhob und sanft auf den Boden bettete, hörte sie MEDUSA donnern: *»Eingabe nicht korrekt.«*

Neue Zahlenfolgen schnurrten über die Bildschirme. Irgendwo im Kabelgeflecht explodierte etwas mit einem scharfen Knall.

»Was ist los?«, wimmerte Dr. Chubb. »Was macht sie da?«

»MEDUSA hat unsere Zielkoordinaten zurückgewiesen«, keuchte Dr. Chandra. »Aber die Spannung steigt weiter an …«

Die Ingenieure stürzten zurück auf ihre Posten und stolperten über Katherine, deren Kopf im Schoß ihres Vaters lag. Sie beachtete die Männer gar nicht, sondern starrte in Hesters Gesicht. Es war, als würde sie sich selbst in einem gesprungenen Spiegel sehen, und sie lächelte. Sie war froh, endlich ihrer Halbschwester begegnet zu sein, und fragte sich, ob sie wohl Freundinnen werden würden. Dann bekam sie Schluckauf, und mit jedem Hickser stieg ihr Blut aus der Kehle in den Mund. Eine taube Kälte breitete sich in ihrem Körper aus, und sie fühlte sich allmählich wegdriften, während die Geräusche in der Kathedrale immer schwächer wurden. *Werde ich sterben?*, dachte sie. *Ich kann nicht, noch nicht, ich bin nicht bereit!*

»Helfen Sie mir!«, brüllte Valentine die Ingenieure an – aber alle interessierten sich nur noch für MEDUSA. Lediglich Hester Shaw trat zu ihm und hob behutsam Katherines Oberkörper an, während er einen Streifen Stoff von seiner Robe abriss und versuchte, die Wunde abzubinden. Er schaute in ihr graues Auge und flüsterte: »Hester … danke!«

Hester starrte zurück. Sie hatte einen so weiten Weg zurückgelegt, um ihn zu töten, hatte seit Jahren an nichts anderes gedacht, und jetzt, da er ihr ausgeliefert war, war all ihr Hass verflogen. Sein Schwert lag noch dort, wo er es fallen gelassen hatte. Niemand beobachtete sie. Selbst mit ihren gefesselten Händen hätte sie es packen und ihm ins Herz stoßen können. Aber es spielte irgendwie keine Rolle mehr. Benommen sah sie zu, wie ihm die Tränen übers Gesicht liefen und in den See aus Blut tropften, der sich um den Körper seiner Tochter ausbreitete. In ihrem Kopf jagte ein verwirrter Gedanke den nächsten. *Er liebt sie! Sie hat mir das Leben gerettet! Ich kann sie nicht sterben lassen!*

Sie hob die Arme, tippte ihn an und sagte: »Sie braucht einen Arzt, Valentine.«

Er schaute zu den Ingenieuren auf, die sich hektisch um ihre Maschine drängten. Von ihnen war keine Hilfe zu erwarten. Draußen vor der Kathedrale wehten goldene Funkenschleier über den Paternoster Square. Sein Blick wanderte in die Höhe, und hinter den hohen Fenstern des steuerbord gelegenen Querschiffs sah er im Licht der Flammen etwas Rotes auftauchen.

»Das ist die *Jenny Haniver*!«, rief Hester und rappelte sich hoch. »Oh, das ist Tom! Und er hat eine Krankenkabine an Bord …« Aber sie wusste, dass die *Jenny* auf dem brennenden Oberdeck nicht landen konnte. »Valentine, kommen wir hier irgendwie aufs Dach?«

Valentine hob sein Schwert auf und durchtrennte die Fesseln an ihren Handgelenken. Dann warf er es beiseite, nahm Katherine auf die Arme und trug sie zwischen den fauchenden Spulen zu der Metalltreppe, die im Zickzack zur Kuppel hinaufführte. Stalker griffen nach Hester, als sie hinter ihm herrannte, aber Valentine pfiff sie zurück. Einem Beefeater rief er zu: »Hauptmann! Dieses Luftschiff darf nicht beschossen werden!«

Magnus Crome kam angehastet und klammerte sich an seinen Ärmel. »Die Maschine spielt verrückt!«, jammerte er. »Quirke allein weiß, welche Befehle Ihre Tochter da eingegeben hat! Wir können den Strahl nicht abschießen, und wir können den Energieaufbau nicht stoppen! Tun Sie doch was, Valentine! Sie haben das verdammte Ding gefunden! Schalten Sie es ab!«

Valentine stieß ihn weg und rannte die Stufen hoch, durch die aufsteigenden Lichtschleier und das knisternde Rauschen, durch Luft, die nach brennendem Zinn roch.

»Ich wollte London doch nur helfen!«, schluchzte der alte Mann. »Ich wollte London *stark* machen!«

36

KNOCHENSCHATTEN

Hester übernahm die Führung und stieg immer höher, durch die geöffnete Kuppel in den verrauchten Feuerschein und den Schatten der großen Waffe. Zu ihrer Rechten ragte das verkohlte Gerippe der *13th Floor Elevator* wie eine stillgelegte Achterbahn aus den Ruinen des Ingenieuriums. Der Brand hatte auf das Gildenhaus übergegriffen, wo Glühwürmchenschwärme von Funken und Millionen rosa und weiße Behördenformulare in die Luft stoben, weil das Bauamt und das Archiv in Flammen standen. Die Kathedrale war eine Insel in einem Flammenmeer, und die *Jenny Haniver* hing darüber wie ein billiger Kulissenmond. Angekokelt und in gefährlicher Schräglage schwankte sie in den Aufwinden über den brennenden Gebäuden trunken hin und her.

Hester kletterte noch höher, bis sie auf der Kobra-Haube der MEDUSA ins Freie trat. Valentine folgte ihr; sie hörte, wie er Katherine etwas zuflüsterte, während er zu dem torkelnden Luftschiff hinaufstarrte.

»Welcher Idiot steuert dieses Ding?«, brüllte er, als er sich über die Haube zu ihr vorkämpfte.

»Tom!«, rief Hester zurück. Sie stand auf, winkte mit beiden Armen und schrie: »Tom! Tom!«

Es war der Schal, der Tom zuerst ins Auge fiel, das Seidentuch, das er ihr in Peripatetiapolis gekauft hatte. Sie hatte es sich so um den Hals geknotet, dass es frei im Wind flatterte und plötzlich rot aufblitzte. Er nahm den Farbtupfer aus dem Augenwinkel wahr, spähte nach unten und sah sie dort winken. Dann wurde sie von einer schwarzen Rauchschwade eingehüllt, und er fragte sich, ob er sich die winzige Gestalt auf der Kobra-Haube nur eingebildet hatte, so undenkbar schien es ihm, dass in dieser Feuersbrunst irgendjemand überlebt haben konnte. Er ließ die *Jenny Haniver* noch ein Stück tiefer trudeln. Der Rauch wehte fort, und da war sie wieder, eifrig winkend, mit ihrem langen schwarzen Mantel und den großen, forschen Schritten und ihrem hässlichen, wundervollen Gesicht.

Katherine schlug die Augen auf. Die Kälte wurde immer stärker, sie breitete sich von der Brust in ihren ganzen Körper aus. Und sie hickste wieder. Was wäre das für ein dummer, würdeloser Tod, mit Schluckauf zu sterben, dachte sie. Sie wünschte, Hund wäre bei ihr. »Tom! Tom!«, rief jemand unaufhörlich. Sie wandte den Kopf und sah ein Luftschiff aus dem Rauch hervorstoßen und immer tiefer zu ihnen herabsinken, bis die Seitenwand der Gondel an MEDUSAS Haube schabte und sie den Luftstrom von den verbeulten Triebwerken spürte. Vater trug sie darauf zu, und sie sah Tom durch die leeren Fensterrahmen der Pilotenkanzel lugen, Tom, der dabei gewesen war, als alles begonnen hatte, und den sie für tot gehalten hatte. Aber jetzt war er hier, er lebte, und er starrte sie aus einem rußverschmierten Gesicht entgeistert an. Auf seiner Stirn klaffte eine V-förmige Wunde, wie das Zeichen einer unbekannten Gilde.

Innen war die Gondel viel geräumiger, als sie gedacht hatte. Sie erinnerte sie sogar stark an das Clio House. Hund und Bevis warteten dort auf sie, und ihr Schluckauf hatte aufgehört, und ihre Wunde war gar nicht so tief, wie alle gedacht hatten, es war einfach nur ein kleiner Kratzer. Sonnenlicht flutete durch die Fenster, als Tom sie alle immer weiter und weiter hinaufflog, in einen Himmel von vollkommenem, kristallklarem Blau, und sie ließ sich dankbar in die Arme ihres Vaters sinken.

Hester erreichte das Luftschiff als Erste und schwang sich durch das Loch in der Flanke an Bord. Doch als sie sich umdrehte und Valentine die Hand hinstreckte, sah sie ihn am Boden knien und begriff, dass Katherine tot war.

Sie verharrte, wo sie war, mit ausgestreckter Hand, ohne so recht zu wissen, warum. Über der weißen Metallhaube begann die Luft, elektrisch zu schimmern. »Valentine, schnell!«, rief sie.

Er blickte nur kurz vom Gesicht seiner Tochter auf, um zu rufen: »Hester! Tom! Fliegt! Bringt euch in Sicherheit!«

Hinter ihr legte Tom die Hände an die Ohren und brüllte: »Was hat er gesagt? Ist das Katherine? Was ist passiert?«

»Fahr los!«, schrie sie, kletterte an ihm vorbei und drehte alle Triebwerke, die funktionierten, auf volle Kraft. Als sie wieder zu Valentine hinunterschaute, schrumpfte er in der Tiefe immer weiter zusammen, eine dunkle Gestalt in seinem Schoß und darüber seine blasse Hand. Sie kam sich vor wie Katherines Geist, der in den Himmel aufstieg. In ihr tobte ein schrecklicher Schmerz, und ihr Atem kam stoßweise, und etwas Heißes rann ihr über die Wange. Sie fragte sich, ob sie verletzt worden war, ohne es zu merken, doch als sie die Hände ans Gesicht presste, wurden ihre Finger nass. Da begriff sie, dass sie weinte – um ihre Mutter und ihren Vater, und um Shrike, und Katherine, ja sogar um Valentine –, während das knisternde Licht um die Kathedrale immer greller wurde und Tom die *Jenny Haniver* in die Dunkelheit steuerte.

Unten im Bauchraum erstarben urplötzlich Londons gewaltige Motoren, alle auf einen Schlag, abgewürgt von der sonderbaren Strahlung, die das Gewebe der Stadt durchdrang. Zum ersten Mal, seit sie die Landbrücke überquert hatte, verlangsamte die mächtige Traktionsstadt ihr Tempo.

In einem hastig verbarrikadierten Saal im London Museum spähte Chudleigh Pomeroy vorsichtig über die Replik des Blauwals und sah, dass die Stalker-Kommandos, die auf seine letzte Bastion vorrückten, mitten in der Bewegung erstarrt waren. Um ihre Stahlschädel wanden sich weiße Funkenbögen wie Stacheldraht. »Bei Quirke!«, rief er und drehte sich zu dem halben Dutzend Überlebender aus den Reihen der Historiker um. »Wir haben gewonnen!«

Valentine schaut dem roten Luftschiff nach, das im Schein des Feuers auf dem Oberdeck davonfliegt, umzuckt von den Lichtgarben, die rings um die Kathedrale in den Himmel wachsen. Unter sich hört er das verzweifelte Bimmeln der Feuerglocken und die panischen Rufe fliehender Ingenieure. Um Katherines Gesicht beginnt, ein Heiligenschein aus Elmsfeuer zu lodern, und ihr Haar knistert und schlägt Funken, als er es streichelt. Behutsam streicht er eine lose Strähne aus ihrem Gesicht, die ihr in den Mund geweht ist, drückt sie an seine Brust und wartet – und dann bricht das Sturmlicht über sie herein, und sie sind ein Feuerball, eine Fontäne aus flammendem Gas, ein Nichts: Denn die Schatten ihrer Knochen stieben in den leuchtenden Himmel und vergehen.

37

DIE VOGELPFADE

London trug einen Kranz aus Blitzen. Es war, als hätte sich der Strahl, der hundert Meilen weit auf Batmunkh Gompa zufegen sollte, stattdessen um die oberen Decks gelegt. Wasserfälle aus geschmolzenem Metall rauschten an den Flanken der Stadt herab. Explosionen erschütterten den Bauchraum und katapultierten riesige Trümmerteile in den Himmel wie im Wind kreiselndes Laub. Dazwischen stiegen Luftschiffe in die Höhe, um zu fliehen, doch ihre Hüllen fingen Feuer, und sie verschrumpelten und stürzten ab, kleine Flammenflocken in der großen Feuersbrunst.

Nur die *Jenny Haniver* entkam, fortgetragen von den Ausläufern des Sturms, sie trudelte und stampfte in den Schockwellen, und ihre Takelage und die Rotorblätter zogen regenbogenfarbene Leuchtstreifen hinter sich her. In dem ersten großen Energiestoß hatten alle ihre Motoren gleichzeitig den Geist aufgegeben. Tom probierte alles durch, was ihm einfiel, aber sie wollten einfach nicht mehr anspringen. Entmutigt ließ er sich auf den kümmerlichen Rest des Pilotensitzes fallen und sah hilflos zu, wie der Nachtwind ihn immer weiter von seiner sterbenden Stadt forttrieb.

»Es ist meine Schuld«, war das Einzige, was ihm in den Sinn kam. »Es ist alles meine Schuld …«

Auch Hester blickte zurück; sie starrte unverwandt an

die Stelle, wo eben noch St. Pauls gewesen war, als könnte sie die Nachbilder von Katherine und ihrem Vater immer noch dort flimmern sehen. »Oh, Tom, nein«, sagte sie. »Es war ein Unfall. Mit ihrer Maschine ist etwas schiefgegangen. Daran ist Valentine schuld, und Crome. Die Ingenieure sind schuld, weil sie das Ding zum Laufen gebracht haben, und meine Mutter ist schuld, weil sie es damals ausgegraben hat. Die Damaligen sind schuld, weil sie es erfunden haben. Pewsey und Gench sind schuld, weil sie versucht haben, dich umzubringen, und Katherine ist schuld, weil sie mir das Leben gerettet hat …«

Sie setzte sich neben ihn und wollte ihn trösten, traute sich aber nicht, ihn zu berühren. Ihr Spiegelbild schien sie zu verhöhnen, in gesprungenen Messuhren und scharfen Glasscherben; in MEDUSAS flackerndem Gleißen wirkte es monströser als je zuvor. Dann dachte sie: *Du Dummkopf, er ist doch zurückgekommen, oder nicht? Er ist deinetwegen zurückgekommen.* Zitternd legte sie die Arme um ihn und zog ihn zu sich heran, vergrub das Gesicht in seinen Haaren und küsste scheu das Blut von der frischen Wunde zwischen seinen Augenbrauen fort, und so hielt sie ihn ganz fest, bis die erlöschende Waffe alle Energie verbraucht hatte und das erste graue Tageslicht über die Ebene kroch.

»Alles wird gut, Tom«, sagte sie immer wieder. »Alles wird gut.«

Weit hinter ihnen lag London unter Rauchschwaden reglos da. Tom fand Miss Fangs alten Feldstecher und richtete ihn auf die Stadt. »Irgendjemand *muss* überlebt haben«, sagte er in der Hoffnung, dass es wahr werden würde, wenn er es aussprach. »Ich wette, Mr Pomeroy und Clytie Potts sind noch da unten, organisieren Bergungstrupps und schenken

Tee aus …« Aber durch den Rauch, den Dampf, die Ascheglocke sah er nichts, nichts, nichts, und obwohl er das Fernglas mit wachsender Verzweiflung hin und her schwenkte, zeigte es ihm nur die rußgeschwärzten Stahlträger und ein Trümmerfeld aus abgerissenen Rollen und brennenden Treibstoffpfützen und gebrochenen Raupenketten, die ineinander verwickelt waren wie die abgeworfenen Häute riesenhafter Schlangen.

»Tom?« Hester hatte die Bordinstrumente getestet und zu ihrem Erstaunen festgestellt, dass die Ruderhebel noch funktionierten. Die *Jenny Haniver* reagierte auf die Bewegung und drehte sich hierhin und dorthin in den Wind. Behutsam sagte sie: »Tom, wir könnten versuchen, Batmunkh Gompa zu erreichen. Dort wären wir willkommen. Wahrscheinlich werden sie dich dort als Helden feiern.«

Aber Tom schüttelte den Kopf. Vor seinem inneren Auge kreiselte die *13th Floor Elevator* immer noch auf das Oberdeck hinunter, und Pewsey und Gench fuhren mit ihren schwarzen stummen Schreien mitten ins Feuer hinein. Er wusste nicht, was er war, aber ein Held war er ganz sicher nicht.

»Na gut«, sagte Hester verständnisvoll. Manchmal brauchte es seine Zeit, bis man über Dinge hinwegkam, das wusste sie. Sie würde Geduld mit ihm haben. »Dann fahren wir zur Schwarzen Insel. In der Luftkarawanserei können wir die *Jenny* reparieren. Und dann nehmen wir die Vogelpfade und fliegen irgendwohin, weit weg. Zu den Hundert Inseln oder ins Tannhäuser-Gebirge oder in die südliche Eisöde. Wohin, ist mir gleich. Wenn ich nur mitkommen darf.«

Sie kniete sich neben ihn, stützte die Arme auf seine Knie

und den Kopf in die Hände, und Tom merkte, wie er ihr schiefes Lächeln unwillkürlich erwiderte. »Du bist kein Held, und ich bin keine Schönheit, und vermutlich leben wir nicht glücklich und zufrieden bis an unser Lebensende«, sagte sie. »Aber wir leben, und solange wir zusammen sind, wird alles gut.«

DANKSAGUNG

Mein großer Dank gilt Leon Robinson und Brian Mitchell, die mich inspiriert und ermutigt und mir gute Ideen geliefert haben; Mike Grant, der meine frühen Versuche in seinem leider eingestellten und schmerzlich vermissten Independent-Magazin *The Heliograph* veröffentlicht hat; und Liz Cross, Kirsten Skidmore und Holly Skeet, ohne deren Geduld, Begeisterung und Unterstützung dieses Buch als ordentlich getipptes Brennmaterial in meinem Kamin verendet wäre.

Philip Reeve